遥远的绝响

曾纪鑫 著

云南人民出版社

图书在版编目（ＣＩＰ）数据

遥远的绝响 / 曾纪鑫著. -- 昆明 : 云南人民出版
社，2023.12
ISBN 978-7-222-22112-3

Ⅰ．①遥… Ⅱ．①曾… Ⅲ．①散文集－中国－当代
Ⅳ．①I267

中国国家版本馆CIP数据核字(2023)第229765号

责任编辑：何　娜
特约编辑：吴兴葵
责任校对：崔同占
责任印制：窦雪松

遥远的绝响
YAOYUAN DE JUEXIANG

曾纪鑫　著

出　版　云南人民出版社
发　行　云南人民出版社
社　址　昆明市环城西路609号
邮　编　650034
网　址　www.ynpph.com.cn
E-mail　ynrms@sina.com
开　本　889mm×1194mm　1/32
字　数　300千
印　张　11.375
版　次　2023年12月第1版第1次印刷
印　刷　昆明精妙印务有限公司
书　号　ISBN 978-7-222-22112-3
定　价　40.00元

云南人民出版社微信公众号

如需购买图书、反馈意见，请与我社联系
总编室：0871-64109126　发行部：0871-64108507　审校部：0871-64164626　印制部：0871-64191534

内容简介

　　璀璨夺目的文化，高度发达的文明，是先祖高贵人格、高尚道德、高超智慧的结晶与体现。在中华民族几千年的发展进程中，许多文明不幸失落，湮没无闻了。它们犹如划过长空的流星，虽然短暂，但照亮了历史的夜空。这些消失的绝响，看似无从追寻，却充塞天地，余音袅袅、回荡不息。

　　收入本书的十八篇文化历史散文，秉持开放的大历史观，在绵延不绝、缓缓流淌的历史长河中游弋，或钩沉索隐、考订事实、厘清真相，或追溯古人创造的辉煌，或搜寻打捞失落的文明碎片，或梳理发展演变的脉络轨迹。将其描写对象放在地理时间的"长时段"中加以考量，融入作者对中华文明的深情礼赞、深入研究与深刻反思。

目　录

◎

古代文人的诞生、崛起及其宿命

一

提及中国古代文人，我的眼前，总是情不自禁地出现这样一幅画面：

一位身材瘦削、面容清癯的中年男子两眼望天，奔走在无边无际的旷野中。天空阴阴地扣在他的头顶，乌云沉沉地压在他的心胸，丛丛荆棘纠缠他的裤管，块块岩石张着棱角尖尖的狰狞鬼脸、深洞浅坑如老谋深算的猎手静静地等待他的到来……尽管危机四伏、道路难行、体力有限，可他从不停歇，从不止步，总是于慢步中思索、于疾行中祈祷、于奔跑中呼号。跌倒了，爬起来，抹抹汗水、拍拍灰尘、擦擦血迹，又踉跄着继续前行。长须拂动，衣衫飘卷，他那纸片般单薄的身躯似乎随时都有可能被呼啸着的长风卷入天空，被翻滚的乌云吞没……可他全然不觉，依然顽强地迎着狂风，蹒跚着、呼号着、挣扎着拼力前行……

这位奔走在旷野中的男子，就是我眼中、心中的中国古代知识分子形象。既是具象的，又是抽象的；既是想象的，也是理想的。

旷野、阴霾、狂风、荆棘、尖石，古代文人的生存环境只会比背景画面中展示的更加残酷；而奔走、呼号、抗争、孤傲、顽强等行为品格，却并非人人如此。

文人，古代称士，现代则叫知识分子，一个相当特殊的群体与阶层。

古代文人，是传统文化传承的主体，又是传统文化的改造者、变异者与叛逆者。文人队伍成分复杂：有的来自最底层的农民，有的出自富裕商人，有的源于流氓无产者，有的则出身达官显贵……来源不一，成分复杂，鱼目混珠，良莠不齐。他们上可升为尊贵显赫的王侯将相之列，下则沦为声名狼藉的鸡鸣狗盗之辈，既为普通百姓所尊崇，又是他们常常嘲弄的对象。

文人阶层，不是一两句话说清道得明的。对待这一特殊的群体与阶层，不论褒也好，贬也罢，你不得不承认：在他们身上凝聚着传统文化的基因，留下了社会历史的发展轨迹，折射出中华民族艰难前行的身影……

我们虽然无法确定中国古代文人出现在历史舞台的具体时间，但可以想见的是，随着文字的诞生，自然就有了掌握、使用它的文人。

人类先有语言，之后才诞生了记录语言的文字。

人类由动物进化而来，语言，是二者之间一条严格的分水岭。

在一百多万年以前，人类便有了不可或缺的用于相互交际的语言。

然而，直到六七千年前的原始社会末期，人类才创造出书写的文字。1899年出土于河南安阳殷墟的甲骨文，是我国迄今为止发现最早的文字。

语言的诞生与文字的创造，其间竟然经历了百万年的漫漫时光。

一百万年是个什么概念，到底有多长？

一百年对个体生命来说是一个难以逾越的标高，因此我们常常感喟"人生不满百，常怀千岁忧"，千年之忧差不多就是一种旷世忧怀了，一万年便是人类个体生命想象中的一个常设顶点；而一百万年，实在是漫长得让人无法想象了。

由此可见，文字的创造与诞生该有多么艰难！

在文字正儿八经诞生之前，人类曾发明使用过多种原始记事法——结绳记事、刻木记事、图画记事、在器物上刻画标记等，我们可以将这些原始记事法视为文字创造的铺垫、序幕与前奏。

文字一旦发明，便与语言融为一体，形成一种互动而完善的耦合系统。

语言与文字，是人类初始创造的两项最主要的精神产品。

只有当人类创造出记录语言、交流思想、将知识加以物化的文字，才标志着人类真正走出了野蛮的蒙昧状态，迎来了文明的灿烂曙光。

美国著名人类学家摩尔根在《古代社会》一书中认为，文明社会"始于拼音字母的发明和文字的使用"。

恩格斯在《家庭、私有制和国家》中也曾指出，人类"由于文字的发明及其应用于文献记录而过渡到文明时代"。

当今世界各国使用的文字，大多属于拼音系统。

只有汉字，是以象形为根基、如今仍具有旺盛活力且广泛应用的文字，是所有象形文字中影响深远、硕果仅存的唯一代表。

汉字从早期的原始记事到成熟创立，不仅时间漫长，更是无数先民共同努力的结晶。

然而，刚刚走出蒙昧状态的人们总是将一切凝聚着广大民众聪明与智慧的文明成果归功于某一英雄、超人或神祇，如神农尝百草、伏羲演八卦、大禹治水等，莫不如此。汉字的创造也不例外，几千年来流行最为广泛的便是仓颉造字之说。

仓颉为黄帝时人，传说中的他生有四只眼睛，其中两只仰视天空"奎星圆曲之势"，另两只则俯察大地"龟文鸟迹之象"。正因为仓颉慧眼独具，他上可通达仙灵神明，下可体悟山川地理，从天空大地、鸟兽鱼虫、自然万物中受到启发才创造出了延续至今的汉字。

传说也罢，事实也好，"于无声处听惊雷"。汉字于原始先民而言，不啻为一次惊天地泣鬼神的伟大创造，是他们摆脱野蛮、走出蒙昧的标志与转折。对此，张彦远在《历代名画记》中写道："造化不能藏其秘，故天雨粟；灵怪不能遁其形，故鬼夜哭。"由于文字的发明，天地间的隐秘与规律被人类披露、记载下来

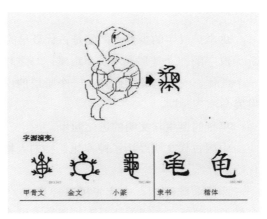

"龟"的字源演变

代代相传，粟雨从天而降；那些无从捉摸把握的幽灵鬼怪，也在文字的照临下无法逃遁而原形毕露，在夜间悲哀地恸哭不已。

汉字发明的意义是如此伟大而非凡，在此后长达几千年的古代社会里，人们对文字莫不怀有诚惶诚恐的敬畏与崇拜之心。

读书人捧卷阅读，先得焚香净手。即使普通百姓，对待书籍或是一块有字的纸片也不敢胡乱处置并形成了不能以字纸揩擦屁股等相关禁忌，否则便认为是一种大大的罪过，会遭天谴与报应。这种对文字、知识的崇敬，已积淀为中华民族的一种优良传统代代传承，不论历代专制统治者对书籍如何焚烧毁弃、对知识分子如何摧残折磨，也难以动摇、改变普通民众内心深处对文字、知识与文化的信奉。正因为如此，中华民族才在一次次颠踬后依然顽强地挺直腰身，香火不绝，绵延至今。

汉字作为一种象形文字，结构繁复，音形义难以统一，没有拼音文字简便易学。因此，汉字的学习与掌握也得要一定的时间与顽强的努力才行。汉字创立之初，一时不可能发展为全民共享的"普通资源"，仅为少数人掌握的"专利品"、使用的"奢

侈品"。

这掌控汉字的少数人，便是古代最早的文人——巫觋。

汉字的创立是那么漫长而艰难。与之相对应的是，巫觋作为一个群体、一种世袭的职业、一个阶层的出现，也经历了漫长的发展与演变时期。

巫觋的诞生与文明的进化同步。

中国古代文明经历了神本化、神的人格化、人本化等三个进化阶段。

原始蒙昧时期，古代先民以神为本。在生产力低下，天地自然无法理解、阐释的情况下，原始先民将神视为世间万事万物的主宰。神是原始先民的虚构与想象，是心灵的慰藉与需要。然而，他们又被自我创造的产物所束缚，全身匍匐在地，无条件地服膺于冥冥中的神灵。

人与神之间的关系，有赖于特殊中介——巫觋——沟通。神灵的旨意，世人的祈祷，依靠他们从中传达。

巫觋最初从事的活动主要是卜筮——通过龟骨占卜及蓍草占筮的方法，向天神人鬼卜问吉凶祸福：龟骨占卜以龟甲、牛骨为材料，钻孔灼烤，根据龟骨出现的裂纹形状预测人事吉凶，并将卜得的辞句刻于龟甲之上；蓍草占筮则以蓍草为占卜材料，通过繁复的变化数目，推导八卦之象，依据占得的卦象破译阐释、判断祸福。

除卜筮外，各类祭祀、祈祷活动也离不开巫觋。

进入殷商时代，理性的绚丽霞光出现了，翻卷在东方的天空。先民们沐浴其中，主体意识逐渐觉醒，不再绝对屈从于自然的淫威，不再事事依赖想象中的神灵。尽管如此，他们仍未完全摆脱蒙昧时代的阴影，仍不时祈求神灵的保佑与庇护。

这一时代，神灵再也不是过去纯粹的神灵，神具有了人的思

维意志、人的七情六欲及人的行
为方式。神被世俗化、拟人化，
变成了人格化的神。

因此，我们将殷商时代称为
神的人格化时期。

从神本化那全身匍匐在地的
无条件绝对服从，到神的人格化
相对服从的跪拜之态，进步看似
微小，却迈出了人类发展史上极
其重要的一步。

神被人格化后，神与人之
间的桥梁——巫觋，逐渐向职业
化、世袭化过渡，成为中国早期
文明时期的"文化事务专家"。

甲　骨　文

其实，巫觋自传说中的颛顼时代就已存在，只是从未像殷商
时代如此专业而"繁忙"。

迄今为止，殷墟已出土占卜用过的龟甲牛骨有十五万枚之
多，可见当时的占卜之风是多么盛行。频繁而琐碎的卜筮活动及
规范复杂的阐释工作，非专职人员无以胜任。

殷商时代，人们的祭祀对象变得更加广泛，神灵、地祇、鬼
怪、先祖等，皆属祭祀之列。而巫觋，则是所有这些祭祀活动的
组织者与指挥者。

卜筮、祭祀、祈祷不可避免地要涉及天文历法等方面的内
容，巫觋不仅如实记录日食、月食、彗星等特殊天文现象，还根
据天体运行规律创造出六十干支记日法，通过圭表测日影确定农
历节气法。

受生产力低下的限制，人们常为各种疾病所困扰而识见又狭

隘有限，以为疾病的产生不外乎鬼神作祟、妖邪蛊惑、气候影响及天帝先祖所降，祛病之法便以祭祀祈祷为主、药物治疗为辅。不论何种疗法，都离不开巫觋，他们是祛邪治病的人间神医。

殷商时代，普通百姓困于生计，根本没有机会与条件接触文字，汉字、知识、文化为巫觋与贵族所掌控。接受教育的主要对象虽为贵族阶层，而承担教育之职者，却属巫觋阶层。

巫觋不仅在卜筮、祭祀的过程中使用文字，更担负着记史之责。先祖王公世系、当代君主言行、国家大事要务等内容，无不被纳入巫觋视野，成为他们记载的对象。《尚书》中的《商书》《汤誓》《盘庚》等诸多篇章，便出自巫觋手笔。

殷商时代，巫与史常常二任兼于一身。在甲骨文中，巫又被称为"史""尹""作册"，于是，后世便以"巫史"相称。

由此可见，巫觋出现之初，以"绝地通天"、问卦占卜、祭祀祈祷等宗教事务为职能。随着神的世俗化与人格化，巫觋的活动范围由天到地、由神到人，执掌官史、观察星象、从事教育、祛邪治病。其职权范围慢慢扩大，逐渐跻身于各类政治、社会事务之中。

巫觋从事的宗教活动、担负的社会职能及扮演的多重角色使得他们在文字的通晓、掌握与传播等方面占有举足轻重的地位，起着其他阶层无法替代的关键作用。因此，我们完全有理由将他们视为中国古代最早的文人。

作为中国的第一代文人，巫觋有着十分尊崇而显赫的地位。

他们上可通天、代表上天意志，是神灵最权威而合法的阐释者，具有训诫君主之权，所谓"王者师"是也；他们下则达地、担负多种社会职责，既向君主转达百姓的愿望与心声，又通过祭祀、祈祷等活动排遣普通民众的痛苦与愤懑，达到化解纷争、缓和社会矛盾之效，是联系君王与百姓之间的纽带、众望所归的精神领袖。

殷商王朝退出历史舞台，取而代之的是西周。

西周之始，浓厚的宗教氛围逐渐淡化。人类的目光由仰望上苍转向现实，人的主体意识日益占据上风，"人本化"上升为社会的主流意识。《礼记》一书对此写道："周人尊礼尚施，事鬼敬神而远之。"

从原始社会对神灵全身匍匐的绝对崇拜到殷商时期跪拜在地的相对依赖，然后演变为西周时期的起身站立，中华民族正一点点挺直腰身，一步步走出宗教的阴影与迷雾并逐渐完成由宗教向人文的过渡与转换。于是，担任人与神中介之职的巫觋，也不得不晃动着寂寥的身影，消失在遥远的历史深处。

取代巫觋崛起并活跃于西周及春秋战国时期的新一代"文化事务专家"，便是后人称之为"士"的文人阶层。

士人的指称与范围在中国古代历史上最具变数与动因，它由最初泛指所有成年男子及氏族男性成员，渐渐演变为统治部族成员之称、贵族之称与受有爵命的贵族官员之称。

西周之初，士人不仅成分复杂，包括的对象也十分广泛。士人既有文人阶层，也有其他社会成员，如未婚青年男子、德劭才高之人、武装的士兵、法官及低级贵族等。还有人从文字训诂学角度考证，"士"为周代的"卿士"与"太史"之官，或为祭祀官与理官。也就是说，文人阶层包含于"士"之中，而"士"并不专指文人阶层。

如果我们按地位、等级对西周社会进行划分，则可将其分为贵族与非贵族两大等级；往下细分，贵族与非贵族又可分为大夫、士、庶民、奴隶四个阶层，大夫与士为贵族集团，庶民与奴隶属非贵族阶层。

作为贵族底层的士人，既可担任政府公职，也可充任家臣，有的甚至躬耕田亩。

神权一旦消失，世俗王权凌驾于一切之上，笼罩在封建宗法专制统治下的西周文人，不得不饱尝转型的痛苦与失落。

文人在西周时代不仅没有形成独立的单一阶层，与前期的殷商相比，其重要性也逐渐减弱，地位开始下滑。

二

西周结束，中国社会进入分崩离析的东周时期。

历史学家又将东周分为春秋与战国两个历史阶段。

春秋之时，士人内部严重分化：小部上升，大部下滑为普通庶民，地位更加衰落。

战国时期，整个贵族阶层被分化瓦解，社会由贵族与非贵族两大等级演变为官与民的区别。官分九级，民则士农工商。"士"再也不是贵族之末，也非大权在握的政府官员，而为四民之首了。

"祸兮福所倚，福兮祸所伏。"文人地位的衰落既是不幸，也是一种难得的机遇与挑战。正是在急剧动荡的春秋时期，士人开始蜕变、转型并崛起。

"士"作为中国古代文人的专门称谓，士人成为一个专门掌管文化知识的相对独立阶层，则是在孔子之后。

论及古代知识分子，孔子既是一个颇有争议的人物，也是一个无法绕开的坐标。

崇奉、利用者往往顶礼膜拜，将孔子追捧到无以复加的高度；而异议、反对者则将其视为逆历史潮流而动的妖魔小丑，将其贬斥到一钱不值的地步。其实，这两种极端都有失公允，如果我们客观一些、持平一些，当会发现：孔子以增删、编订、整理

孔 子 像

经书为手段，将具有宗教性质的原始儒学改造为积极入世的世俗儒学，奠定了中国文化学术史上第一个学派——儒学的根基。然而，作为一个在风云际会的历史转折时期起过划时代作用的文化巨人，孔子的功绩并非学术也非政治，主要体现为一种精神——对西周王道传统的拨乱反正与恢复弘扬并由此而开创了一种有益于当时社会的文化新风尚。

孔子在春秋末期的思想与行止主要表现为以下五点：

第一，对礼坏乐崩的社会现实怀着一股强烈的忧患意识。

孔子之前的文人对社会现实自然也抱有强烈的关怀之情，但主要是政治忧患。而孔子除了政治忧患外，更多的则是深层的文化忧患。

孔子认为：西周是一个王道兴盛的黄金时代，自厉王、幽王之后，王道渐次衰微，春秋霸主逐鹿中原；他们用武力代替德治、以强权取代仁义，纲纪废弛，王道文化中断，弑君之事层出不穷。从西周盛世到春秋霸主，再到春秋末年衰世，孔子深感世风日下，不禁忧心如焚，期盼早日恢复天下秩序。

孔子心中的秩序，除政治大一统外，更体现在正本清源，恢复"天下有道"的周公之礼。

第二，以宗教般的信仰与精神投身救世活动之中，以文人的瘦弱之肩自觉担负起拯救乱世的历史使命与社会责任。

孔子讲学授徒，宣传救世主张，"知其不可为而为之"，虽屡经挫折而不改初衷。终其一生，总是奔走呼号，笼罩在一种"天将降大任于斯人"的宗教神秘感与社会使命感之中。

第三，将合乎礼义的"道"视为安身立命与最高志趣的依凭。

在孔子眼中不论修身齐家还是治国平天下都离不开"道"，道高于君主、高于人的生命、高于一切，为了信仰道、捍卫道，付出生命也在所不惜。因此，他在《论语·卫灵公》中谆谆告诫门生说："志士仁人，无求生以害仁，有杀身以成仁。"

第四，开创周游列国之风。

孔子之前，春秋列国间的"人才流动"现象已十分普遍。但这些人才的"流动"，并非出于公心，他们或为躲避政治祸患，或借他国力量报仇雪恨，伍子胥由楚奔吴便是一例突出的典型。而孔子所倡导的周游列国则没有"祖国"这一概念，其着眼点并非一己、一家之私利，而是为普天下所有民众谋福利、拯救衰世，为重建社会秩序奠定基础。

第五，首创私人讲学之举。

孔子非常注重民间教育。他一生讲学，授徒三千、得意门生七十有二，为传统文化由宫廷官府扩散至广大民间奠定了基础，为教育的普及化、文化的平民化以及下层士林的崛起创造了条件。对此，顾颉刚在《秦汉的方士与儒生》一书中写道："由于时代的突变，孔子因不得志于时，用私人名义讲学，收了一班弟子。他所讲的学虽甚平常，但因他是第一个把贵族那边的学问公开给民众，使得民众也能享受些高级的文化，所以他巍然居于中国学统之首，二千四百年来被公认为极伟大的人物。"

正是孔子百折不挠的倡导与影响，战国文人在总体上开始表现出强烈的独立意志与个性特征，并形成了鲜明的群体品格，如：具有博大的胸怀与开放的心态；以"道"自任，将"道"视为终极关怀；注重个人道德的修养与完善，怀有"先天下之忧而忧，后天下之乐而乐"的神圣使命感与社会责任感；有着强烈的政治参与意识；等等。

因此，孔子之后的"士"，不仅成为一个相对独立的知识阶层，并与近代西方知识分子有着某些相通、相似之处。

当然，也仅止于相通、相似而已。

美国学者E. 希尔斯在其名著《知识分子与权力》一书中，概括了知识分子所应具有的五种传统特征：科学主义、浪漫主义、革命主义、民粹主义、关于秩序的反智主义。只要我们稍加比较，就会发现，古代士人与西方本真意义上的知识分子，实则有着内在的不同。

三

虽然我们将巫觋视为中国第一代文人，严格说来，他们算不得纯粹单一的文人，也没有形成相对独立的阶层。只有到了春秋战国时期，"士"才作为一个相对独立的古代知识分子阶层，活跃在两千多年前的中国历史舞台上。

由巫觋而士人，尽管在西周时代有过无可挽回的衰落与痛苦，但他们一旦完成了艰难的转型并逐渐定位之后，便在春秋战国时期迎来了一个百家争鸣、百花齐放的灿烂春天。

那时的"士"，最让后代知识分子羡慕不已的，就在于他们获得了空前难得的自由。

这种自由，既有挣脱牢笼与束缚的心灵自由，也有处于游离状态的人身自由。

在神本化的原始蒙昧时期，人们的心灵完全被局限于宗教神学的狭隘框架之中，跳着一曲戴着镣铐的沉重舞蹈。在殷商、西周时期，神的氛围虽然有所淡化，但人们对上帝、神灵、地祇等仍怀有相当虔诚、崇敬与景仰的心情。只有到了春秋战国时期，人们才真正体会到理性光芒照耀下的自由与喜悦：孔子对宗教神学存而不论，"敬鬼神而远之"；道家在鬼神之上设置了一个无所不在的本体——道，以道来取代天帝鬼神的地位；而法家代表人物荀子，则完全推倒了宗教神学的偶像，将天视为一种没有意志的自然现象，提出"制天命而用之"的唯物主义思想。

神灵的枷锁被挣脱了，世俗的制约也有所松动，王权也不再那么神圣。庶人议政，成为春秋战国时期的一大政治特征。不仅士人可以议政，即使处于最底层的普通百姓，只要他们拥有一份政治热情，也可讨论有关天子、诸侯、大夫的国家政事。而在此前的西周时期，天子诸侯具有至高无上的地位与毋庸置疑的权威，宗法伦理更是将人们圈定在不同的等级范围之中、制约着人们的言行，只是稍稍议论一下国家大事也会被视为逾规越矩。

与此同时，旧道德、旧秩序、旧伦理也在不断解体，文人们完全可以根据自己的理想与信仰重新规范制度秩序、设计伦理模式。如墨子提出"兼相爱，交相利"的博爱思想，杨朱学派公然

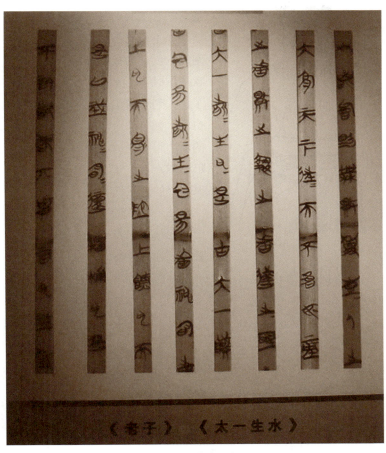

郭店一号楚墓竹简

打出"为我"的旗号，庄周力倡"绝圣弃知"的主张……他们向传统宗法伦理规范大胆挑战，甚而从根本上否定了西周以来的政治宗法体制。

魏文侯画像

春秋战国之前，人们被束缚于圣贤、君王的训条与规范之中谨小慎微，不敢越雷池一步，生命力被阉割、创造力被压制。只有到了春秋战国时期，宽松的政治环境出现了，人们获得了参政议政的权利和自由，独特的个性得到尊重、内在的活力得以释放；才有可能产生自己的观点与主张，才有可能出现百家争鸣的兴盛气象。

这一时期的知识阶层，大多处于游士状态，将人生定位在"为王者师，为诸侯友"。

他们不愿受制于人、依附于人，而是游离于政治体制、官僚体系之外，凭智慧才能、道德品质、人格力量啸傲君王、左右诸侯；以思想、学说、主张干预政治，影响政治，指导政治，从而实现人生的意义与价值。

他们再也不必担心触犯神灵，不必揣摩君侯心理、看其脸色行事，不必害怕招惹是非、动辄得咎。战国文人进入一种多重自由的人生境界——心灵自由、人身自由、人格自由，没有不敢说的话、没有不敢做的事、没有不敢涉足的领域，大胆否定，开拓进取、勇于创新。个人的能量与潜力得到最大限度的释放，生命力、创造力得到最大限度的发挥。

因此，战国时期不仅成为知识分子的黄金时代，更成为中国历史上少有的人才辈出、理性闪烁、百家争鸣、文化繁荣的伟大时代。

这一时期之所以如此辉煌灿烂，一个最重要的因素，就在于王权瓦解、战国纷争，为士人提供了施展才华的广阔背景与现实土壤。

春秋之初，小国林立，经过长期不断的战争兼并，到了战国时期还剩下齐、楚、燕、韩、赵、魏、秦等七个强国。天下一统，远离战争，是广大民众的普遍愿望。而在当时，人们还没有今日西方的民主、选举、联邦等观念，欲实行天下统一，途径只有一条，那就是用武力征服。武力征服，便意味着一国获胜，其他六国消亡。战国七雄，全都面临着生死存亡的竞争与危机。

生存的竞争归根结底是人才的竞争，"得地千里，不若得一圣人"。"士"，便成为各国统治者关注、争取的人才与对象。

士林阶层受到统治阶级的器重并非偶然，而是自身特点与时代发展的必然结果。

当贵族与非贵族这两大等级消失之后，取而代之的是官与民的划分与对称。官分九等，民为四级。士农工商，作为四民之首的士，介于官与普通百姓之间。他们没有统治阶层的挥霍享受与为所欲为，避免了这一阶层的骄奢淫逸与颟顸无知；也不必像普通百姓那样为个人的生存与生活承担繁重的体力之劳，有了学习、思考的精力与时间。战国之"士"大多具有政治、军事、外交、经济、文化、艺术、科技等方面的专业才能，具有一定的思想理论，对当时天下大势有着较为透彻的理解与精辟的分析，同时心怀拯救黎民、再造天下的责任感与使命感。因此，也只有"士"才有资格受到各国统治阶层的青睐。

战国初年，魏文侯率先礼贤下士，并依靠这些招揽而来的人才使魏国在短暂的时期内迅速崛起，跃升为一流强国。

各国诸侯目睹了魏国的强盛过程，对士人超凡的功夫与能耐莫不心悦诚服，竞相利用各种手段将这些社会精英笼络、聚集在自己身边。

于是乎，争"士"养"士"，一时间蔚然成风。

居于从属地位的士人就这样昂然走至战国历史舞台的中心，从配角一跃而成为时代的主角。

政治的多元化为士人提供了多向选择的可能，对各国君王，他们抱着"有恩则往，恩绝则去，合则留，不合则去"的态度。

"士无定主"，战国文人完全摆脱了昔日的等级隶属关系。在与诸侯王公相处时，"士"可以当面批评、指责、讽刺，甚至贬损诸侯王公；而诸侯王公哪怕心存不满，也只有委曲求全，不会对士施加任何惩罚，最多不过勃然变色而已。

战国时期，诸侯纷争。"士"所在国重，得"士"者昌，"士"所去国轻，失"士"者亡。

士人与国家兴衰息息相关，因此，谁也不敢拿国家命运开玩笑。

四

士人没有固定的资产，少有祖国的概念。他们周游列国，纷纷亮出自己的思想学说与政治主张，若受到某国君主的器重便不遗余力地报答知遇之恩，正所谓"士为知己者死，女为悦己者容"。一旦恩绝，他们又投奔别国，另择高枝。为了实现自己的理想学说及政治主张，他们可以不择手段，"有奶便是娘"，抱有鲜明的功利心态与实用目的。

先是君主养"士"，尔后公子、大臣也可养"士"，这为士人的竞相逐利提供了更多的空间与机遇。

公子、大臣养"士"的目的除捍卫本国利益外，更多的却是恃宠处位、邀取声誉。其中，最著名的当数战国四公子与秦相吕不韦。他们豢养了大量门客——成分相当复杂，既有士人又有鸡鸣狗盗之辈，还有不少亡命之徒，真可谓鱼龙混杂。

到了战国中后期，大多数士人除了一己之私利外，根本就没有什么治国理想与政治抱负，没有社会良心与责任担当，其立场观点、施政方略往往随着个人利益的变化而变化。他们心中，充斥着的只有功名与利禄。那些纵横策士竟毫不掩饰地向世人展示他们自私自利的人生哲学，宣称要官、要钱、要地位、要享受，最为后人所熟知的便是苏秦与张仪。

苏秦倡导连横，游说秦王失败，回到洛阳家中，父母、妻子、嫂子对他全不搭理。家人的冷漠使他倍感世态之炎凉，愈加认识到功名富贵的重要性，也就更加用功了。他发奋苦读，研究游说之术，真正达到了"头悬梁，锥刺股"的地步。一番刻苦努力后，满腹经纶的苏秦再度"出山"了。连横不成，此次他改弦易辙，抛出合纵策略。只要能够达到个人荣华富贵的目的，观点、主张、立场可以随时更改，道德、廉耻、正义、责任根本不值一钱。苏秦鼓动巧舌如簧，游说赵王大获成功，一举登上赵国卿相的宝座。随后，他又以赵国为依托，联合齐楚燕韩魏其他五国，建立起六国联合抗秦的合纵大同盟。而苏秦，则身佩六国相印，成为这一同盟的实际领袖，达到了政治权力的峰巅。等到他再次路过故乡时，家人的态度全然改变：父亲、母亲不顾年迈，前往三十里远的郊外迎候他的归来；妻子由过去的不理不睬，一变而为诚惶诚恐，侧目而视；曾经不愿为他做饭的嫂子也匍匐在地，再三请罪。对此，苏秦不由得感慨万端地说道："唉，如果贫穷，哪怕父母也不把你当儿子看待；而一旦富贵，就是亲戚也会畏惧你、敬慕你。人生在世，权势、地位、富贵，这些东西实在是太重要了！"此时的苏秦，在他眼中，除了个人的势位富贵外，知识分子的担当、责任、理想、正义等概念早就抛到九霄云外去了。

另一连横派领袖人物张仪，也是一位与苏秦类似的"志同道合"者。张仪在没有受到秦王重用前，曾游说其他诸侯。一次，张仪与楚国丞相饮酒，丞相的一块璧玉不翼而飞，便怀疑为张仪所盗。丞相门下捉住张仪，要他交出璧玉。张仪没有行窃，无法交出赃物，丞相只得鞭笞数百后将他释放。张仪回到家中，妻子说："你要是不读书不游说，怎么会受到这样的羞辱呢？"张仪却道："你看我的舌头还在不在？"妻子笑着回答："舌头完好无缺。"张仪说："这就行了。"只要舌头在，张仪仍可凭它打动君王，获取荣华富贵，也就有了出人头地的希望。

苏秦、张仪坚韧不屈的顽强意志固然可敬，可他们那追慕世俗权位与人间富贵的个人主义、利己主义又令人鄙薄不已。富有血性的正直文人往往将苏秦、张仪之流视为不道德的小人与权谋诈术的典型，如当时的儒学代表人物孟子便认为苏秦、张仪所行的是"妾妇之道"。

如果说战国中期还有不少正直文人羞于与同时代的苏秦、张仪为伍的话，那么到了战国末期，整个士人阶层差不多被功利主义思想给完全同化了。

战国时期，诸子百家各抒己见，纷纷提出自己的理论学说及政治主张；虽曾有过齐国稷下学宫那种较为纯粹的学术机构及重在发展学术、务虚大于务实的特例，但更多时候及更多士人却并非为学术而学术，大都通过学术、学说、理论来干预政治、影响君王，实用与功利目的相当明显。

诸子百家中，尤以儒家、道家、法家、墨家、名家、纵横家、阴阳家、杂家、农家、小说家最为突出，而最受统治阶级青睐与器重者又数法家，被视为治乱、强兵、富国之法宝。从战国初期的魏文侯任用法家代表人物李克、吴起、西门豹等人取得辉煌政绩到中期秦孝公时的商鞅变法使得秦国迅速富强，再到后期秦始皇以法家学说平定六国一统天下，我们不难发现，贯穿整个战国时期的一条清晰主线便是法家势如破竹、节节胜利的历史。

法家以法治国，但他们所立、所守、所行之法，与我们今日的"法"有着截然不同的区别。法家的出发点是维护君王的专制统治，通过高度集权形成一种所谓的"凝聚力"，以此来达到削平动乱、统治人民的目的。他们崇奉君权至上，视民众如草芥。

一般来说，法家人物性格果决、刻薄寡恩，蔑视传统道德，具有浓厚的现实主义倾向。

早期法家代表人物吴起杀死自己的妻子以取得鲁国君主的信任，被授为将军；母亲逝世，因为还没有达到卿相之位，也不赶回卫国奔丧；为了换取士卒的信任与死战，吴起不仅与他们同衣食、背粮草，还亲自为患有病疽的士卒吮吸浓血，理性、毅力、志向在吴起身上发展到畸形变态的可怕地步。

中期以变法而使秦国富强的著名法家商鞅，在游说秦孝公时为使自己脱颖而出，竟选择正直之人羞于为伍的太监作为恩主；率兵伐魏时，魏国派遣他的昔日好友公子卬率兵迎击，商鞅不讲信义、欺骗朋友，于宴席间伏兵突袭公子卬并逼迫魏兵割地求和。

后期集法家之大成的代表人物韩非，从人性恶的角度出发，赤裸裸地宣传君王专制统治的合理性，以是否有利于富国强兵为唯一标准来判断一切是非。他本是儒学大师荀子的学生，却违背当时尊师重道的传统而与老师荀子"叫板"，认为儒家的仁义道德、礼乐典章无法拯救乱世，称儒家为社会蠹虫。

韩非的同学李斯，则完全抛弃了士人阶层所应有的基本信义，卑下阴暗、自私委琐、刻薄狠毒到了令人发指的程度。他嫉妒同学韩非，置他于死地而后快；虽为士人，却焚烧《诗》《书》，禁绝私学，实行愚民政策；为求生路、保富贵，与宦官

韩 非 像

赵高合流，篡改秦王遗诏……

法家人格虽然历来为人鄙薄，但其彻底的现实主义态度与充分的理性精神却使得他们所向披靡、一路挺进，最终在韩非的学说指导下，经李斯在秦国不折不扣地实施而使得中国走向统一。

"成者王侯败者寇"，国人历来崇拜的是那些成功了的帝王将相，因此尽管对其厌恶、鄙薄、不齿，内心深处却又不得不膺服与信奉。上有好者，下必效焉。人们于不知不觉间受到影响，渗透到日常生活的言谈举止之中。年长月久，浸润开来，便形成了一种无孔不入、到处弥漫的"世风"。世风日下，也就在所难免了。

以战国为界，此后的文人阶层在人生理想、政治追求、学术色彩、处世方式、性格特征等诸多方面，无论是正面的积极传承还是负面的消极影响都莫不与先秦士人有着难以割舍的"血肉关系"，都被打上了一道无法抹去的永久"胎记"。

五

战国诸侯之所以重用文人，其目的就在于利用他们的才智，促使国家强盛、消灭其他六国，达到一统天下的目的。

统治者与士人之间，不过是一种利用与被利用的关系，并未形成互相制约、互敬互重、推心置腹、圆融无间的良性循环机

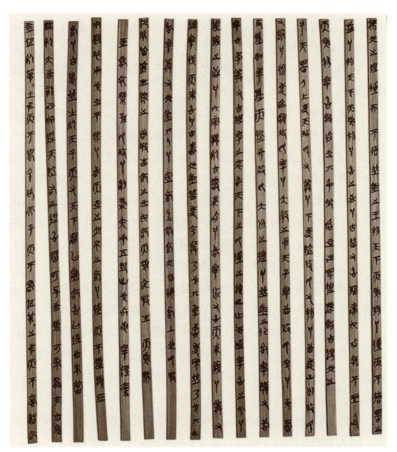

竹　简

制。天下一旦统一，不管现在的君王还是过去的君王，他们立时会原形毕露，等待着广大士人的将是残酷的钳制与血腥的镇压。

　　所有战国文人的目标，当然与诸侯王公的指向一致，那就是要重新建立一个版图统一的中央集权国家。

　　士人殚精竭虑的，自然也是怎样实现这些诸侯王国统治者的政治使命，从理论上论证、在实践中力行，为天下统一献出自己的宝贵青春与聪明才智。

战国文人在做这一切的时候，不知不觉地陷入了一个难以走出的怪圈。

他们尽情享受着战国纷争带来的自由与独立，却不得不视此为天下最大的不幸，并为早日结束这种局面而奋斗不已。也不知士人们想过没有，他们在艰苦卓绝地实现着统一天下的目标之时，也在打造着重新束缚自己的铁链与枷锁。士人们即使想过，恐怕也是一闪念而已，短暂的彷徨与犹豫过后，当是加倍地努力与投入。时代与历史的局限性决定了战国士人不可能继续向前迈进，毅然决然地走向启蒙与解放。历史、环境与土壤决定了中国古代士人阶层除了走向集权、服从专制而外，别无他途可寻。

随着六国的消亡与大秦帝国的建立，文人们求新求异的创造活力被纳入规范整合的框架之中，自由与独立被专制集权残酷扼杀。

常令后人扼腕叹息的是，战国士人阶层对专制统治的整体服从竟然那样彻底，连某一个体的例外也不曾有过。无论哪种流派、何种观点，也无论士人们如何挣扎、如何奋斗，其指向莫不归于同一个目标——天下一统。

统一的目标一旦实现，战国文人的心灵之花也将随之枯萎凋零，陷入窒息、因循、服从、僵化的漫漫长夜与可怕深渊。

直至鸦片战争爆发，在煎熬了两千多年的漫漫时光之后，文人们才在西方坚船利炮的催迫下重续战国旧缘，再度焕发新的活力与生机。

也许，这就是中国古代知识分子无法摆脱的悲剧与宿命?!

◎

秦汉文人的蹂躏与阉割

一

战国时期，七雄相争。

随着秦军铁蹄暴风骤雨、势如破竹般地迅猛敲击，中华山河被一一纳入秦国版图，"六王毕，四海一"。公元前221年，秦王嬴政终于用武力完成了统一中国的宏伟大业。随后，他又采取了一系列维护、巩固中央专制集权的严厉措施：废分封制，设立郡县，整齐官制；统一道路，统一货币，统一度量衡，统一文字；专任刑法，轻罪重罚，专行暴政……中国历史经由秦王嬴政之手，出现了一次影响极为深远的重大转折。

渴望战争消弭、天下一统、和平安宁，是包括知识分子在内的广大民众的心愿。然而，大秦王朝的统一非但没有给普通百姓带来吉祥与福祉，反而以一种从未有过的专制残暴无休无止地折磨中华大地上的芸芸众生。修筑长城、造骊山坟、建阿房宫，秦王嬴政横征暴敛，国无宁日、民无宁时，天下百姓无不怨声载道。

最为惨烈的当数文人学士。

血与火的残酷战争结束了，心灵的蹂躏与践踏却随之而来。他们失去了周游列国的可能与风采，只能依附于唯一的王朝——秦廷。昔日君主之所以不敢得罪士人，一是要利用他们的谋略才智，以强兵富国，统一天下；二是，担心那些不受重用的士人为敌国所用，对己构成威胁。其他六国灰飞烟灭了，无论士人怎样奔走，终归是秦国的地盘。因此，秦王对士人尽可为所欲为了。他可以重用你，也可以贬斥你；可以封官赏赐让你身居高位，也可使你沦落底层衣食无着；可以让你生，也可以叫你死……文人在秦王嬴政眼里再也不是什么了不得的人才，不过是一堆可以随意处置的肉体罢了。

在专制强大的秦朝国家机器面前，文人实在是太渺小、太可怜了。他们除了听之任之，除了忍气吞声，除了含辱压抑外，几乎没有半点反抗之力。

想当初，他们于秦王朝刚刚统一天下时，也曾有过短暂而欣喜的欢呼。毕竟，中华大一统来得实在是太不容易了！他们对秦王嬴政抱有希望，憧憬着新的王朝能给社会带来繁荣与生机，给天下百姓带来和平与福祉。然而，大秦王朝建立不久，很快就露出了它的虎狼本性。尽管如此，文人们仍对嬴政怀着一定的幻想。他们承袭战国"处士横议"之风，依托《诗》《书》等典籍，剖析法令、抨击时政以发泄不满，依然保持着昔日"激扬文字""指点江山"的潇洒与浪漫。战国时期的君主，对士人的好为"王者师"自然心怀不满，但他们不得不隐忍在心；而秦始皇却不同了，他视文人的"横议"为狂妄与诽谤，他容不得别人对君权有半点不敬与非议，他决心好好地惩治一下这些不知天高地厚的"处士"。

嬴政并非一介四肢发达、头脑简单的莽夫，而是一个目光阴鸷、胸怀城府的君王，他在寻找着一个较为合适的机会。

提供这一机会的不是别人，正是文人出身的丞相李斯。

文人相轻，是几千年来的"国粹"。所谓堡垒最容易从内部攻破，文人也最清楚本阶层致命的"软肋"。文人整文人，往往最到位，也最残酷。最具讽刺意味的是，当年你死我活地整来整去，结果往往会整到自己头上。

自己种下的苦果，最后还得由自己吞咽。这是无可更移的铁的规律，可许多文人总是短视，难以明了。

那是公元前213年的事了，秦始皇在咸阳宫举行盛宴，文武百官齐声称颂他的丰功伟绩。仆射周青臣对秦始皇扫平六国诸侯、实行郡县制的功绩更是推崇不已。博士淳于越对周青臣的阿谀恭维大为反感，当即进行了有力的回击。他认为秦王朝应该效法商周实行分封制，并说"事不师古而能长久者，非所闻也"，还说周青臣"面谀"皇上，不是忠臣。

面对分封制与郡县制孰优孰劣的争执，秦始皇没有立即拍板定夺，而是不动声色，交给参加宴会的诸位大臣讨论评议。

废分封、设郡县是丞相李斯的动议，因此，他对博士淳于越的观点予以严厉反驳，并对秦初士人的自由学风提出批评："而今天下平定，法令归于一统，普通百姓安居乐业，一片繁荣祥和。可是，儒生们却无事生非，以古非今，挑拨离间、祸乱民众。朝廷若不及时禁止，上则危及皇帝权势，下则形成朋党之争。"

李斯情绪激昂，一番话虽然说得耸人听闻，却正中秦王下怀。嬴政一边听，一边连连点头不已。李斯受到鼓励，针对如何限制秦初文人言论自由，提出了一个遗臭千古的恶毒主张——焚书！他建议：除开《秦记》及医药、卜筮、植树之书，应将天下所有其他书籍全部焚毁；除开博士掌管的国家藏书，其他收藏《诗》《书》及诸子百家著作的，应统统送交地方官员烧掉；有敢于谈论《诗》《书》的立即处死，借古讽今的灭族，知情不报者同罪；焚书令下达三十天后没有行动的，要处以黥刑，罚做苦役；严禁私学，鼓励臣民学习法律，以吏为师……

李斯的建议很快被秦始皇采纳，变成操作性强的具体惩治措施在全国范围内严厉推行。

于是，一场从繁华城市到穷乡僻壤的大规模焚书行动开始了：一捆捆竹简在大火中噼啪爆裂，一卷卷丝帛在烈焰中消失，胜过珠宝的典籍、价值连城的孤本刹那间化为乌有。熊熊火光与浓浓青烟笼罩着中华大地，许多珍贵的先秦古籍因此而失传，比如六经之一的《乐经》，便在这场史无前例的焚书浩劫中化为灰烬、永难寻觅。

规模浩大的焚书活动，大张旗鼓地进行了一个多月。除大批珍贵典籍被焚被毁外，更为惨重的是，自春秋末叶以来文人学士们那种蓬勃的自由思想，因此也遭受了一次残酷而致命的打击。

焚书之后，从全国各地搜罗而来的七十名博士被闲置不用，数千名诸生被置于"廉问使"的监督之下。表面看来，这些国宝似的重要士人并没有被撤职，但是，他们已由过去的"王者师"变成了宫廷的道具与装饰品。

颁布焚书令且严格施行的自然是暴君秦始皇，但提出焚书主张的却是身为文人的丞相李斯，正是他的"献计献策"，才引发了一场焚烧典籍的冲天大火。可以毫不夸张地说，实行愚民政策，剿灭人类文化，李斯是首倡。

只要能够得到主子的宠信，享受人间的荣华富贵，什么独立人格、社会责任、历史使命在李斯眼里顿时变得一钱不值。他谋害师兄韩非，与赵高、胡亥一起伪造秦始皇遗诏，谋杀公子扶苏与统率军队的蒙恬兄弟。在人生的关键时刻，李斯心中所系，唯有个人的功名利禄与恃宠处位；而千千万万老百姓的基本生存权利，哪怕是本阶层的利益，他压根儿都没有考虑过。

多行不义必自毙，作为一个没有任何信义、理想与人格的文人，李斯最后不由自主地落入了宦官赵高设计的陷阱，因所谓的"谋反罪"在咸阳闹市中心被严刑处死，并累之家庭三族。

当李斯被人五花大绑押赴刑场的那一时刻，他的富贵梦终于醒了，不由得对受到牵连、同样即将受死的二儿子说道："我多想与你们像过去那样牵着黄狗，一起走出城东门，到郊外去追逐野兔呵……"

然而，就是这样一个连普通百姓时时都能得到的机会与要求，于他来说再也不会有了。当处罚与报应降临在为虎作伥却又具有一定代表性的文人李斯头上时，耻辱与灭亡便成了他不可避免的归宿。

焚书过后是坑儒。

后人每每提及秦始皇的暴政，往往将焚书与坑儒联系在一起囫囵当作一回事情。其实不然，焚书与坑儒，它们是一前一后两件背景各异的事件。

坑儒发生在焚书一年之后，即公元前212年，直接起因是儒生卢生、侯生讥讽嘲弄秦始皇。

秦始皇统一六国，达到了权力的巅峰，在人世间，他尽可以为所欲为。然而，他的心头却时刻笼罩着难逃一死的宿命与悲哀。死亡的阴影与强权的暴虐犹如硬币的正反两面紧紧地缠绕着他的身与心，自然而然地，他开始迷信鬼神，四处求仙拜神、寻找长生不死之药。

早在公元前219年，秦始皇巡行齐国故地时，方士徐市（或作徐福）赶来上书说海上有蓬莱、方丈、瀛洲三座仙山——山上住有得道成仙的神人，要求秦始皇让他带人前往寻找。秦始皇爽快地答应了，徐市带领数千童男女乘船入海，结果一去不复返，杳无音讯。

公元前215年，秦始皇东巡碣石，派卢生出海寻找传说中的上古仙人羡门、高誓，又派侯生等人寻求长生不死之药。不久，卢生归来，编了一套骗人的谎话说他不仅找到了仙人还求来了可以预言祸福的"图书"，"图书"上赫然写着"亡秦者胡也"五个大字。对此，秦始皇深信不疑，为保住秦朝万世江山，他马上派遣大将蒙恬率军三十万征讨"胡"人匈奴。

三年后，秦始皇仍执意寻找长生不死之药。可是，谎称求遇"仙人"的话好骗，长生不死之药却无法兑现。卢生只得绞尽脑汁地拖延时日，敷衍周旋，说要起居行踪保密才可求得。秦始皇一一照办，却还是无法得到梦寐以求的长生不死宝药。

卢生、侯生眼看无法交差，只得凑在一起商议对策。他们认为始皇帝"天性刚愎自用"，"乐以刑杀为威"，交不了差，将会导致杀身之祸。于是，两人决定一同逃亡。

秦始皇得知卢生、侯生出逃的消息后，十分恼恨，又听说出逃前两人将他好好地非议、"诽谤"了一番，更是怒不可遏。

他将徐市欺骗他的旧账与卢生、侯生欺骗他的新账加在一起，寻找"出气筒"与"替罪羊"。因为徐市、卢生、侯生都属儒生、方士，他便命令御史把聚集在咸阳的所有诸生抓来严刑拷打，详加审问。

诸生或自我"招供"，或相互告密，或故意陷害，共有四百六十多人受到牵连。这些受牵连的儒生所犯禁令，无非是以古非今、谈论《诗》《书》而已，其实算不得什么大罪。若在春秋战国时期，这不过是正常的切磋学问、探讨政治而已，可秦始皇却对他们采取了过于严厉的惩治措施：不仅一个不留地处以死刑，还动用了最为严酷的执行措施——活埋。

关于焚书与坑儒，顾颉刚在《秦汉的方士与儒生》一书中写道："焚书是初统一时的政治使命，坑儒则不过始皇个人的发脾气而已。"

然而，从维护封建专制这一点来看，坑儒则是焚书的继续。

公子扶苏知道父亲嬴政的暴行后进谏道："天下刚刚安定，远方的百姓还没有真正臣服。诸生诵读、师法孔子学说，皇上却对他们处以死刑，我真担心会引起天下不安，请皇上明察。"秦始皇不仅不"明察"，反而觉得扶苏触犯了"龙颜"，一气之下将他从身边打发走，派往北方边塞监督蒙恬去了。

咸阳的儒生被剿杀了，可全国各地类似的知识分子还有不少。秦始皇为钳制自由思想，又策划了一起残酷的屠杀事件。

他派人在骊山陵谷的温暖地方秘密种上瓜秧，等到冬季瓜熟时便以观赏、研讨、品评这一奇异现象为名召集各郡县儒生七百多人前往骊山瓜熟之处，然后设置伏机，将赶至现场的所有儒生全部杀害并就地掩埋。

四百六十多名咸阳儒士被活埋，七百多位全国各地儒生遭杀害，秦始皇首开坑儒杀士这一文化专制主义先例，给广大士人造成了巨大的心理震慑与伤害。

动不动就要杀头问斩，谁也不敢谈古论今。

《诗》《书》自然是不能读了，要想读书，也只能看些卜筮、种树之类与政治、社会没有什么关联的东西。

整个社会从上到下，变得一片喑哑死寂，知识分子本来就不怎么硬挺的脊梁更弯折了。

士人们没有固定的收入与经济来源，如不依附封建政权机构领点俸禄，恐怕连穿衣吃饭等最起码的生存、生活条件都难以得到解决。而士人们要依附统治集团，就只有谨小慎微、唯唯诺诺、受制于人。

文人的社会地位与生存处境，由春秋战国的绚烂春天陡然跌入秦朝专制集权统治下的三九寒冬。

二

　　秦始皇的倒行逆施提前透支了秦王朝的精力与生命，随着他的骤然死去，秦国很快就在摧枯拉朽的农民起义中由衰落走向灭亡。

　　汉朝的崛起与诞生，主要建立在对秦朝大规模的颠覆之上，表现在思想文化方面，便是一度喑哑沉寂的诸子百家开始以不同的形式迅速复苏。

　　由于秦王朝的过于严酷与残暴，因此，汉朝在建立之初就不得不吸纳黄老之学无为而治的主张，采取"与民休息"的政策。一时间，隶属于新道家的黄老之学如日中天，大受统治者的青睐与老百姓的崇信。

　　焚书坑儒，诸子百家中受打击最甚的当数儒学。汉朝初期，

焚书坑儒

虽不再禁绝儒学，但仍受到一定程度的蔑视，如汉高祖就极其瞧不起儒生，并把儒生戴的帽子当作撒尿的便器。

以积极进取、干政从政为要义的儒学自然不甘于长期沉寂的局面，广大儒士在不断拓展势力范围。

儒学，从秦朝的死寂中不断复活，由汉初的低潮逐渐兴盛，终于在景帝时发展为一支能与黄老新道学相互抗衡的重要力量。

儒道相争互黜，乃至愈演愈烈。

儒学长期受到压抑，仿佛憋了一股气似的压制对方，抢占鳌头。

统治者严加管束，文人学士便噤若寒蝉。气氛稍稍缓和，又开始"窝里斗"，恨不得将对方斩尽杀绝。与政治斗争、武力征伐相一致的是，不同阵营的文人，心里也少有和睦共处、取长补短、共同繁荣的概念，而是相互残杀、拼命争宠以求一枝独秀的"大一统"主宰地位。

汉朝推行的是与秦朝截然不同的分封制，刘姓诸侯坐镇各地，俨如春秋战国时期的独立王国，知识分子又一次有了广泛的活动空间及安身立命的选择余地。虽然没有春秋末年战国时期那么活跃兴盛，但诸子复兴、百家争鸣的可喜局面总算是又一次出现在后人回望历史的视野之中了。

经过六七十年的"文景之治"，汉朝的经济实力变得空前雄厚起来。至汉武帝时，他内削藩王加强中央集权，外击匈奴、踏破南越、降服滇王、安定闽越，建立起东自东海、西到巴尔喀什湖、北自贝加尔湖、南迄南越的辽阔疆域。

政治一统、军事一统、经济一统、疆域一统，所缺的就是思想一统了。

正当汉武帝苦心孤诣地寻求封建主义中央集权的完整大一统

时，政治大儒董仲舒不失时机地站了出来。董仲舒提出"罢黜百家，独尊儒术"的主张，受到汉武帝的击节赞赏，并将其迅速而严厉地推向全国所有角落与领域。

随着董仲舒"罢黜百家，独尊儒术"的实施推行，汉初百家争鸣的局面又一次消失了，中华大地再次沉入万马齐喑的死寂深渊。

与秦始皇通过焚书坑儒、全面压制文人来制造文化虚无不同的

董仲舒像

是，汉武帝用的是另一种"杀人不见血"的软刀子来钳制人们的思想自由，采取的是怀柔征服之策，手段比秦始皇高明得多。

他没有像秦始皇那样一把火烧尽天下所有书籍，也没有动怒坑杀文人学士。他所做的，是从诸子百家中仅选取儒术这样一种学说予以信奉，其余的皆属旁门左道、细枝末节，统统被束之高阁。

儒学被抬到至高无上的地位，被视为人间最高准则与唯一真理。与之相对应的是，只有儒生才格外受到重用，其他各学派的文人一律被打入冷宫。

汉武帝刘彻采取的崇儒措施主要有三点：

第一，设立五经博士。《易》《诗》《书》《礼》《春秋》为儒家的五部主要文献，独尊儒术，这五部儒家文献自然被推崇为经典。研习五部经典而卓有成效的学人，被奉为博士，原先其他各门学说的博士一律被罢黜。于是，博士之官全被儒家所垄断，儒学成了官方唯一认可的学术。研习儒学，也就成为仕宦之途的唯一通道，尊儒崇儒得以成为封建统治社会的一种制度。

第二，封禅。汉武帝通过泰山封禅这种神秘而庄严的活动，给儒学抹上了一道耀眼的圣光，儒学因此而被人为地神化了。

第三，改制。董仲舒将汉初流行的五行说、五德始终说纳入儒学体系，然后运用五行说改定传统历法。公元前104年，汉武帝将这一新历法以诏令的形式颁行天下，儒学思想由此渗透到广大民众的政治、社会乃至日常生活之中。

与秦始皇焚书暴行相似的是，独尊儒术的动议也是出自文人内部——董仲舒的上策倡导，再由最高统治者汉武帝全面推行。

与李斯相比，董仲舒在个人人品方面似乎没有什么值得非议的地方。

他于公元前198年出生于赵国广川县一个家境比较富裕的庄户人家，小时受过较好的儒学启蒙教育，学业稍有所成。他曾做过一番向外发展的努力，想跻身于统治阶层，却没有获得成功，只好等而下之地做了一名"传道、授业、解惑"的教师。当教师对他来说也许并非一件什么坏事，因为远离官场，也就意味着可以远离一个肮脏、残忍的黑暗所在。他一边教学，一边潜心研究《春秋》，终于在四十岁时被汉景帝拜为春秋公羊学博士。当时，被汉景帝拜为春秋公羊学博士的只有两人，除董仲舒外，另一位是年事高迈的公羊学研究专家胡毋生。可以想见，董仲舒在研究春秋公羊学方面该是多么用功，取得的成就该是多么突出。

被授为博士后也没有受到重用，董仲舒只得重操旧业——授徒教学，同时仍不断研习儒业，游学四方。从史书记载中我们可知董仲舒性格执着，且达到了古怪的程度：六十多岁了，还一天到晚把自己关在屋内钻研学问，以至于到屋外转转走走，看看"园中菜"的机会也不曾有过。董仲舒之所以如此刻苦精进，心中仍渴望有朝一日进入政治权力中心，"学成文武艺，货与帝王家"，是儒者们的精神支柱与人生追求。

董仲舒一直熬到汉武帝完全执掌朝政、征召贤良这一年时，已是六十三岁的垂暮老者了，却仍葆有一颗"参政议政"的勃勃雄心。他老当益壮、满怀希望地来到都城长安，在全国各地推荐的一百多名贤良考试中崭露头角，位列第一，受到皇上的亲自接见与虚心垂询。

汉武帝三次策问，董仲舒三次答对，这便是历史上有名的"天人三策"，其主要内容就是"罢黜百家，独尊儒术"。

"天人三策"是董仲舒思想理论的一个总纲，其展开、充实与完善全都反映在《春秋繁露》一书中。

董仲舒对儒学的贡献，除将其定于一尊外，还从维护封建秩序的根本大纲出发对它进行了一番改造，提出了"三纲五常"说。"三纲"，即君为臣纲、父为子纲、夫为妻纲；"五常"，指仁、义、礼、智、信。"三纲五常"总括了整个封建社会的等级制度与道德原则，严重地禁锢了人们的精神自由。

董仲舒以牺牲其他诸子学问、钳制自由思想为代价，为稳固封建统治政权献计献策，建立了不可磨灭的"功勋"，可仍没有受到汉武帝的重用。此后，他还受到无耻小人的密告而被打入监狱，差点被以妖言惑众、诽谤上司罪丢了脑袋。

终其一生，董仲舒都在以自己的学问竭尽全力地为封建王朝服务，特别是"天人感应"说影响尤为深远。"投之以桃"，却没有换来"报之以李"，直到七十七岁告老还乡后，他还念念不忘官宦仕途，不禁黯然神伤地挥笔写了一篇《士不遇赋》的长文。

翦伯赞在《秦汉史》中对董仲舒其人曾有过一段精辟的评述："董仲舒用文化反对文化，用知识分子反对知识分子。一方面把于统治阶级有利的文化抬高到一尊的地位；同时又把于统治阶级不利的文化指为邪辟之说，而皆绝其道。这样就在中国文化史上，开辟了儒学学说独裁的局面，阻碍了中国文化自由发展的道路。其流毒所及，直到我们的今日，尚被其害。"

儒学与儒士从秦朝的被焚被坑，发展到汉武帝时的"唯我独尊"，一跃"龙门"，身价顿时翻了十倍。媳妇一旦熬成婆，也就露出了它的本来面目，变成了凌驾于一切学术之上的所谓正统法门，造成整个民族的暗哑与窒息。谁要是非议儒学，谁就是名教的罪人，稍有不慎，将导致杀身之祸。

古代文人学士对待不同的观点与学说，除了将其视为异己反对乃至剿杀外，缺少一种包容与大度。往往将学术争鸣纳入政治斗争的范畴之中，导致出现学术政治化的畸形现象。因此，中国古代历来缺少真正而纯粹、客观而公正的学术与学说。

儒家被抬到至高无上的高度，其他诸子如道家、墨家、法家等全部被打入冷宫。所有学人中，自然只有儒士属于正统，受到官方的承认与尊崇。

表面看来，儒士们的日子似乎过得极其风光，其实，他们过得一点也不舒心。他们要小心翼翼、如履薄冰地侍奉统治者，要不断压抑自己、扭曲自己以达到"克己复礼"的目的，要俨乎其然地将自己装扮成一个无欲无念的圣人……一句话，受到独尊后的儒学在不把别人当人看待的同时，也没把自己当成一个有着七情六欲的活生生的人来对待。

董仲舒独尊儒术，一个最直接的恶果，就是导致儒学的政治化。

董仲舒像

罢黜百家，全国只剩下一门异化了的政治学问儒教。从上到下，国人所读之书、所学之理全都是儒家的一套"玩意儿"，而儒学经典也就那么少量的几本书。可两千多年来，中国几乎所有知识分子所干的事情，不是诵读"六经"，就是"六经注我，我注六经"。一代又一代文化精英的智慧、才华与创造被白白地空耗浪费，陷入自我封闭、盲目自大、因循守旧的怪圈中难以自拔。

儒学作为与其他诸子互相补充的一门学说，自有它的积极可取之处，但当它被定为一尊、成为衡量一切事物的标准时，其局限性、负面性乃至反动性也就日渐凸显。

儒学一旦被政治化、被独裁化，便失去了学术争鸣与生命活力。

在稍后的两汉之际，儒学又将谶纬迷信纳入其中，成为一种窒息自我发展的烦琐哲学。

当它在宋明时期变成理学之后，就完全沦为统治者的杀人工具了。

儒学越往后发展，便越来越走向自己的反面（只能空言，不能实行；只能教人，不能律己；只有幼辈道德、家庭道德与国民道德，却没有长辈道德、社会道德与政府道德），成为虚伪的象征，成为反民主、反自由、反科学的教条。

由此可见，董仲舒与汉武帝的"软刀子"比李斯与秦始皇的暴力更为刻毒，其改变更为彻底。

胡寄窗在《中国经济思想史》一书中写道："秦以后的文化曾遭受到三次厄运：一次是秦始皇的焚书，一次是汉武帝的罢黜百家，又一次是明初的科举制度。在这三次中，要算董仲舒所发动的这一次对封建政权的长期巩固所起的作用为最大，其在文化上危害也最为长远。"

可以毫不夸张地说，董仲舒罢黜百家，独尊儒术，影响并决定了中国两千多年来的政治、历史、文化、教育等诸多方面的发展。民族的柔弱、虚伪的盛行、科技的落后、官员的腐败、教育的奴化……一切的一切，我们似乎都可以在这一决定中国知识分子乃至民族命运的转折关头找到历史渊源与症结所在。

三

春秋战国之士到处周游鼓吹，献计献策于各国君王，合则留，不合则去。这些士人，皆属游士。春秋战国时期，也是一个

斗争。

士人的反抗势力主要有三种：一是在野的士大夫。他们耻于与外戚、宦官为伍，毁冠裂带、避居山野，议论时政、品评人物，形成一股波及朝野的"清议"运动。二是太学生。太学生是培养封建官僚队伍的后续力量，当时有三万多人。他们不能按正常途径登上政治舞台，对外戚宦官专权极其不满，于153年及162年爆发过两次大规模的政治请愿活动。三是下层官僚士族。一些较为正直的官僚士大夫，不满于外戚、宦官专权的黑暗政治，利用手中实权，以奏章或刑法弹劾外戚宦官及其党羽。

士人的反抗，势必招来外戚宦官疯狂的报复与打击，宦官的反扑尤甚，造成了历史上两次有名的党锢之祸。他们诬陷、逮捕士人，予以严厉处罚。特别是第二次"党锢之祸"，因谋杀宦官的机密被泄露，宦官突然发动政变，太学生与之展开了残酷的肉搏战。胜利后的宦官在全国范围内开始了一场针对士大夫的大肆搜查与追捕，先是百余人被下狱处死，接着死徙废禁六七百人，后又搜捕党人及太学生千余人，不知有多少文化精英在这场凶恶的报复行为中惨遭杀害。

受党锢之祸影响，东汉中后期的文化发展受到了极大的摧残。

大批经学之士被诬杀，两汉时期的文化思想主流——经学突然凋零；太学受到影响，学风日渐委顿，官学由此衰落，私学随之兴盛；大批有骨气、有节操、有修养、有学问的知识分子惨遭杀戮，造成士人的整体素质下降，奴性与媚骨越来越浓……

两汉时期，还有一支特殊的士人队伍曾发挥过巨大的作用与影响，这便是中国历史上著名的"士族"。

"士族"，顾名思义，是士与宗族的结合。"士"的背后，附随着整个宗族集团。

受远古宗法社会的影响，中国传统的宗族势力一直颇为强盛，但与"士"结合在一起，当在汉武帝独尊儒术之后。

"学而优则仕"，孔子的话在他死后几百年终于成为一种现实与时尚，读书成为一种利禄的阶梯。只要书读得好，就能跻身上流社会，就能当官发财、名利双收。因此，社会上稍具一定势力的强宗大姓无不尽力培养子弟读书，久而久之，这些宗族便成为官宦世家与士族阶层。同时，也有部分士人于政治得势后不断扩张家庭财力，使得整个宗族变为社会上有权、有财、有势的士族。

西汉后期，士族在社会上逐渐获得了主导地位，对历史的发展起到了不可估量的重要作用。

王莽变法运动的成败兴衰，就与士族有着密不可分的关联。

他之所以能够脱颖而出、成为众望所归的改革派人物，除了出身外戚、有着过硬的王室背景外，还在于他获得了无数士人的倾心与支持。王莽登上政治舞台，也不是以外戚的身份，而是以一介士人的姿态出现在世人眼中。后来，他的新政失败了，究其原因，主要在于得罪了士族阶层。王莽恢复井田制、禁止奴婢买卖，限制了士族大姓的经济扩张，遭到他们的强烈反对，很快导致新朝政权的崩溃与垮台。

光武帝刘秀于乱世间起兵，于群雄中崛起并建立东汉政权，也在很大程度上依靠了遍布全国各地的士族力量。

士族势力、士族阶层下的"士"，差不多完全政治化了，已算不得纯粹士人。知识与学问对他们来说，不过是晋升上流社会的一种手段、一块招牌而已。

◎

魏晋文人的劫难与怪圈

东汉末年，董卓叛乱，呈大一统局势的汉王朝被各路军阀分解得支离破碎，中华大地又一次陷入干戈纷争、杀戮不断的混乱局面。

经历东汉末年严酷的党锢之祸后，整个知识分子的人生价值观念与生存心态几乎发生了根本性的变化。

此前，他们以儒家入世学说为指导，渴望建功立业，而政治的黑暗与宦海的险恶似乎给他们上了一次人生的"大课"。个人追求、人生价值、功名利禄在血流成河的屠杀面前全部变得黯然失色，他们不得不发出人生如朝露、如浮萍、如飘尘、如远行客的深切慨叹，目光从现实社会转入精神世界。于是，追求独立的人格与超脱的意境，成为寄身于魏晋南北朝这一悲惨乱世的知识分子的群体特征。

在魏晋南北朝的三百年混乱时期，先是群雄逐鹿，接着八王叛乱，后是五胡入华，朝代如走马灯似的不断更换。然而，跃动于历史舞台上的，却少有知识分子的身影。他们不仅没有春秋战国时期游士的积极进取、干预世事，反而陷入一种莫可名状的忧虑烦恼、惶恐不安与悲哀痛苦之中。为宣泄排遣，他们或服药行散、醉酒长啸，或放浪形骸、谈虚说玄。

吃行散药由曹魏时期的大名士何晏起始，尔后逐渐发展为一种士人之风。寒食散中配有紫石英、白石英、赤石脂、钟乳石、硫黄等五种矿石，毒性颇大，若服食不当，将对人体造成较大伤害：常有服后致残、致死的情况发生，与现在的吸毒大同小异。

何晏等一批正始名士以服用寒食散宣泄内心的焦虑与苦闷，而以"竹林七贤"为代表的另一批士大夫则以狂放不羁、裸裎醉饮等方式排遣心中的迷茫与痛苦。

"竹林七贤"指山涛、嵇康、阮籍、向秀、刘伶、阮咸、王戎等七人，据《魏氏春秋》所载，他们"相与友善，游于竹林，

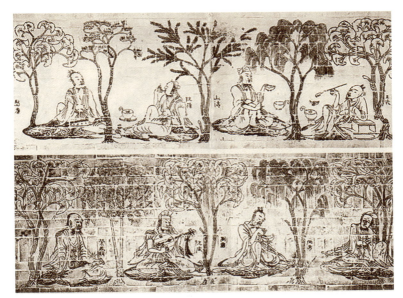

南朝大墓砖画《竹林七贤与荣启期》

号为七贤"。

阮籍饱读诗书，曾在曹操手下做过记室。他听说军中一个厨子善于酿酒，仓库中藏有三百斛上等美酒，便向朝廷提出要求，当了一名步兵校尉。一天夜晚，阮籍终于寻了个机会，独自一人跑进仓库开怀畅饮，结果醉倒在酒坛旁呼呼大睡。第二天早上被署中执事发现时，阮籍还未清醒过来。执事以为抓住了一名盗酒小偷，正欲邀功请赏呢，仔细一看，才发现此人是自己的上司。

阮籍除纵酒度日外，还常常有意做出一些与传统礼法相悖的行为。在母亲去世的居丧期间，他仍然酒不离口；一户当兵人家死了一位才貌双全、尚未出嫁的女儿，阮籍与这户人家并不相识，却赶去吊唁哭泣；邻家卖酒少妇长得漂亮，他常跑去饮酒，醉了就躺在那位少妇身旁……

阮籍长啸

刘伶纵酒则不分时间、地点、场合，想喝就喝，一喝就要尽兴，弄得个酩酊大醉。他写了一篇《酒德颂》，描述自己进入醉酒状态后物我两忘的境界，认为自己除了酒还是酒，此外便一无所知。每次乘车外出，刘伶总要备上一壶美酒，还让人扛着一把锄头跟在车后说："我若饮多醉死，就马上用锄头埋掉。"

除阮籍、刘伶外，名列"竹林七贤"的其他几人也是嗜酒如命，行为放浪，"越名教而任自然"。

魏晋士大夫不计生死，将服食行散药视为一种时尚，蔚然成风；或是以酒为癖，狂放不羁，发泄不满。他们之所以如此消极避世、及时行乐，主要因外部恶劣的生存环境所致。

身居乱世，士大夫与普通百姓一样，生命得不到半点安全与保障。汉末董卓篡权，只要稍不顺心，无论达官贵人、学者名流、普通百姓，无不肆意杀害。

190年2月，董卓为避开讨伐他的联军，决定放弃洛阳西迁长安。出发前，他下令将全城富豪集中在一起全部处死，财产全部没收，接着纵火烧毁洛阳。这些引颈受死者中，就有不少拥有"恒产"、居于富豪之列的士大夫。

无罪得咎，一切于转瞬间化为乌有，却又无法改变当时的社会现状、找到美好的出路，不得不引起广大知识分子的思索、焦虑与痛苦。"铠甲生虮虱，百姓以死亡。白骨露于野，千里无鸡鸣。"面对这纷乱破败的世界，就连当世枭雄曹操也深感无能与无奈，只有挥笔继续写道："对酒当歌，人生几何！譬如朝露，去日苦多。"人生太短暂了，只有借助酒力与醉意，尽量活得潇洒一些、愉快一些。

可是，当知识分子出身的曹操大权在握后，便对过去的同人与"战友"采取了严厉的高压政策——打击、杀戮、剪除，视士大夫为草芥，将他们玩弄于股掌之间。孔融、许攸、杨修、娄圭、崔琰等一大批著名知识分子，无不遭到他的强权诛杀，弄得整个士大夫阶层人人自危。为了自保，士大夫们要么曲意逢迎，如墙头草般依附统治机构；要么回避退让，寻找自保之策。

继曹操、曹丕父子之后，曹爽执政，曾经服用寒食散的何晏、夏侯玄等正始名士辅政。他们一改曹操、曹丕"术兼名法"的严刑厉法之策，主张并推行"无为而治"。

何晏、夏侯玄等具有理性与良知的士人想"无为"，而另一批刽子手却将恶欲膨胀到了极点，他们握着磨得闪亮发光的屠刀悄然上场，天真而善良的正始文人却无半点觉察。

当司马懿一场兵变给曹氏皇族带来刀光剑影的满门血腥之灾时，何晏、丁谧、毕轨、李胜、桓范等辅政名士不仅自己受害被杀，还牵累三族男女老幼无一幸免。

据《汉晋春秋》所载，仅司马懿的这次屠杀，就造成当时名士减少一半。

何晏一直胆战心惊地生存于世，"常恐入网罗，忧祸一旦并"，并以各种方式寻求自保，结果还是陷入统治者的魔掌无以逃脱。

文人学士的生存环境实在是太恶劣、太悲苦了！

面对严酷的社会现实与生存环境，在出世与入世间，"竹林七贤"内部也产生了分化。

山涛、向秀、王戎先后放弃了往昔的"越名教而任自然"的理论主张，投身当朝集团司马氏阵营之中，通过入世求官、建功立业的传统模式寻找人生归宿。而阮籍、嵇康、刘伶、阮咸则继续保持过去的观点，在未竟的人生之路上煎熬挣扎、艰难探索。

阮籍的女儿被司马昭看中，想让她嫁给司马炎为妻。阮籍不愿与当道的统治者同流合污，便大醉六十天不醒，弄得司马昭无法开口而作罢。此后，他更是行为放荡，以不谈论政治时事、不臧否人物的方式保全性命。

司马集团在大肆屠杀那些不肯向自己低头的知识分子的同时，也不惜以高官厚禄为诱饵招揽名士，为自己的政权服务。

稽康在"竹林七贤"中人品最高，他刚直不阿，最富反抗精神。司马昭曾派亲信钟会登门游说稽康"出山"，钟会不仅没有成功，反而遭到稽康的奚落。

曾是"竹林七贤"之一的山涛投靠司马氏做了吏部尚书，不久升为散骑常侍。吏部尚书一职于是空缺，山涛自然而然地想到了过去的朋友稽康，便向司马昭极力举荐并写了一封信给稽康，劝他"出山"辅助司马氏。

稽康抚琴

稽康接信，不仅没有"领情出山"，反而给他写了一封《与山巨源绝交书》的回信。

在信中，稽康对庸俗世事、虚伪礼教进行了猛烈的揭露与抨击，然后说道："我如何立身处世，心中早已明确，哪怕是死路一条也罢，也是咎由自取。如果你以一些事情来勉强我，就等于是把我推入沟壑……你如果以为与我共登仕途是在寻找快乐，其实是在逼我发疯发狂，我想你应该对我没有什么深仇大恨，还不至于这么做吧？"

稽康的这封绝交信既是与过去的朋友山涛（即山巨源）绝交，也是与司马氏统治集团绝交。

与重权在握的司马氏绝交，必然招致忌恨，他们随便找个什么岔子，夺走一条性命那可真是"小菜一碟"。嵇康的绝交信一出，就等于将自己推上了人生的绝路。

果不其然，司马昭借曾被嵇康得罪过的钟会之口，给他随便找了一个"言论放荡，非毁典谟"的罪名，便将其绑赴洛阳东市问斩。

魏晋南北朝时期被统治者杀害的著名士人除嵇康、何晏、丁谧、毕轨、李胜、桓范外，我们还可以列出一长串，如《博物志》作者张华，著名诗人、美男子潘岳，中国古代山水诗鼻祖谢灵运，史学名著《后汉书》作者范晔……

在中国古代社会，统治者总以为自己是人间俗世的主宰，拥有至高无上的权力，没有任何约束。他们视包括文人学士在内的广大民众如同草芥，他们想杀就杀、想砍就砍，无须罪名，也不需要寻找什么理由。置身如此恶劣逼仄的生存环境，稍有一点血性与骨气的文人无不动辄得咎，成为统治者剿杀异己的牺牲品。

敢于与社会抗争，与统治者较劲，能够发出独特声音的优秀文人无论在哪一朝代，都属凤毛麟角。于后人而言，他们是一缕缕难以搜寻的旷世绝响。

那些留存于世、一代又一代大量繁衍生息着的，多是一些充满奴性与媚骨的士人。他们的生理基因、文化基因决定了下一代、下下一代不可能长出文化的参天大树。

这便是中国古代文化长期徘徊不前，难以超越春秋战国这一历史时期的主要原因。

避死求生，保全性命，是人类的一种内在本能。面对屠伯们高高举起的闪亮刀子，除了那些少数卓异者外，普通人士自然会计算一下成本得失。拿着鸡蛋碰石头，于一般人而言，无异于傻瓜一个。国民是现实的，或者说是世俗的。可生活在一个积淀如此深厚的封建专制社会中，人们又如何超拔得了呢？

就以"竹林七贤"中曾令人佩服不已的阮籍而言，自己的女儿被当道、当权者看中，对一般人来说自然是一件求之不得的大好事，可他却敢于拒绝。当然，阮籍的拒绝是一种讲究策略与艺术的弹性拒绝，不同于嵇康的绝交与决裂。因此，司马集团多少还容得下他，他还活得下去。当然，他也想继续活下去。既然想活，就得克服文人动嘴动笔的习性，这，他也耐着性子做到了。

然而，即使阮籍想独善其身，司马氏却不让他安身。谁要你是一个影响巨大的名人学士呢？于是，在嵇康遇难后的第二年，他们还是找到阮籍，让他弄篇文字性的东西，向司马氏集团表态。

想到嵇康的惨死，阮籍只好妥协照办，违心地写了一篇劝司马昭进封晋公的《劝进笺》。

因为心有不甘，也就多多少少地玩了一点花巧，把语意弄得较为含糊。对此，司马昭忽略不计，没有就《劝进笺》中进退不明的词句跟他较真。而阮籍呢，不知是心怀恐惧、担心司马氏再来与他为难，还是因为写了这篇《劝进笺》羞愧难当，抑或是疾病缠身无法治愈；总之是《劝进笺》一写，不出几个月就与世诀别了，时年五十三岁，正是人生年富力强可以大干一番的好时光。

阮籍的去世，标志着一个时代的结束。

西晋灭亡后，士族大举南迁，依然恣情纵欲，少有进取拼搏者。

然而，他们的放浪形骸仅只学得了魏晋名士的皮毛。如果说阮籍、刘伶等人以酒当歌、举止怪诞是不甘与当道同流合污而又苦于没有出路的一种消极反抗，那么南北朝时期的士人只是为饮酒而饮酒，为放浪而放浪了。

比如士大夫出身的官僚胡毋辅之、谢鲲、阮放、毕卓等人就常常聚在一起，散发裸体，闭室畅饮，通宵达旦。一次，他们正在如此酣饮作乐，突有一个名叫光逸的同人前来拜访。门房不让进，他就脱光衣服，把脑袋伸进狗洞大声喊叫。胡毋辅之听了，当即说道："肯定是光逸来了，别人绝不会这样子做的。"马上将他招进屋内，一干人继续狂饮不止。

除饮酒放浪外，南北朝时期，特别在南朝，玄学之风尤为盛行。

身为文人，当然以舞文弄墨为能事，可稍有不慎，就会惹来杀身之祸。如果不说、不谈、不写，又何以名为文士？既要说，又不招来统治者的忌恨，只有这样才不失为两全之策。于是，他们远离社会，远离现实，谈玄弄虚。"居官无官官之事，处事无事事之心"，在其位，不谋其职；处其事，却无所事事，在虚幻与玄谈中消时度日。

其实，清谈之风于汉末就已兴起。那时候，士人们除研讨学术外，还干预时事，品评人物。只是由于党锢之祸与魏晋南北朝的政治压迫之重，士大夫们才逐渐由具体的指斥朝政、臧否人物转为抽象谈玄。

经过血雨腥风的洗礼，魏晋南北朝间的士人已被分化为两个不同的层面：置身政权机构者，为维护统治阶级及正统名教而不遗余力；退避在野者，为求人格独立而狂猖放达，一任性情自由挥洒。

尽管这一时期的在野士人在历史上留下的印痕并不怎么深刻，但只要我们将他们放在整个中国文化的历史长河中进行比较，就可发现这些狂放怪诞者、特行独立者、谈虚说玄者，是中国古代知识分子少有的个体自觉之群体。

青铜时代

一

青铜时代，是中华民族历史上一部雄浑奇崛、辉煌灿烂的交响诗篇。

由青铜时代产生、积淀、结晶而成的青铜文化，历经千百年的风雨剥蚀、战争浩劫与自然淘汰，至今仍闪烁着动人的光芒。以重达八百七十五千克的司母戊大方鼎、气势磅礴的曾侯乙编钟、精美绝伦的越王勾践剑为代表的青铜器物及其他传承于世的各种青铜礼器、食器和兵器如鼎、缶、尊、爵、觚、斧、戈、戟、矛、弩等，无不向人们述说着青铜时代的多彩风姿，展示着青铜文化的丰富内涵，映射着青铜制作的高超技术……

青铜时代，是一个足以令每一个中国人感到回肠荡气、迷恋陶醉、骄傲自豪的伟大时代！

曾有很长一段时间，人们面对光彩夺目的青铜器物，在感叹赞赏之余却因资料匮乏而对制作这些精美器物的原料——

司母戊大方鼎

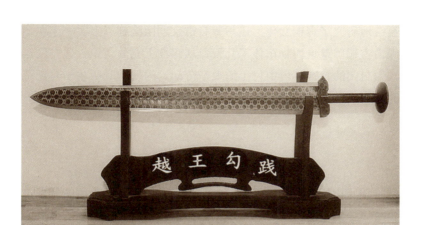

越王勾践剑

铜的开采过程、冶炼技术不甚明了（"史文阙佚，考古者为之茫然"），只好"姑且存而不论"。位于湖北省黄石市境内的大冶铜绿山古铜矿遗址的发现与发掘便很好地填补了这一空白，解决了铜如何开采与冶炼这一重大历史课题，被列为中国20世纪一百项考古大发现之一，也是迄今为止我国发现采冶链最完整、发掘规模最大、技术水平最高、生产时间最长、保存最为完好的古铜矿遗址并被中外专家、学者认为是"世界冶金史上一件具有重要意义的大事"。

因此，青铜时代虽然已在翻卷的历史云烟中消逝了两千多年，我们仍可在那卷帙浩繁的史籍中追寻它的依稀风采，在留存于世的青铜器物中感受它的脉搏跳动，在一种自北宋末年就开始有组织地研究的专门学问——金石学中见识它的精深绝妙，更可在发掘出土的铜绿山铜矿冶炼遗址中感受它的博大宏伟。

1994年底，时任黄石市文化局局长的吴宏堂先生嘱我创作一部反映青铜时代的大型历史剧《青铜九鼎》。为此，我不仅较为系统地研究了青铜文化，还与黄石市京剧团编剧熊崇实一道在铜绿山古铜矿遗址博物馆住了几天，从感性上充分认识古代先民在较为封闭的特殊环境中付出的艰辛劳动、闪现的聪明才华与创造的文明成果。

二

铜绿山所在地的铜铁矿藏非常丰富，经过好几千年的开采，至今储量仍相当可观，一个现代化的铜矿就坐落在古铜矿遗址博物馆附近。

很久以来，铜绿山周围满山遍野都是炼铜炉渣，覆盖面积约十四万平方米、最厚处三米多，总量在五十万吨以上。铜渣一直就在那儿堆着，风吹雨淋、日晒夜露，岁月悠悠，无人问津。一片废弃的铜渣在重功利与实用并为生存奔波挣扎的普通人眼里，引不起多大的重视与注意，按说也是一桩十分平常的事情。

后来，铜绿山来了一支地质勘探队，一堆堆铜渣自然引起了这些被现代科学思想"洗过脑"的队员们的注意：这么多的冶炼遗物是谁开采的？是什么时代留存下来的？它们反映了一种什么样的历史事实？走访民间，有的说是唐朝末年黄巢起义军攻占鄂城时在此安营扎寨，铸造兵器所留；有的讲是南宋抗金名将岳飞率领大军杀退金兵，制造大冶之剑遗存……众说纷纭，一时难以深入考究，也就成了一个无法解开的谜团。

直到1973年10月，大冶铜绿山矿在生产剥离作业时，电铲掘进到离地表四十多米深的古矿井时，发现了两把大铜斧。几位爱好历史的工程技术人员对此既兴奋又迷惑：我国在战国末期就已进入铁器时代，难道说唐宋时期还在使用这样的铜制工具开采铜矿吗？又是一个无法解开的谜团！

　　堆积的铜渣、迷离的传说、古老的铜斧……这一切，似乎都在向人们默默地诉说着一个久远而瑰丽、奇妙而宏伟、真实而迷人的历史事实。为了揭开历史的神秘面纱，矿领导将其中一件使用磨蚀较多、体积较小的铜斧寄往中国历史博物馆（今国家博物馆），并附信简要说明发现经过，以求获得历史的真相。

　　中国历史博物馆对此十分重视，立即派员前来调查，省、市、县相关单位积极参与配合。调查组待了约一个星期，不仅获得大量研究资料，还走访当地矿工、探寻古矿井线索，向他们征集收藏的出土遗物铜斧、铜锛、铁斧、铁耙、铁锄、木铲、木槌、木锹、木斗、木钩、木撮瓢、木辘轳主轴等。

　　不久，一篇名为《湖北古矿冶遗址调查》的简报，刊于《考古》杂志1974年第4期。

　　于是，一个从西周历经春秋、战国，一直延续到西汉的巨大古铜矿遗址——铜绿山古铜矿遗址终于被人们发现，并引起了强烈轰动。

　　十年后，即1984年，我国第一座古铜矿遗址博物馆以它那别有的风姿在铜绿山七号矿体春秋采矿遗址点拔地而起，举世瞩目，吸引了无数中外游客。

　　铜绿山古矿冶遗址的发现与发掘，必然中带着极大的偶然因素。如果没有地质勘探队的前期走访，如果没有两把铜斧的出土问世，如果没有现场技术人员对历史的浓厚兴趣，如果没有矿山领导的高度重视，如果没有考古调查组的勘探研究……这一系列的"如果"，只要其中一环出现断裂，也许遍布铜绿山的铜渣，至今还是一堆堆被世人视为无用或累赘的"废物"。

　　在我们脚下这块生生不息、有过几千年灿烂文明的古老土地上，该有多少类似铜绿山古铜矿遗址的文物宝库或是没有发现，或者无可挽回地惨遭毁弃，或在目光短浅的各种建设与开发的浪潮中日渐消失！

科学、理性而自觉地对待历史遗产，避免盲目与无序，开掘保护人类的共同文化财富；不仅是一项艰巨而长期的神圣使命，也是提高国民素质的一个重要方面。

铜绿山海拔不到一百米，谈不上巍峨高大，但是，它那难以穷尽的地底却蕴藏着取之不尽的丰富矿藏。为了保护国家重点文物，当地政府决定不再对铜绿山进行现代露天开采。山上发掘的遗址有三处，博物馆修建在一号考古发掘现场。铜绿山古铜矿遗址博物馆虽是一座没有多大特色的现代楼房，但建筑依照遗址特点、保护与陈列等要求设计规划，与周围的环境也就显得较为和谐。登上台阶，进入展厅，除了一旁陈列着的必要模型、介绍与说明外，赫然映入眼帘的就是大厅中心一块四百平方米的古代采矿遗址。

这是一块没有经过任何修饰与改动，完全保持历史原貌的古代遗址。当时发掘出来是什么样子，仍按原样陈列，遗物的位置、模样都未改变，"原汤原汁"。它自然裸露，不加掩饰地袒露，穿越了二千七百多年的漫长时光，向人们展示着它那独特的风采。没有战争及其他人为的破坏，没有刻意地修补、添加与点缀，时代如此久远而又保存得如此完整的历史文化遗迹；不仅在中国，在世界上恐怕也难得一见。

遗址中，一条条井巷纵横交错、层层叠压、密如蛛网。那些支护井架的树木，虽经历两千七百多年，仍牢牢地挺立撑持。井架形状不一，或竖井或斜巷或平巷盲井，它们构成了一个向下挖掘、向前开采的完整体系。

先民们对铜的利用，也有一个认识不断深化、开采技术不断发展的艰难过程。

石器时代末期，古人发现了明显优于石块的红铜。这是一种

铜绿山古铜矿遗址博物馆

夹在石头中的天然纯铜，因外观呈红色，所以就叫红铜。人们在红铜的使用中慢慢发明了熔铸术，掌握了从天然铜矿石里提炼铜质、冶熔青铜、铸铜成器的方法。于是，人类也就完成了一个具有历史意义的过渡与转变，漫长的石器时代结束了，青铜时代的灿烂曙光喷薄而出。

铜器的广泛使用，必然导致用铜量猛增，铜矿的开采也就显得相当重要了。

铜绿山何以得名？据《大冶县志》记载，因其一带"山顶高平，巨石对峙，每骤雨过时，有铜绿如雪花小豆点缀土石之上"。由此可见，铜绿山的矿藏该是多么丰富，先民们只要根据地表的奇特面貌——雨后雪花般的铜绿，就能找到富矿。后来，人们又发现了一种可以指示矿藏的植物铜草花，开采也就更加广泛了。日子一长，地表矿藏利用殆尽，自然要向地底掘进。巷道越挖越深，就得有支护的框架撑持，才不至于坍陷塌方，才能保证开采的顺利进行。好在铜绿山周围山深林密，生长着各种茂盛的树木可供利用。他们选择了青刚栎、化香、豆梨等几种质地坚硬、弹性良好、可防虫害的树种作为支护原料。随着开采的不断加深，矿石被挖走后留下的空间越来越多，支撑的难度越来越大，框架的方式也由榫卯式方框发展到搭接式方框。直到今天，这些支护方法还在沿用，完全可以同现代木结构的支护媲美。

通过这种搭设支护井架的方式，先民们在没有任何金属机械和动力的条件下，将铜矿开采到地表六十米以下，这实在是一个堪称伟大的奇迹！

面对古老的遗址与出土的铜斧、铜锛、木杵、木臼、木钩、竹篓、草绳、木瓢、木桶、竹火签等大量工具，先民们当年开采铜矿的情景，如浮雕般生动地凸现在我的眼前……

昏暗的井巷中，他们扬起手中的铜斧、铜锛、铜镢等开采工具，拼尽全身力气砍下。铜斧与坚硬的岩石碰撞，发出了清脆的响声，喷溅出火花。一下下，一声声，岩石被一点点地"啃"掉。矿工们把这些宝贝般的矿石装入竹筐，蜷缩身子，在曲里拐弯、狭窄潮湿的井巷中爬行着往外拖送。运到垂直的竖井，见得着一星亮光了，他们把装满矿石的竹筐放到粗糙的木制机械工具上，然后由井口上面的工人完成下一道工序——将这些从地底深处采掘的铜矿石缓缓提升至地面。

地底越来越深了，坑道出现了积水，矿工们不得不使用木水槽、木撮瓢、木桶等工具排水。预定的矿脉采完，下一个目标在哪里？如何选择下一道矿脉？他们将矿物碾成粉末放入木斗淘洗，比重轻的被水冲走，比重大的就沉淀在木斗内。这时，他们点燃竹火签，在一簇簇跳跃的火光映照下仔细观察，沉淀物中有色颗粒多的就是富矿、少的便是贫矿。定好目标，稍做调整，又开辟一条新的井巷，向另一道富脉矿体艰难掘进。上层采完了，便转向更深的地底。巷道一深，通风也就成了问题。于是，他们利用空气对流原理，在一部分井筒底部升火。空气受热膨胀，形成一股强大的气流，将井下污浊的空气排出井外，新鲜空气随之从另一些井筒涌入补充。

先民们为了得到宝贵的矿石，利用当地、当时的简陋条件，在艰难地开掘着地底矿藏的同时也开采着大脑的丰富矿藏，将人类早期的朴素智慧几乎发挥到了极致。如果不是身临其境，实在难以想象古人凭借一些简单的木料、粗糙的工具，便能一层一层地开采掘进到地底四十至六十米处，并成功地解决了塌陷、通风、照明、运输、提升等难题。当然，他们的每一次努力与成功，都付出了相当残酷的代价。不说艰苦的劳作，即使长期无所事事地待在狭窄、阴暗、潮湿、缺氧的井巷内，这于现代人来说，恐怕都是一件难以想象的事情。我发现，矿工们那些用以栖身、运输、掘进、开采的地底巷道实在是太过狭窄了，狭窄到今天具有中等身材的普通人即使赤手空拳，也难以爬进爬出。对此，我们只能解释为近三千年来，人类身体素质的不断提高与进化。事实也是如此，古人身材一般比较矮小，一些出土展览的完好古尸也证实了这一点。而铜绿山的矿工，长年累月在地底生活、劳作，更是被恶劣的环境折磨得瘦骨嶙峋以至身体变异，出现畸形。不难想象，矿工们患有多种无法医治的疾病，寿命一般都不会很长。他们是以自己的身体、生命、智慧为燃料，点亮了青铜文明的璀璨光芒……

博物馆内陈列的不过是一处已经被发掘的采矿遗址，在铜绿山矿区底部，还埋藏着大量这样的古矿井。根据遗留在铜绿山附近八平方公里范围内堆积着的数十万吨古代矿渣推算，产铜量在十万吨左右，如果以其为原料，可以铸造曾侯乙编钟四万套。古人留存的矿渣均呈薄片状，表面光滑，流动性能良好，冶炼温度在一千二百摄氏度左右。专家们认为，渣好铜必好。经渣样分析表明，渣型合理，炉渣含铜量平均仅为百分之零点七、粗铜纯度高达百分之九十三以上，已接近现代冶炼水平。

所有这些似乎都在默默地告诉后人，在铜绿山附近，除埋藏着大量先进的矿石开采遗址外，必有配套的成熟冶炼技术和相应的古代设施。为了揭示这一奥秘，考古队又在铜绿山一带重点发掘出古代炼铜遗址三处，清理出古代炼铜炉二十七座。

值得一书的是十一号矿体，发掘出土了西周至春秋时期的炼铜炉八座，其中两座保存较为完整，炉体结构基本具备了现代鼓风炉的式样。在三千多年前的西周时期，先民们就在使用鼓风竖炉冶炼，这不仅在中国冶金史上属首次发现，在世界上也是独一无二的。鼓风炼铜竖炉是一种连续加料，间断排渣、排铜的高效率铜炉。用鼓风炼铜竖炉还原熔炼，不仅要求炉体坚固、结构合理，具备多种防护措施，还涉及先进的设备及复杂的技术问题。比如需要一千多摄氏度的高温，需要相当的风量、风压的鼓风技术，需要相应的耐火材料，要控制好炉内的还原环境，要掌握先进的配渣技术等等。因此，鼓风炼铜竖炉在西方，还是一个多世纪以前随着科学技术迅猛发展出现的产物。国际上有史可查的运用鼓风炼铜竖炉还原冶炼的最早遗址位于法国里昂，确切年代是1828年，此外还没有发现比它更早的先例。

铜绿山鼓风炼铜竖炉高一点五米左右，由炉基、炉缸、炉身三部分组成。炉基置有垫石；炉缸底部设有风沟，利于防潮保温，可有效地防止炉缸冻结；炉体的不同部位使用不同的耐火材料配制夯筑，为冶炼创造了十分理想的保温条件。因此，在一千二百多摄氏度的炉温下，竖炉能够正常操作、连续冶炼。

面对这一古代的先进炼铜技术，国际冶金史专学、美国教授麦丁情不自禁地赞叹道："在世界其他地方，看了很多古代矿冶遗物，铜绿山才是第一流的。中东等地虽然很早就开始了铜矿的冶炼，但如铜绿山保存这样大规模又如此完好的地下采掘遗址——较完好的冶炼用炉与炉渣温度高、流动性好且含铜量低——是很少见的，铜绿山古铜矿遗址给我留下了十分深刻的印象。"

为了向人们形象地展示鼓风炼铜竖炉，铜绿山古铜矿遗址博物馆成功地对它进行了复原。站在复原的炼炉前，透过几千年的历史面纱，我的眼前出现了一群衣衫褴褛的古代矿工，他们正围绕在竖炉四周艰辛地劳作：有的拿着石砧、石球敲击开采出来的矿石破碎选料，有的弓着身子一屈一伸地拉着风箱，有的往炉内加送矿料、往炉底添加燃料，有的在认真地观察炉内矿石的熔炼以把握火候、掌握结构变化……风声呼呼，炉火熊熊，矿工们紧张而有序地忙碌着，好一幅生动的古代矿工冶炼图！突然，铜水出炉了。艳艳的红流自炼炉的金门奔腾而出，一片耀眼的光芒，笼罩在竖炉上空。这时，矿工们古铜色的脸膛闪过一股神圣的灵光，成功的喜悦与欢呼自他们的胸腔如鲜亮的铜水奔涌而出，整个铜绿山似乎都沸腾了。这非同寻常的充满了科学与理性的光芒与声音，不仅扩散到当时的中华大地，更穿越了茫茫的历史时空。尽管它们是那么微弱，却分明在我眼前不断闪耀，在耳畔经久不息……

三

以生产工具的发展为衡量标志，古代人类社会经历了石器时代、青铜时代与铁器时代这三个历史阶段。

青铜时代是人类物质文化发展史上的第二个时代，人类使用金属的第一个时代。

在石器时代末期，人类已经发现了红铜，因此，我们可以将红铜的使用视为青铜时代的先声。红铜就是天然纯铜，外观呈红色，故名。它往往夹在山间的石块里面，原始人在选择石器材料制作工具时，自然会碰上这种天然铜块。开始，他们不过把它当作一种普通的石材加以处理。在长期的捶打、敲击、剥制与琢磨过程中，他们发现红铜具有与普通石材迥异的性质，不易劈裂，可以锤薄、延展并且具有赏心悦目的光泽。于是，他们把它制成小小的器物或精美的装饰品佩戴在自己身上，后来又发现了红铜所具有的另一特质：它经过烈火熔化后不仅能够重新凝固，还可以根据需要改变原来的形状。人们以此为突破口发展演进，慢慢就发明了熔铸术，掌握了从天然铜矿石中提炼铜质、冶铜成器的方法。自此，人类对红铜的利用才与石器的打制区别开来，进入真正的金属时代。

红铜虽然不像石块那样易破易碎，不像石头那样难以改变形状，不像石器那样一旦破碎就要报废；但它的硬度较低，一般不宜于制作生产工具，并且天然铜块极其有限。这些弱点限制了红铜优越性的有效发挥，没有引起社会经济面貌的重大变革，在生产工具史上不能构成一个独立的时代。因此，考古学家将这一时期称为"金石并用时代"，附着于新石器时代末期。

对石器获得彻底性的征服并取而代之的不是红铜，而是青铜！

青铜是铜与锡的合金，其颜色呈青灰色，所以称为青铜。红铜与锡都属软金属，但二者按照适当的比例配合炼成合金后，就具有硬度高、熔点低、便于铸造、轮廓分明、不易锈蚀、外观美丽等兼具石器、红铜器的长处而又克服了二者不足的优越性能。于是，青铜被用来大量制造生产工具、生活用具、攻守武器等，它的广泛使用，不仅促使社会经济面貌发生重大变化，更导致了社会制度的变更。

我国约在公元前21世纪由石器时代进入青铜时代，至公元前500年结束，共一千五百年时间；历经夏、商、西周、春秋等朝代，至战国末年结束。

我以为，历史上最为惊心动魄、震天撼地的时期，当属那些历史转型与变革时代，其中尤以生产力的革新并推动、导致生产关系的变更为最。以近代为例，西方的坚船重炮打开了中国大门，物质文明的侵入给广大的中国民众带来了无以言说的巨大痛苦与迷惘、失落与彷徨。在东西方两种不同文明的撞击中，他们震惊、他们选择，终而发愤以图强盛，于是开始了巨大而艰难的变革与转型。依此类推，青铜这一先进生产原料的发明、出现与使用，也必然带来当时社会生产力的更新；而生产力的发达，又将导致生产关系的萌芽与建立，这是一系列不可避免的连锁反应。事实也正是如此，青铜大量使用的结果，便是完成了中国历史由原始社会向奴隶社会的过渡与演变。

颇有意味的是，我国奴隶制的发生、发展与衰亡不仅与青铜时代相始相终，还与青铜时代最具代表性的青铜九鼎相生相灭。

大禹在治水的过程中，逐步架空舜帝，接管了他手中的实权，然后将他流放于南方的蛮荒之地。后人为了美化大禹，篡改为舜帝巡行至苍梧之野染病而亡。大禹治水成功后，"收天下美铜铸九鼎，列分野以象九洲"。因此，我们可以将大禹时期视为石器时代向青铜时代的过渡阶段。而到了他的儿子启就干脆撕开了温情脉脉的遮羞布，置极有可能禅让接班的伯益于死地，从他父亲手中接过执掌大权、确立了世袭王权制并成为中国历史上第一个世袭制的君王，开创了中国历史"家天下"之先河。至此，我国原始社会宣告结束，正式进入奴隶制社会，与其相生相伴的

铜绿山古铜矿遗址

青铜时代也拉开了厚重的历史帷幕。

此后，青铜九鼎便成了王权的象征，为历代统治者所收藏。

战国时期，楚子（楚庄王）借朝拜天子之名挥师北伐，陈兵洛水，向周王朝炫耀武力。周定王派遣王孙满慰劳楚师，楚庄王便询问传国之宝九鼎的轻重与大小。楚子问鼎，含有夺取周王朝天下的意思。后来，人们便用"问鼎"一词意指图谋夺取政权。那时，铜绿山早就成为楚国疆土，铜矿的开采、冶炼与利用为楚庄王的文功武略立下了不可磨灭的汗马功劳。

战国末年，秦国丞相吕不韦领兵消灭西周，九鼎被移往秦宫。此后，秦王嬴政也就真的灭了六国，一统中国，成为君临天下的第一任皇帝。秦朝建立后，秦始皇收尽天下兵器"聚之咸阳，销锋铸锯"，熔造了十二个高大的铜人。秦始皇的这一举措固然是为了销毁武器削弱六国遗民的反抗力量，而那时，锋利的铁器早就开始大量使用，青铜时代已进入尾声。因此，铜人的铸造，也是铁器对青铜取而代之的象征。十多年后，秦朝灭亡，大禹打铸的青铜九鼎也就不知所终了。

秦汉以后，青铜的生产虽然还在长期延续着，但它已不能代表中国物质文化的最高水平，只能算作青铜文化仅存的一息余脉。

对青铜时代的定位与研究，主要取决于青铜所铸造的物件——青铜器。精美的青铜器能够长期保存下来，一方面在于青铜的物理、化学性能良好，不易被侵蚀朽坏；另一方面，也在于人们对它的重视与珍爱。一般而言，青铜器具大多为贵族阶层享受的高档用品，他们不仅生前使用，死后也要带入坟墓作为陪葬品。此外，他们因遭遇意外而出逃时，也有人会将它们埋入地窖。于是，后人通过挖掘、盗墓等方式，使得这些珍贵的青铜器"民间化"，从而流传于世。青铜器的制作代表了青铜时代生产力的发展水平，以实物形态综合反映了当时物质文化和精神文化的风貌，具有多方面、多层次的学术价值：对青铜器生产过程的研究，可以了解当时冶金技术的发展程度；对青铜礼器、兵器、乐器、工具的研究，可以了解当时社会的生产水平、经济状况及贵族的生活、礼乐、战争等情况；对器物造型与纹饰的研究，可以把握古人的审美观念与心理崇尚，特别是青铜器上留下的铭文更是一群"会说话"的古代见证，价值不可估量……有组织的青铜器研究始于北宋末年，至今已有一千多年的历史，著录的铜器有七八千件。从这些铜器上面的铭文记载而言，其中的百分之八十以上为周器，也有少数可以断定为商器。

郭沫若把中国青铜器时代分为滥觞期（殷商前期）、勃古期（殷商后期及周初成康昭穆之世）、开放期（恭懿以后至春秋中叶）、新式期（春秋中叶至战国末年）四个历史时期。

我国青铜时代的最高成就无疑属于商周朝代，这一时期，也是奴隶制最盛的时候。商周铜器种类繁多，铸造极其精巧，造型奇特生动、纹饰繁缛华美，具有独特的艺术风格与魅力。在青铜文明史上，体积与重量堪称之最的巨型铜器也出自这一时期。如商代的司母戊大方鼎，通耳高一点三三米，重达八百七十五千克；湖北随县曾侯乙墓出土的一对大缶，每件重三百多千克；同墓出土的曾侯乙编钟更是举世闻名，总重量二千五百多千克。这套编钟发音清脆洪亮，每组铜钟的音阶都符合音律要求，至今仍可演奏音域广阔的乐曲……这些青铜器气势雄伟、蔚为壮观，而造型与纹饰却又显得那么精巧别致、玲珑剔透，融大气磅礴与典雅精致于一体，巧夺天工、令人拍案叫绝。它们在世界青铜文化之林中独具一格，以典型的中国风格和中国气派大放光彩。

四

由于青铜器的大量传世并凝聚、浓缩了青铜时代与青铜文明的诸多信息，后人的目光自然聚焦其上。从北宋年间开始，形成了一种颇具专业性质的研究学问——金石学，传承、延续至今，可谓硕果累累矣。

然而，前人在对青铜器颇有建树的研究中，却有意无意忽略了青铜文化的一个重要组成部分——铜的开采与冶炼。这不仅因为前人的认识有限，更与开采、冶炼资料的匮乏及遗物的阙如有关。

古人对铜绿山古矿开采与冶炼的文字资料记载，至今连只言片语也无法找到。当时，矿工们仅专注于艰辛的劳作，恐怕根本就没有考虑过将生产经验与生活方式形诸文字。先民们以直观朴素见长，他们不擅将日常的生产、生活上升到理性高度，或是不愿立言。即以我国最伟大的哲学家老子、孔子而言，也是如此。

老子若不出关，后人也就见不到惜墨如金的五千言《道德经》；孔子的《论语》，并非其亲自著述，也是后生们聆听教诲后记录整理而成。在此，我们可以断言铜绿山的矿工们根本就没有留下相关的文字资料，在恶劣的环境、艰辛的劳作与疾病的折磨下，也许他们连这一想法都不曾有过。如果没有留存的遗物，今天我们所面对的，只是一片茫茫的空白，当然也就无从着手研究了。

好在有了遗址的发现与发掘，根据实物实景，便可推测想象、恢复原貌，还其历史的本来面目了。对青铜开采、冶炼的研究，不仅可以丰富青铜文化的内涵，还可对青铜时代与青铜文化的整体研究起到实质性的突破作用。

在对铜绿山古矿冶遗址的参观、研究与认识中，我发现了涉及中国文化及历史发展与走向的两个重大问题。

其一，当地除了大量的古矿井与为数众多的古熔炉外，却没有一处铸造作坊遗址。也就是说，铜绿山的矿石从地底开采出来，就近冶炼为一锭锭粗铜后，即通过大冶湖进入长江水道，运往别处加工锻造，铸成一件件精美的青铜器具供贵族阶层使用。铜绿山所能做的，只是将那些炼成的粗糙铜块源源不断地输出，铸造成器的最后一道工序，全然被统治者所垄断。他们没有使用铜块的权利，当然也就无法掌握铸造的精密技术，就连开矿使用的铜锛、铜斧等生产工具，也是从外地运输进来的。

这一情形不唯古代，即使是今天，铜绿山所在的黄石市也没有多大改变。黄石素有江南聚宝盆之称，丰富的矿产使得生活在这块土地上的祖祖辈辈感到由衷的自豪。然而，丰富的资源在给当地人民带来荣耀与财富的同时，也产生了一种可怕的惰性——"靠山吃山"。如果能靠拣矿石吃饭、靠卖资源发财，谁还愿意绞尽脑汁、费心尽力地去开拓新的发展之路？因此，长期以来，当地民众、企业大都围绕开山挖石兜圈子，半饥半饱地吃着"资源饭"，以致错过了一次又一次调整结构、自我完善、经济腾飞的良机。

今日现代化的露天开采，已将当年的铜绿山从原海拔一百多米的山峰降成凹入地底的锅形山谷。一台台穿孔机飞转着天轮，一部部电铲车自如地伸展着钢铁巨臂，一辆辆大型卡车往来如梭。如今，地底的开采已深入到山体六百米以下，一条条上下盘旋的幽长隧道简直就是一座座复杂的迷宫。在当地工作人员的安排下，我与同伴老熊进入这些现代矿井。尽管有技术人员的引导及讲解，但上下层相互交错与弯来绕去的巷道，还是弄得我晕头转脑、不辨东西。现在无论露天开采还是地底作业，与先民们那屈身井巷的手工掘进，自有天壤之别，不可同日而语。铜绿山矿的冶炼，也全部实行了大规模机械化与自动化。一座座高大的厂房，一台台磨碎、搅拌、熔炼的机械设备，依山而架的一根根粗大管道，不知不觉地将你从眼前的现实拉回远古的竖炉。两相比较，令我更为现代文明的发达感到由衷的惊叹。

尽管如此，自古以来"吃资源饭"的格局与模式却没有多少改变。铜块冶炼后，仍是运往外地精加工。若以1994年的价格而言，一吨粗铜一点八万元，经过电解后可增值到二点三万元，而加工成漆包线就变成了四万元。如果黄石运出的不是粗铜，而是加工后的漆包线，一吨就可增值二点二万元。黄石市每年生产粗铜约六万吨，如果自己加工一半，那该增值多少？这笔账人人都会算，可因历史的惰性、认识的限制与条件的束缚，就是难以改变，无法转轨。

对资源和传统产业的过分依赖，必然导致经济结构的失调，形成大投入、高耗能、重污染的产业格局。况且，资源不能再生，总有穷尽之日，如果长期如此，必将付出沉重的代价。

不唯黄石，其他许多地方都存在着"靠山吃山"的依赖与惰性。过去，我们总是一个劲地念叨祖国地大物博，并为此豪情满怀。然而，当我们从自我陶醉的迷梦中醒来睁眼一瞧时，东边地狭物薄的蕞尔小国日本又一次跑在了我们的前面。具有丰富的资源当然不错，而能够充分利用自身资源并善于借用别人（包括外地与外国）的资源，才是真正的本事。

其二，铜绿山古矿冶遗址的堆积层由近及远，包括近期堆积层、地表扰乱层、隋唐堆积层、战国至春秋堆积层、春秋早中期堆积层、西周晚期堆积层六个层次。这些堆积虽然年代不同、层次有别，但显示出的冶炼技术、指标却是一脉相承。它十分清楚地表明：我国数千年的冶金史，从烧陶到炼铜——哪怕鼓风炼铜竖炉的应用与完善，都沿着一条独立发展的道路自成体系，很少借鉴与交流。

最早使用青铜的是巴比伦人，这与当地的地理环境密不可分。那里的资源主要为丰富的天然气、石油气和石油胶，再就是脚下的泥土、地底的矿石。于是，他们将泥土、矿石与石油、天然气结合在一起，烧制、锻冶，发明了铁、陶瓷、砖瓦、青铜、玻璃等先进的物质文明。巴比伦人使用青铜的时间远比中国早，因燃料与原材料的不同，他们的冶炼体系与我国古代天壤有别，优劣互现。如能相互交流，取长补短，必能产生新的质变与飞跃，出现新的矿冶发展格局。可是，我国丰富的铜矿资源大多位于南方，据《禹贡·尚书》记载，九州之中，贡金三品的仅为荆州与扬州。金三品即铜、金、银三种，其中尤以铜为主。古代交通不便，荆州、扬州与巴比伦一东一西，矿冶受地理环境条件的严格限制，也就难以相互沟通交流，只有封闭地依照自己的特点一脉相承地发展着。而中国文明又过于早熟，到了一定时期，也就进入它的鼎盛期与巅峰期，再往前走，要么停滞不前、要么进入一条死胡同。铜绿山古矿冶遗址就是一个典型的例证。尽管当地仍然储藏着丰富的铜矿资源，可开采与冶炼却不知消失于何时，留给后人的不过是一堆堆被遗弃的矿渣、一座座废弃的竖炉、一道道深埋的矿井、一层层不同的堆积、一个个难解的谜团。即使古代的采矿、冶炼技术没有消失，一如既往地向前发展，受体系、条件的制约，也不可能发展到今日机械化的自动开采与冶炼。现代开采、冶炼技术与模式，纯属引进与"拿来"之物。

扯远了，还是让我们回到"青铜时代"这一话题。尽管铜器的最早使用不在中国，但我们的祖先以其勤劳与智慧，创造出了体系独特、无与伦比的青铜文化，在世界长期居于遥遥领先的地位。

青铜文明的衰落是历史的必然，青铜被铁器取代是人类进步的表征。人类的文明总是不断地由旧时代向新时代递进、演变、发展，每一时代都有其独特的内涵，只有领会并把握住时代的本质才能登上时代的顶峰，创造时代的辉煌。我们的祖先在青铜时代，便很好地做到了这一点。

研究青铜时代、借鉴古人智慧，对我们反思近代工业文明的落后，把握新时代的内涵与本质，有着非同寻常的价值与意义。

遥远的绝响

一

　　1997年7月，被誉为"古代世界第八奇迹"的曾侯乙编钟在香港政权交接仪式的庆典音乐会上奏响了中华民族的世纪强音。选用代表中国青铜时代顶峰的铜器——曾侯乙编钟在这一具有深远历史意义的时刻演出，那古朴粗犷、雄浑奇崛的千古绝响不仅洗去了国民自鸦片战争以来的耻辱与创伤，也预示着中华民族面对新的世纪，必将复兴强盛并创造出一种无愧于新时代的灿烂与辉煌。

　　曾侯乙编钟作为战国时期的曾国君主曾侯乙的陪葬，在地底深埋了两千四百多年，于1978年才重见天日。

　　与安阳殷墟甲骨文、西安秦兵马俑、大冶铜绿山古铜矿遗址等中国重大考古成就相似，曾侯乙墓的发现与发掘也带有一定的偶然性。

　　当年，在湖北随州城郊一个名叫擂鼓墩的小山包上，原武汉军区空军后勤雷达修理所在扩建营房、开山平地时，突然挖出一片与周围地面颜色迥异的褐土。不久，又在褐土层下挖出了一块两米多长、一米见宽的长方形石板。该所副所长解德敏爱好考古，凭直觉，他意识到褐土层下可能埋有古墓。经多次向随县县委汇报，这才引起了有关领导与部门的高度重视。1978年3月，湖北省博物馆考古队队长谭维四率队赶赴随州实地勘测，发现褐土层下就是一个面积约二百二十平方米，比长沙马王堆汉墓大六倍的超级古墓。与此同时，考古队还发现部队施工钻出的炮眼离墓地顶层仅有零点八米之差。如果没有解德敏的"考古意识"与认真保护，只要在这一炮眼里填满炸药，火光一闪，这座古墓及墓中埋藏的所有珍宝就有可能惨遭灭顶之灾。那么，我们今天所

曾侯乙编钟

面对的中国古代青铜文明，将会遭到无法弥补的损失，缺少一座巍峨挺拔的高峰。

曾侯乙墓中文物种类之丰富、制作之精美、稀世之珍贵、保存之完好，为同期墓葬所罕见。该墓出土的文物总数多达一万五千四百零四件，按质地可分为青铜、漆木、铅锡、皮革、金、玉、竹、丝、麻、陶；按用途可分为乐器、礼器、兵器、车马器、生活用品、竹简等。除人们熟知的编钟外，还有许多文物也堪称国宝。如曾侯乙墓中出土的铜盘尊，是目前所见到的纹饰最为复杂精美的商周青铜器，被列为全国青铜文物十大精品之一；曾侯乙墓中的五弦琴、十弦琴、竹笛、排箫等乐器，在我国均属首次发现；绘有二十八宿青龙白虎的衣箱盖天文图，是我国目前考古发现的最早的天文资料，说明二十八宿体系源于我国；各种器物的铭文字数多达一万二千六百九十六个，为同期同类墓中铭文之最，有战国早期"辞典"之称；墓葬兵器四千七百七十七件，为我国目前古墓出土兵器总量第一，其中的殳、双戈戟属首次出土……

曾侯乙墓文物的发掘不仅为研究东周考古学、湖北地方史提供了新的实例与新的课题，而且对我国古代音乐史的研究具有非常重要的意义，为天文学、青铜铸造等古代科学技术的研究及我国雕塑史、绘画史、工艺美术史的研究提供了丰富而珍贵的史料，对我国的早期文字研究、汉字发展史具有重要的价值。二十年来，引起了历史学、考古学、古文字学、天文学、音乐、冶金铸造等学科的有关专家们的高度重视与潜心研究，成果斐然。

二

曾侯乙墓丰富的文物能够如此完好地保存至今，自然得益于当年的墓葬。否则，它们早就在两千多年绵绵不绝的天灾人祸中惨遭毁弃，于风云流转中散落殆尽，不知所终了。

封建君王、贵族将生前喜爱之物深埋坟墓，准备死后继续享用。他们以坟墓为中介，幻想将生前与死后连为一体，线型发展，永远为主为官、寻欢作乐。他们极其渴望在死后的岁月能够拥有生前的一切，继续有人为他们服务供他们驱使，万古不变。因此，他们生前广为搜罗，利用手中的权力尽可能地为死后的生活早做准备。不少封建帝王上台后的第一件事就是耗用大量人力物力为自己修筑坟墓，生前挥霍，死后享受，满足一己私欲。

殉葬与陪葬这一奴隶社会、封建社会的"专利"在我们今日看来，是历史发展的一种悖论。它残酷无情地斩断一个个活泼的生命之源，暴殄天物地将一件件稀世珍宝埋入地底，其专制残暴、惨无人道与聚敛财物、毁弃文明对当时的社会而言，无异于一场深重的灾难。然而，也正因了这种特殊的保护与保存，才使得我们穿越历史的屏障，多少窥见、感知遥远的古代先民们所创造的文明。

当然，也并非所有的墓葬都能够较为完整地为我们保存古人的信息。丰富的墓葬本身就是一块无形的招牌与巨大的磁场，它吸引当朝以至后代形形色色的人们为之绞尽脑汁、不计手段地攫取。盗墓、挖掘、抢掠层出不穷，不少文物就是通过这种途径或遭毁弃，或流落民间以至异国他乡。也有许多文物被长年累月地埋在暗无天日的地底，早就被毁坏，还有不少墓葬可能成为万古之谜，永远无法为后人破解。

曾侯乙墓中的葬品如此丰富，它不会不引起后人的觊觎。1978年，考古队于勘探之初，就在曾侯乙墓椁盖板上发现了一个窃洞。根据现场遗留的一些盗墓工具分析，此墓曾在战国晚期至秦汉时被盗墓者"光顾"过。那么，曾侯乙墓中的所存文物是否完整？又有多少珍宝已被他人窃走？这一疑问自挖掘之初就困扰着考古人员及有关专家、学者，并引起了一场长二十年的争论。前不久，谜团才得以解开。湖北省博物馆、中国地质大学等单位的有关专家对曾侯乙墓区的地下水进行实地勘探研究，其结果表明，该墓所处地层位于地下水平面下。也就是说，曾侯乙及墓中的陪物埋葬不久，就有地下水渗入，淹没了墓室高度三分之二的水平位置。当年，盗墓者凿开墓椁盖板往里一瞧，发现全是积水，不禁大为扫兴，只得无功而返。也许，他们还下到深深的积水中探摸了一阵，结果什么名堂也没有捞到。他们留下的洞口只有八十厘米大小，要想在这一小小的洞口盗走极有价值的瑰宝，其可能性也微乎其微。

渗入墓内的自然积水不仅挡住了盗墓者的视线与野心，还从另一方面对墓中的文物起到了很好的保护作用。常言道，干千年，湿万年，不干不湿只半年。环境的干湿度对器物的保存有着十分重要的影响：在湿润状态下可存万年，在干燥情况下可达千年，而最要命的环境就是不干不湿的，它可在极短的时间内造成

湖北省博物馆

器物毁损。随州擂鼓墩的地理位置与自然气候决定了它的地下土壤长期处于不干不湿的状态，因此，如果没有地下水的渗入，曾侯乙墓中的文物也许早就毁朽不堪了。一切的一切，似乎都是命运的造化与安排，有意将一座青铜时代的丰富宝藏完整地呈现在世人面前。

不说两千年前的盗墓者，就是20世纪70年代末期，对曾侯乙墓的发掘也颇为艰难。所需人力、物力、财力，绝不亚于一个大型遗址的发掘，运用了直升机、吊车、卡车、潜水泵等一些现代化的技术手段。

据有关资料介绍，当考古队完成现场的清理工作后决定起吊墓葬椁盖板时，围观的群众从四面八方如潮水般涌来——每天多达两万之众，安全保卫与发掘工作显得同等重要。椁盖板共由四十七块梓木组成，最长的十多米，重达四吨。部队支援的解放牌五吨吊车在这些庞大的木板面前显得束手无策，只得调来崭新的黄河牌十吨大吊车，才将一块块沉重的木板移开。盖板揭去，呈现在人们眼前的并非想象中的一片炫目耀眼的瑰宝，而是一片约三米深的积水。但见一些棺木横七竖八地浮在水面，看不清浑浊的水面下到底藏着何物。

工作人员开始往外抽水，缓缓下降的水面渐渐浮出了三段横梁与一根木柱。一位年轻的发掘队员自告奋勇地爬上跳板趴在水面上方顺着横梁往下摸。摸着摸着，他突然大声嚷叫起来："摸着了，是编钟，我摸到一排编钟啦……"

一声兴奋的叫喊，宣告了古编钟的"破土而出"。1978年5月22日凌晨，墓室积水抽干后，曾侯乙编钟露出了它的"庐山真面目"：总重量为两千五百六十七千克的六十五件大小编钟，除少数几件被震落外，其余全部悬挂在木质的钟架上。历经了二千四百多年的岁月侵蚀与积水浸泡，仍显得整整齐齐、完好无损、雄伟壮观，令人惊叹不已！

三

随州地处淮水之南，汉水以东，北为桐柏山地，南为大洪山脉。两山遥相对峙，支脉四延，形成山地、丘陵、岗地、平原四级阶梯。中部地势平坦，史称"随州走廊"，自古以来是北连南阳平原、南接江汉平原的天然通道。这里雨量充沛，气候温和，兼得大江南北之利。

编钟的出土地点——擂鼓墩——位于随州市区西北约三公里处，这里依山傍水、居高临下、视野开阔，是一块相当不错的风水宝地。

曾侯乙，名不见经传，事不着史籍，生平阅历无从考稽。他所看重的，似乎是一种内在的拥有，在一个既不繁华也不荒凉的地方默默地躺着，一躺就是两千多年。如果没有当年解放军部队的开山平地，他也许就那么永远静静地、默默地躺着。然而，曾侯乙墓葬终被世人发现，他的名声顿时显赫，超过了历史上的许多封建帝王。

人们在破解编钟及墓葬之谜的同时，自然会对墓主进行一番探究。

墓中出土的绝大多数青铜器上，几乎都有"曾侯乙之寝戈"等具名曾侯乙的铭文，曾侯乙无疑是该墓的主人，并且还是曾国的一名君主——"曾"国之"侯"名"乙"。根据出土骨架鉴定，曾侯乙，男性，年龄约在四十二至四十五岁之间。墓中出土的一件镈钟上铸有一段铭文，大意是：镈钟为楚惠王五十六年所赠，这年，楚惠王在酉阳得到曾侯乙弃世的消息，便制作了这件宗庙所用的礼器对他进行祭奠并将它永远用于享祀。楚惠王五十六年，即公元前433年。也就是说，曾侯乙当葬于这一年或稍晚一点的时间。

曾国即随国（对此，学术界仍存争议，尚有曾灭随、随灭曾而改称曾，曾为楚的封国等说），是西周姬姓的封国。曾经一个时期，它的势力较为强盛，并有一些小国依附于它，敢于公开与楚国对抗。后在楚国的多次征伐中败北，逐渐沦为楚的属国。公元前506年，吴国大败楚国，楚昭王辗转逃到曾国。吴军要求曾国交出楚昭王，遭曾国婉言拒绝。昭王感激不尽，与曾人歃血为盟，曾、楚关系大为改善。这一友好关系维持了相当长一段时间，楚昭王的儿子楚惠王于七十三年后知道曾国君王逝世的消息，即铸钟祭祀以送，便是一个很好的证明。曾国作为楚国的属国，一直延续到战国中期的公元前331年至公元前324年间才告结束，彻底退出历史舞台。

楚王及其他诸侯国官员所送礼品，在曾侯乙墓内的器物铭文上都有所记载。那么，其他物件如编钟、漆器、绢纱、金盏、兵器、玻璃珠等珍宝，当为曾国自己铸造了。一个蕞尔小国的文明在两千四百多年前即如此发展、成熟，实在令人难以想象。

特别是编钟的出土、复制与演奏，将中国青铜文化与音乐文化的认识与研究推向了一个全新的高度。

曾侯乙墓中的器物，总量为十吨之巨，造型复杂、纹饰精美，堪称世界一流水平。在制作工艺上，综合使用了浑铸、分铸、锡焊、铜焊、雕刻、镶嵌、铆接、熔模铸造等多种技术。尤其是编钟，均用高纯铜、铅锡原料铸成，在铜、锡、铅的运用比例上相当科学完美。它采用复杂的钟腔构造，使得每一个钟都能发出两个互不干扰的音节。曾侯乙墓出土的全套编钟均用组合陶范铸成，这些陶范先由细泥做成，慢慢阴干，然后烧成。一件钟就需一百多块陶范，要求块块不干裂、不变形，拼合严密，难度之大可想而知；经过翻模、制壳、熔化、浇注等多道工序而铸得的钟胚必然存在误差，还须细致地调试才能达到预期的音高；编钟的焊接只有采用一种可与现今媲美的冷焊工艺才能达到设计要求；哪怕编钟表面的浮雕花饰，其铸造法也相当困难……

秦汉以后，编钟铸造技术失传。后代虽也多次铸钟，但"其声清浊多不法，故毁"。特别是一钟双音的奥秘，虽为沈括在《梦溪笔谈》中所揭示，但就是无法变成现实，以至明清所铸编钟只能依凭改变壁厚来控制音高，音响效果远远不及先秦古钟。1979年6月，武汉机械工艺所将曾侯乙中层编钟的两件复制成功，才结束了编钟铸造失传的历史。

然而，曾侯乙编钟上的铭文制作技术——一种在汉代即已绝迹的青铜错金工艺——却长期得不到解决，以至编钟出土二十年来，只有仿制件却没有完全复制件。1998年初，武汉金银制品厂接到参与为台湾制作复制全套编钟的任务后，成立了一个攻关小组。这个攻关小组从嵌铜嵌金技术中受到启发，几经反复，才攻克了在古青铜时代被广泛应用的错金技术，成功地复制了编钟铭文。在长达两千年的失传后，运用光谱半定量、电子探针扫描、化学定量分析、激光全息摄影等现代高科技成果分析检测、复制还原，才使编钟铸造技术达到了古人的生产水平。由此可以想见，我们的祖先在青铜时代创造的文明该是多么辉煌！

曾侯乙编钟深埋地底两千四百多年后重见天日，其音乐性能仍然很好，演奏时音色优美、音域宽广。它的演奏音域只比现代钢琴少两个八度音，音符结构相当于今天的C大调七声音阶，总音域跨五个八度。其中心部位十二个半音皆全，具有六宫以上的旋宫转调能力，可以演奏古今中外多种曲调。曾侯乙钟、磬等音乐器物上显示标音与乐律内容的铭文，总字数为三千七百五十五字，涉及音乐调式、律名、阶名、变化音名、旋宫法、固定名标音体系、音乐术语等诸多方面，相当全面地反映了先秦乐律学的高度发展水平。不少音乐专家、学者认为，曾侯乙编钟所反映的乐律学成就，使得中国音乐史及世界音乐史的某些结论不得不重新加以修改。比如，它确认了"三分损益法"产生十二律不是战国末期由希腊传入，而是春秋时期就已存在的音乐理论；它确认了战国早期中国已采用七声音阶，确认了当时中国就已有旋宫转调的乐学规范及实践的可能……并且，它所体现、反映的有关音乐学问题，博大精深，"都非少数人和短时期所能探讨清楚"。

面对奥妙无穷的曾侯乙编钟，美国音乐权威人士G.麦克伦不得不心悦诚服地说道："曾侯钟及其排列方法、命名系统和调律都显示出'结构'上的成熟；复杂的律制与高超的工艺都超过了我们迄今对古代音乐世界一切东西的猜想。不仅是它的制造技术水平，而且它在哲学、音乐学上所获得的成就，都使我们高度钦佩。同是处在公元前5世纪的古希腊，却没有给我们留下任何堪与之比较的具有音乐价值的工艺品，虽然我们一向习惯于崇拜古希腊。"

与古希腊处于同一历史时期的战国年代，两种文化相互比较，我们虽然有许多方面落后于人，但音乐却远远地走在了古希腊前面。

四

据考证，钟的前身即铃。

铃在古人的生活中占有重要的一席之地。牧人把铃铛系在牧畜脖颈，铃声荡起一片悠扬的牧歌；王公贵族将"銮铃"悬在身拉座车的骏马项下，铃声响处，"闲人"闪开；高大的建筑物中檐牙高耸，风铃叮当，在和风中荡漾开来，一派安宁祥和……

铃，是缩小了的钟；钟，是放大了的铃。

从原始的次甬钟到早商的扁圆形铜铃，至殷商的编铙、西周中期三件一组的穆王编钟，发展到八件一组：历经春秋时期的九件、十三件一组，继而达到战国时期的大型编钟：历经了一千多年漫长的发展时期。

"钟鸣鼎食"，商周青铜器中的重器鼎与钟，除了它们的实用价值外，更多的是一种象征——祭祀天地与宗庙的礼器。鼎，由煮食的炊具发展为礼器，象征丰衣足食；钟，那清脆、悠扬的乐声弥漫人间，体现了社会的安宁与和平。炊烟袅袅、钟声悠扬，人民富足、歌舞升平，该是一种多么令人神往的美好境界啊！

慢慢地，作为众乐之首的编钟，就成了王公贵族显示权势与地位的一个标志，成为皇家乐队中必不可少的一种乐器。谁拥有的编钟枚数越多、规模越大，地位也就越尊贵。

由此可见，中国简直就是一个"编钟之国"：从河南新郑、浙川、信阳，山西长治，陕西扶风，四川涪陵，一直到云南等地都有规模不等的编钟出土；已遭毁弃或深埋地底的，更是不计其数。

这些出土的编钟中，九件一组的已达不少，但像曾侯乙编钟达到六十五件的，可谓群钟之首矣。

即使规模宏大的曾侯乙编钟，对当时的楚国而言，其规格也只称得上二级水平。商周以礼乐制度定名位、分等级，作为楚国之属的曾国制作的编钟，其规模、音域、水平当然不能超过宗主国。据《淮南子》所记，吴王阖闾伐楚，柏举之战，楚兵败绩，吴军进入郢都，"破九龙之钟"；又据《贾子》所载："子胥入郢，毁十龙之钟"。这从已出土的楚惠王镈钟的舞部、鼓部、篆带和枚面都有互相盘绕的龙形纹饰浮雕这一点，也证明"九龙之钟"与"十龙之钟"当为楚国规格最高的编钟。而曾侯乙编钟只有木质钟架，横梁两端的青铜套上铸有浮雕龙纹，其规格自在"九龙之钟""十龙之钟"之下。也就是说，楚国王宫里曾出现过比曾侯乙编钟更加宏伟壮观、富丽堂皇的编钟。吴军当年毁掉的，便是这一最大的编钟系列了。也许，尚有幸存的"漏网"者埋于地底，说不定一个偶然的机会，就有一套规模最高的编钟"破土而出"、重见天日呢！

且不说那具有帝王之尊的"九龙之钟"与"十龙之钟"，即使已经出土的曾侯乙编钟，也足够我们惊叹不已了！

曾侯乙墓发掘后，鉴于当时的随县没有博物馆——无法保存这批国家文物，也没有相应的科技力量进行研究，便将编钟等出土文物运往武汉东湖之滨的湖北省博物馆内集中保存。此后，有关部门和社会各界人士一直动议为它营造一个新"家"。1990年，新编钟馆破土动工；1998年12月，编钟原件开始搬迁；1999

年1月，新馆对外开放。编钟馆除有两层陈列厅外，还有一个九百平方米的演奏大厅。

我在湖北省博物馆陈列大厅内见到了这批曾侯乙墓葬品。除编钟原件外，还有尊盘、尊缶、青铜车马器、青铜戈、戟、矛、殳、箭镞等大量的珍贵文物。当然，最令我看重的还是规模宏大的编钟。

编钟共有六十四件——钮钟十九件、甬钟四十五件，另有楚王赠送的镈钟一件。其中，最大的一件重达二百零三点六千克，最小的重八点三千克，总重量为两千五百多千克。它们分三层三组悬挂在曲尺形钟架上，上层、中层适宜演奏高音，下层适合低音演奏。钟架全长十点七九米，高二点六七米，为铜木结构。它不仅容量大，而且稳定性强、抗压系数大，负重两千五百多千克、历经两千四百多年站立不倒，可算古代力学的又一代表杰作。

编钟的成分与组合相当讲究，每一钟都能发出两个音符，铸造时必须严格根据"六分其金而锡居其一"等金属和谐原理熔造，才能奏出最美的乐音。六十多件编钟，大小有别、重量不一、音高不等，"分工明确"。悬挂时，得分上、中、下三层排列，各就各位，有条不紊。如有一件错置，则整套编钟的结构就会混乱。六十五件钟，可有几千种排列方式，而最佳的组合只有一种，就是出土时的悬挂方式。

这套出土编钟，想必曾侯乙生前就多次享用过。根据其在曾侯乙死后仍被按墓主生前的演奏方式悬挂在他的墓穴之中这一点，我们可以推想他算得上是一个真正的爱乐之人。当然，他看重编钟，也有可能是将其视为王侯之尊的一种象征之物。不管怎样，他喜爱音乐这一点，是怎么也不可否认的。湖北省博物馆中所藏编钟，也正是按照出土时的排列方式悬挂在陈列大厅。

　　站在规模宏大的曾侯乙编钟前，我实在难以想象，这就是我们古人曾经演奏过的一种大乐。

　　编钟的敲击工具是一根 T 字形木槌和圆木杠，木槌用于敲击上层钮钟及中层甬钟，木杠用来撞击下层大甬钟。

　　这时，我的眼前立时浮现出了一群乐人，他们手持木槌、木杠，缓缓地敲响编钟。"宫——"一声深沉、悠远、绵长的神秘之音从巨大的低音甬钟流溢而出，穿越了两千四百多年的漫长时光。"当——"又一件编钟被奏响乐。人们挥舞木槌木杠，脚踏时而欢快激越、时而深沉蕴藉的节奏，闪跳腾挪，令人眼花缭乱地敲响、撞击着一件件编钟。清脆的高音、含蕴的中音、幽然如梦的低音相互和鸣，构成了一曲与天地同和的宏大交响乐……眼前的现实背景突然消失，幻成了楚国王宫：厅堂精美豪华，墙壁涂抹香料，装饰奇珍异宝；一片摇曳的红烛中，一群妖艳迷人的二八少女穿金戴银，轻舞长袖、款动细腰，踏着编钟之音翩翩起舞。乐人撞击得更加猛烈了。整个钟架仿佛都在摇晃，钟声更加纷繁、复杂、激越、宏伟，同时，杂以隆隆鼓声、当当磬声、泱泱琴声等多种伴和的音响。在这钟乐悠悠、歌声婉转、舞女款款、笑声朗朗之中，曾侯乙与他的大臣举杯共盏，饱尝美味佳肴，陶醉在一片其乐融融的人间天堂之中……他们当然希望这种生活亘古不变，永世长存，可是，一道不可逾越的生死界限使得贵族、平民在此获得了同等的权利与公平。既然死亡必不可免，他们便一厢情愿地幻想能将生前的享乐带入死后的生活。于是，就有了我们今日所见到的完整无缺的曾侯乙编钟。

五

　　我国在两千四百多年以前，就已拥有曾侯乙编钟这样宏伟壮观的乐器，具有相当丰富独特的音乐理论。如果依此继续向前发展，今日中国音乐之发达，当遥居世界领先地位。然而令我们丧气的是，实际情况却远非如此。

即以乐器而言，中国民乐队中的绝大多数乐器并非中国本土所造，都属"外来户"。

比如中国乐队里的核心角色扬琴，本名叫作"德西马琴"，诞生于西亚的亚述与波斯。它先是被十字军带到欧洲，约在18世纪的时候，再由欧洲人经过海路进入广东，然后传遍了中国大陆。因从西方而来，刚开始，大家都把它称为"洋琴"。但时间一长，大家就把它改称扬琴了。

比如琵琶，我国也曾有过一种名叫"琵琶"的乐器，不过那是青铜做的，与现在的琵琶完全是两回事。它诞生于公元前105年，在唐朝就失传了。今天的琵琶来自美索不达米亚，在那儿名叫琉特琴，由印度经西域古国龟兹传入中国。因琉特琴神似我国唐朝已经失传的琵琶，国人就把"琵琶"一名送给了它。在中国扎根的琉特琴不仅换了一个中国古乐器名，还以它的竹木为材料，繁衍出大阮、中阮、三弦、秦琴、月琴、柳琴等庞大的"琉特家族"。

再比如民间非常流行的唢呐，无论北方、南方的节庆日子及红白喜事，农民兄弟总是鼓足腮帮，灵巧地按动指头，吹出一片悠扬婉转的别致天空。在大多数中国人眼里，可能从来就没有想到它会是一个"舶来品"。其实，你只要瞧那名字，就会联想到"咖啡""可可""坦克"等外来名词，想到"唢呐"也是一个音译的产物。唢呐源于伊朗，它的别名"祖尔奈""苏尔纳"，与阿拉伯语的译音相近。

还比如二胡，在我的生命中，对二胡一直怀有一种难以割舍的深厚感情。在家乡务农的艰难岁月里，锯开一段楠竹，蒙上一块蛇皮，插上一根木杆，以胶线为琴弓，在小镇文具店买来两根弦索，一把自制的二胡就这样诞生了。它曾陪我欢乐，伴我忧愁，随我度过了一段难忘的时光。我的心里，一直以为它是中国古代流传至今的国粹，不久前见到一份音乐资料，才知与实际情况颇有出入。二胡诞生很晚，于1927年才问世。那一年，刘天华把江南的"南胡"带到北京进行了一番彻底的改造，加长琴身、扩大音域、加大把位，才变成了一种音量大、音域宽的民族乐器，因此，他的经典作品《二泉映月》在20世纪30年代末期才得以诞生。此后，广东才有了大胡和低胡。

············

若将以上一大批"主力军"从中国音乐世家中"清除"出场，那么，中国乐队的舞台就显得空空荡荡了。毋庸讳言，如今，中国乐队中所用的乐器不是"外来产品"就是近几十年的"新货"。

那么，中国的民族乐器都到哪儿去了呢？

大都在历史的长河中因被湮没而失传了。

我国古代乐器按制作材料分为八类，也叫"八音"，即金、石、丝、竹、匏、土、革、木；按演奏方式，又可分为打击、吹奏、弹拨等三类。这些古代乐器，有的长期失传：如"滥竽充数"里面的"竽"，今天我们就无法见到，可在当时，包括南郭先生在内的乐队可是一个拥有三百人的庞大乐队；又如筑，我们只知它曾被高渐离当作武器砸向秦始皇，现在连它的形制、构造都弄不清楚了；再比如埙，吹出的音调特别苍凉、古朴、深厚，清朝时期传承已经断代，20世纪30年代末音乐界开始仿古、研制，才有陶埙、竹埙、紫砂埙等不断问世；还比如箎、排箫、咎鼓等，也都流失不见了。而现存的一些远古乐器，因时代、社会的变更，它们的价值与地位也在不知不觉地退居陪衬的次要地位。

　　两千四百多年前，当巨大的编钟在中华大地神采飞扬之时，素以高度文明闻名的古希腊的代表乐器不过是一种牧羊人吹奏的双管"奥罗斯"；当一千二百多年前的盛唐音乐已拥有万人以上的"音声人"（即皇家乐署人员）和风格各异的"十部乐"时，欧洲音乐还处于蒙昧时代。然而，约在一千年前，欧洲的宗教音乐崛起了，古典和声出现了。特别是到了巴赫、亨德尔时代，欧洲音乐突飞猛进。

　　近一千年来，欧洲已走过了以旋律为主、旋律与和声并重、以和声为主等三个发展阶段。和声的地位日益显赫，音乐作品在和声的作用下构成了一座座精美的"立体建筑"。而中国的和声却没有得到相应的发展，旋律始终占据主要地位。中国传统音乐中，不论声乐、器乐，还是戏曲音乐、说唱音乐、民间器音乐、民歌音乐、古典乐曲，都以其旋律优美取胜。

　　我国音乐在战国时期以编钟为标志，就已步入成熟之期。而汉、唐两代，更是中国音乐发展史上的两座巍然耸峙、令人仰视的高峰。此后，中国音乐就开始走下坡路了，乐器失传、理论枯萎、规模缩小、统治者禁锢……一旦衰颓，大有覆水难收之势，一下子就滑入了历史的深谷。似乎就在同一时期，与中国截然相反的是，西方音乐却在一块滋润、肥沃的土壤上得到了前所未有的发展。一边是发展，一边是衰颓，时间一长被距离越拉越大，反差也就显得更为突出。西洋音乐伴随西方物质与文化对中华大地的猛烈冲击，便成为历史发展的一种必然，只不过是时间迟早的事情罢了。

六

在中国长达几千年的奴隶社会与封建社会，不唯"文以载道"，即便是抽象的音乐，也被蒙上了"教化"的阴影。据现有文字资料所记，西周时期的周公旦即为最早的"制礼、作乐"的者。到了孔子手里，又将"礼"与"乐"的关系详加阐述，并以无数条文规定人们去遵守，以确立、稳定封建制度的等级秩序。

曾侯乙编钟，便是一件典型的"礼乐"代表作品。

它规模宏大、结构复杂、制作精巧，象征着王侯的权力与尊贵。但因曾国所处的属国地位，它又不得不屈于"九龙之钟""十龙之钟"之下。曾侯乙编钟的每一件甬钟与钮钟，不仅大小有别，并有明确的等级秩序。同音区而不同组的钟变化音结构不同，同一音高的相应各钟又存在着分值的细微差别；哪件挂于上层，哪件居于中层、下层，相当严谨，不得随意僭越。曾侯乙编钟首先是作为礼器而存在，然后才算得上是一件乐器。因此，它的视觉意义重于抽象的乐音。人们见到庞大的编钟，不得不被它的富丽堂皇、雄伟壮观所震慑；而那轰然作响的音乐，更是在人们的心中鸣响起一种宗教般的肃穆之情。曾侯乙编钟，是典型的王者之物，它不可能深入民间，为挣扎在温饱线上的普通大众所拥有、享用。编钟，作为一个庞大整体的系列，只要缺失了其中的某一部分——哪怕只是其中的一件，它的音响就要逊色或是难以成调。它的排列组合稍不到位，也要影响到旋律与节奏；而演奏时，若是缺少一个乐工，或是技法不够纯熟、配合不够默契，流出的乐音也要大打折扣。因此，从编钟的铸造、运输、安装到调音、演奏，每一程序都相当精密，只要某一方面出错都会影响整体效果。而编钟的每一部件又是那么沉重，在具体操作处理时难免出现偏差。因此，它不仅难于流入民间，即使是宫廷间的传承，也相当困难。只要某一环节发生断裂，就会导致失传。再则，编钟由它的初始阶段发展成为曾侯乙编钟这样庞大而精美的乐器，除了继续增加它的钟数、重量、体积、纹饰和铸成所谓的"九龙之钟""十龙之钟"外，实在难以想象它将如何继续向前发展。事物一旦达到顶峰，就会停滞不前，开始衰退，编钟的发展便是如此。"九龙之钟""十龙之钟"惨遭毁弃、曾侯乙编钟埋被入地底，铸造方法失传，往后发展下去，编钟的历史也就中断了。编钟作为一件曾经存在过、辉煌过的古乐器，在相当漫长的一段历史时期成了后人遥远的追忆。因此，它的出土问世，满足了人们的怀想渴望、再现了中华古国乐中之王的熠熠风采并引得万人瞩目、举世轰动，也就是必然了。

如果稍微展开一下探讨的笔触，看看汉唐时期我国音乐的辉煌与衰落，将会发现许多令人深思的音乐现象。

汉朝音乐之发达，仅从皇家置有音乐机构"乐府"这一点就可得以证明。乐府中，不仅有普通的演奏乐工，更有一批采诗作赋、作曲的一流创作人才。如优秀的辞赋家司马相如就曾供职于乐府，著名音乐家李延年曾为乐府协律都尉。据《汉书·礼乐志》记载，公元106年，汉哀帝罢乐时，乐府已达八百二十九人。如此庞大的专业机构，拥有一流的音乐人才，存在了一百零六年；不仅推动了民间音乐、边塞音乐、礼仪音乐、军乐、舞蹈的发展，创造了不少优秀的乐种，而且对后世的音乐、文学、舞蹈影响深远。特别是乐府歌辞，既留下了许多优秀的诗歌瑰宝，还创造了一种独特的文学体裁"乐府诗"，在中国古代文学史上占有重要的一席之地。

唐朝皇家乐署更是盛况空前，分为梨园、教坊、鼓吹署、大乐署等多种专业机构。据《新唐书·礼乐志》所载："唐之盛时，凡乐人、音声人、太常杂户子弟隶太常及鼓吹署……总号音人，至数万人。"如果加上皇室以外各贵族王公、地方官衙及士大夫们"衙前乐"与"家乐"人数，唐代从乐者人数之多，当为中国历史之最。唐代涌现出了李龟年、李鹤年、曹妙达、白明达等史籍有名有姓的优秀音乐人才近百名；还对前代进行了革新，按演奏方式（坐与立）及演奏场合将"十部乐"改革为坐部伎、立部伎、雅乐等独特的形式；创作了《秦王破阵乐》《太平乐》《霓裳羽衣曲》《荔枝香》等优秀歌舞作品……

然而，汉、唐音乐每当达到极盛，就开始走向衰落，其原因何在？

汉、唐音乐靠皇家提倡，以国库为后盾，通过"运动"的方式以达兴盛。一旦皇家的兴趣转移、经济萧条、战乱爆发、运动消失、人才流失，便会突然跌入低谷。

音乐的传承与延续相当脆弱，那一个个抽象的音符仿佛一个个活泼而调皮的精灵，它们在天地宇宙间、在人们的心灵间跳动飘舞——似有形而无形、似有音而无音、似可抓握又难于驾驭，稍纵即逝。音乐与其他门类的艺术如文学、美术、书法相比，其传世性显得更为艰难而脆弱。汉乐府的音乐早已湮灭无闻，但《孔雀东南飞》《陌上桑》等乐府诗一直流传至今。此后的相和歌、清商乐、燕乐、词乐也都先后失传，如宋词的音乐形式只剩下了一个个汉字书写的词牌名，而作为文学形式的词作尚能脍炙人口，影响着一代又一代后人。

音乐的传承一靠记谱，二靠乐器，三靠人才。

古时没有录音设备，要想将灵动、飘荡的音符固定下来，只有依靠乐谱。可是，中国几千年一直没有记谱。到三国时期，才有了文字谱，而工尺谱最早则见于《梦溪笔谈》一书。这两种记谱法都不甚科学，勾勾抹抹的文字谱仅作一种提示，无法翻译；工尺谱虽有了唱名，但既无节奏，也无时值。今日的简谱（阿拉伯数字谱）与正谱（五线谱）都是从西方传入中国的。没有科学、先进、精确的乐谱，乐曲一旦失传，也就无从把握、恢复了。

乐器的流传，与材料、质地关系相当密切。一般而言，竹木皮革类易毁易失，金石类可长存久远。但像编钟这样庞大、繁复的重器，虽固，也不便流传。因此，除了材料质地外，重量、体积、繁简等因素对乐器的流传也不可忽视。

音乐人才除了勤奋，天赋尤为重要。往往得需几代音乐人的努力、长期的影响作用，才能诞生一个伟大的音乐家。可这样的音乐天才，在封建帝王眼里，不过他们脚下一个可以踢来踢去的奴才，可凭至高无上的权力随意支配他们的生死。如我国古代著名音乐家、汉乐府协律李延年，自己没有半点罪过，却在公元前87年受兄弟牵连而惨遭杀害。社会每有动乱，音乐人才也成了军阀屠刀下的可怜羔羊。而中国音乐最讲究的是口授心传，从不使用笔墨记录。于是，一代音乐人死去，这代人所发展、创造的音乐也就随之消亡了。

我以为，音乐的传承延续最重要的一点还在于民间化。民间是一块广阔无边、潜力无穷的肥沃土壤，只有影响民间、深入民间，音乐"火种"才有可能长存不灭。而中国古代音乐，严格来说都属宫廷音乐，为封建贵族阶层所拥有享用。每有战乱，王宫贵族首当其冲，对音乐的破坏也就最为厉害。并且每一次改朝换代，新的王朝都要做出一些否定前朝的姿态与行为，即使前一朝代的音乐没有多少破坏，也要遭到新建王朝的否定。

音乐民间化，涉及一个普及与提高的问题。

在随州出土的编钟，除曾侯乙编钟外，还在均川、安居等农村的一些东周平民墓地中发掘出不少小型编钟。这说明当时的随人喜好编钟已成一种时尚，不仅王室拥有，普通民众也视家庭经济状况铸造或大或小的编钟。近年来，历史学家发现，随州古城的框架也酷似编钟造型，显然为古代建筑学家有意为之。《左传》曾载"随民喜乐"，由此可见一斑。然而，这种时尚跟我们今天所说的普及与提高的含义完全是两码事。全民普及编钟，在此基础上提高到曾侯乙编钟的水平，才是真正的普及与提高。而那时的实际情况，却是民间受王室的影响，把拥有编钟作为一种时髦，风行民间。

只有在普及的基础上得到提高，才不至于出现断裂，才有可能绵绵不绝地向前发展。而封建统治者对民间音乐禁锢至深，翻阅《资治通鉴》等史书，皇宫每有喜庆，才许民间歌舞休息几日。封建君主、王公大臣们可日日歌舞欢宴，而普通百姓连放歌奏乐也得皇帝恩赐。好不容易允许歌乐一番，又要受到礼教的束缚，讲究什么中庸平和、不温不火。而民间乐人，更是被视为低贱的"下三烂"职业。在一个没有歌舞的死气沉沉的社会，很难想象音乐会有长足的发展与美妙的前景。即使是皇家音乐，明朝后，也开始走向严肃、古板、呆滞的极端。颇具讽刺意味的是，常被后人称道的康熙、雍正盛世，却是中国历史上最不重视音乐的枯燥时期。

<h1 style="text-align:center">七</h1>

曾侯乙编钟埋在地底两千四百多年不锈不蚀、不残不缺，出土后还能演奏各种乐曲，且音域宽厚深广、乐音优美响亮，这实在是人类考古史、音乐史上的一大奇迹。

曾侯乙编钟刚出土，就于1978年的建军节在驻随州炮师某部举行了一场原件音乐演奏会。音乐会以《东方红》开场，接着演奏了《楚殇》《一路平安》《草原上升起不落的太阳》等中外名曲，最后以一曲《国际歌》落幕。音乐会持续了两个多小时，观众如痴如醉，许多人禁不住热泪盈眶。

1979年，外交部邀请各国驻中国外交使节及其夫人在武汉欣赏了编钟演奏的古今中外名曲，反响强烈，受到高度赞赏。

1983年，湖北省歌舞剧团创作了一台古朴、粗犷、浪漫的《编钟乐舞》，成为与《丝路花雨》《仿唐乐舞》并驾齐驱的反映中国古代文化的优秀之作。湖北省歌舞团曾带着他们的保留节目《编钟乐舞》访问北美，受到当地观众及政府首脑的热烈欢迎与高度赞扬。

1984年7月，形似声似的全套曾侯乙编钟复制成功。

1997年7月1日，曾侯乙编钟（完整复制件）在香港回归的庆典演出——《交响曲1997：天地人》——中大放异彩。

如今，曾侯乙编钟已有六套复制件，它们在频频出访中蜚声海外。最新的一套于2023年4月陈列于湖北黄石市铜绿山古铜矿遗址新馆。

....

曾侯乙编钟在地底沉寂了两千四百多年以后，依然那么青春勃勃、活力斐然，它的身影与音响通过现代化的先进传播手段，几乎充满了世界的每一角落。

曾侯乙编钟从它的铸成之日起就决定了它的"王者之气"：它震惊过两千四百多年前的远古；它自1978年出土至今，牵引了无数世人的目光。我们完全可以预见，它还将在人类未来的岁月之河里永远"风光"下去。

写到这里，我不禁想到了胡风一段振聋发聩的话语，他曾在《三十万言书》中写道："我们的祖先创造了灿烂的古代文化，我们应该当作劳动底成果去看，当作智能发展底结果去看……这个灿烂性，是人民内容和人底意义还没有被民主革命的光所照亮出来的历史性的内容。在这个灿烂的古代文化里面，固然包含表现了我们祖先底作为人的梦想和追求的一些'精华'，但更多的却是我们祖先底作为治人者的残酷的'智慧'和作为治于人者的安命的'道德'，更多的是这种汗牛充栋的，虽然是我们祖先创造出来的却又压死了我们祖先的'糟粕'。如果不加以'清理'和'批判'，把作为'思想材料'的文化遗产完全升为'优良的传统'，只是囫囵吞枣地去'继承'和'发扬'，这一个沉重的包袱是要把我们压得透不过气来……"

我之所以大段引用，是想将胡风的思想完整地套在"灿烂的古代文化"之结晶——曾侯乙编钟之上。

曾侯乙编钟是封建时代的杰作，它代表了那一时代的生产、技术、文化等方面的高度成就，也反映了那一时代的多重特色，形式与内容相互契合、融为一体。编钟和奏，固然反映了盛世的平和、安宁与富足，能够唤起国人强烈的历史情怀与民族的自豪情感。但是，编钟所尘封的那些封建符号也会随着一个个跃动的音符迸射而出，与国人脑中几千年来一脉相续、至今仍然存留的封建细胞一拍即合。"文化大革命"时期，中国大地最为流行两首歌曲，一为《东方红》，一为《国际歌》；虽同为"社会主义歌曲"，可内容与形式却大相径庭。在此，我们不妨将这一中一西的两首歌曲稍加比较：以形式而言，《东方红》为民歌，曲式古朴、单调；《国际歌》为典型的西洋乐曲，具有现代的基本音乐要素。

封建社会，在中华大地淤积得实在是太久太久了；封建的东西如封建思想、封建人格、封建制度，沉淀在我们民族的历史与心理深处，稍不留神，就会死灰复燃。

对待曾侯乙编钟，在惊喜、赞叹、欣赏之余，我总是对它保持着一定的距离。用"敬而远之"一词形容虽不怎么恰当，但至少反映了我的一种心态。

面对曾侯乙编钟，我的灵魂曾为之颤抖，内心一直充满企盼：但愿封建专制的音符不要附着于"千古绝响"之上，但愿曾侯乙编钟经过一番洗礼能与时代精神合拍，但愿我们听到的编钟之音永远清纯亮丽，不要含有任何杂质。

◎

佛教究竟何时传入中国

佛教究竟何时传入中国？

面对这样学术性很强的问题，我等非专业人士往往避而远之，绕道而行。之所以勉为其难地撰写此文，实缘于我在《同舟共进》杂志发表的一篇文章所致，一位山东读者给编辑部写信指谬：

> 贵刊2014年11期所刊《韩愈贬潮州》一文提道："佛教于西汉末年传入中国，隋唐大盛。"可能在知识上有误。佛教传入中国的时间应是"东汉永平年间"，具体年份有永平三年、永平七年、永平十年三种说法，现在还无法精准考证，但佛教在东汉永平年间传入中国是有确凿史料根据的。笔者所读佛教史及高僧大德的著述，谈到佛教传入中国的时间，均采用"东汉永平年间"之说，比如黄忏华的《中国佛教史》、周绍贤的《佛学概论》、圣严法师《正信的佛教》等，其中周绍贤的《佛学概论》还对这一问题有比较详细的论述，感兴趣的朋友不妨查阅一下。总之，就我所阅读佛学著作所及，从未见"佛教于西汉末年传入中国"之说，因此，我怀疑作者是记错了，遂冒昧指出。但《韩愈贬潮州》一文甚好，一点小笔误自是瑕不掩瑜。（2014年11月6日）

这封在肯定拙作前提下的善意来信，刊登在《同舟共进》2015年第2期上。本不想回应，但又担心以讹传讹，"纠结"犹豫好久，最终还是决定以澄清事实为好。

关于佛教传入中国的时间，学术界历来存在争议，有影响的说法十多种，如沙门赍经来化说、伊存口授《浮屠经》、霍得金人说、刘向见有佛经说、汉明帝时传入说等。其中大多被否定了，但仍存三种最具代表性的观点。

第一种，认为佛教早在秦始皇时就已传入。

据《历代三宝记》卷一记载："始皇时，有诸沙门释利防等十八贤者，赍经来化。始皇弗从，遂禁利防等。夜有金刚丈六人来破狱出之。始皇惊怖，稽首谢焉。"又据《佛祖统纪》卷三十五所记："秦始皇四年（公元前243年），西域沙门室利防等十八人，赍佛经来化，帝以异其俗，囚之。夜有丈六金神破户出之。帝惊，稽首称谢，以厚礼遣出境。"

这种说法一向被人们否定：一因这种记载源于《朱士行经录》，朱士行为中国历史上第一位汉族僧人，但这部书并非他本人所撰，而是伪作；二因西汉张骞未通西域之前，关隘重重，闭塞不通，印度大德无法进入中国传教。

其实，《朱士行经录》虽系伪作，但内容不一定作伪，这点是后人研究时必须区别开来的；而张骞通西域只是丝绸之路的一部分（陆路），早在公元前4世纪，中国的丝绸就已运至印度等地，可见那时已有海上丝绸之路了；再则，即使是张骞未通西域之前，也有商人为了巨额利润冒险通关，而高僧大德为弘扬佛法舍命闯关，侥幸进入内地者当不乏其人。

秦始皇在位时期，正是印度阿育王奉请大德四方出国、光大佛法的年代。对此，梁启超在《佛教之初输入》中认为："秦始皇实与阿育王同时。阿育王派遣宣教师二百五十六人于各地，其派在亚洲者，北至俄属土耳其斯坦，南至缅甸，仅有确证，且时中印海路交通似已开。然则所遣高僧或有至中国者，其事非不可能。"

另据斯里兰卡所传律藏典籍《善见律毗婆沙》（僧伽跋陀罗译）及藏传佛教觉囊派学者多罗那他著于1608年的《印度佛教

史》所记，阿育王时也有大德前往中国弘法。

第二种说法，佛教在汉哀帝时传入。

这便是著名的"伊存授经"，说的是西汉末年，即汉哀帝元寿元年（公元前2年），大月氏使臣伊存在京城长安向博士弟子景卢口授《浮屠经》。这一记载最早见于《三国志·魏书》卷三十裴松之注，此后又见于《世说新语·文学篇》《魏书·释老志》《隋书·经籍志》《太平御览》《史记正义·大宛列传》《通典》《通志》等诸多典籍。

伊存授经，是佛法传入中国的最早正史记载。

汤用彤、吕澂等著名学者经过认真研究、翔实考证，不仅认可这一说法，并得到学界的肯定，比如周叔迦在20世纪30年代末所撰《中国佛学史》便明确指出伊存授经"言而有征"。

第三种观点，便是东汉初年汉明帝时传入。

据东晋袁宏《后汉纪》卷十《孝明皇帝纪》记载："初帝于梦，见金人长大而项有日月光，以问群臣，或曰：西方有神，其名曰佛，其形长大，而问其道术，遂于中国图其形像。"

西方之"神"引起了汉明帝的高度关注与重视。在古代，皇帝一言九鼎，圣旨一下，外来佛教在中华大行其道。"汉明感梦，白马东来"，遂成千古佳话。

以上三种观点，皆有其事实依据，也从不同角度佐证了佛教传入中国的历程。

阿育王奉请大德出国传法，秦朝时期，佛教就已进入中国，如涓涓细流般开始在民间传播并逐渐渗透、影响——由底层百姓到上层人士。所谓士农工商，只有进入知识分子阶层，"伊存授经"才有可能进入正史视野，慢慢地引起最高层的重视、得到官方认可。因此，一如阿育王派遣大德出境传法时的愿景，佛教在华夏大地得以发扬光大。

永平八年（65年），汉明帝在回复楚王英的诏书中，使用了"浮屠""伊蒲塞""桑门"等佛教专门用语。如果没有民间的流传与佛经的口授，皇帝一下子哪来这么多"出口成章"的佛教语言？

即使汉明帝从发愿、认可到渐成"气候"，也有一个"水到渠成"的过程，遂有永平三年（60年）、永平七年（64年）、永平十年（67年）传入三说。首先，汉明帝"感梦"，心存契合；接着，派遣中郎将蔡愔、秦景和博士王遵等人前往大月氏国，将牵着白马，驮着佛像、贝叶经的迦叶摩腾、竺法兰两位高僧迎回洛阳；随后，建白马寺，奉请迦叶摩腾、竺法兰译经说法。白马寺对中国佛教而言，是一个极其重要的象征。它建成于永平十一年（68年），是佛教传入中国后兴建的第一座寺院，享有中国佛教"祖庭""释源"之称。

"永平求法"在一段时间内的确十分盛行，对此，汤用彤分析道："汉明为一代明君，当时远人伏化，国内清宁，若谓大法滥觞于兹，大可为僧伽增色也。"

现在的关键是，佛教传入中国的最早时间，应以什么为标志？

如果以官方正式认可的时间作为佛教传入中国之始，显然与事实不符。

佛教的传播，是一个复杂的系统工程，由经典、教义、教规、信徒、戒律、寺庙等诸多要素构成，而经典、教义又是其中的核心所在。没有典籍与教义，佛教便无从谈起。因此，以经典的传入视为佛教传入中国的时间，无疑是一种合情合理的选择。

于是，将汉哀帝时期的"伊存授经"作为佛教传入中国之始，已在佛教界、学术界及其他社会领域逐渐达成共识。

白寿彝主编的《中国通史》认为："佛教大约在西汉后期传

入中国。……汉哀帝时，博士弟子景卢受大月氏王使伊存授浮屠经。此事是可信的。"

任继愈在《中国佛教史》中澄清事实道："汉哀帝元寿元年（公元前2年），大月氏王使臣伊存口授浮屠经，当为佛教传入汉地之始。"

人教版普通高中课程标准实验教科书《中国古代史》明确写道："西汉末年，佛教经中亚传入中国内地。"

曾任中国佛教协会会长、中国佛学院院长的赵朴初在《佛教常识答问》一书中，也说伊存授经"是中国史书上关于佛教传入中国的最早的记录"。

即如港台地区，关于佛教初传时间，台湾佛光出版社于1987年出版的《佛教史年表》也认为"大月氏之使节伊存口授浮屠经予博士弟子景卢为中国佛教之始"。

最具权威性的结论，当属1998年中国佛教协会、中国宗教学会举行的"中国佛教两千年纪念活动"。可见中国佛教界已将佛教传入中国的时间确定为公元前2年，也即汉哀帝元寿元年大月氏王使臣伊存口授《浮屠经》之时。

有鉴于此，我在撰文时便说"佛教于西汉末年传入中国"了。当时有过在"西汉末年"后括号添加"一说东汉初年"的想法，即"佛教于西汉末年（一说东汉初年）传入中国"，但这念头一闪而过，未能着笔。佛教讲缘、讲因、讲果，因缘凑合，遂成此文。

◎ 大佛寺之光

大佛寺泥塑彩绘卧佛像

　　大佛寺到过两次。

　　第一次匆匆忙忙，那是2004年7月下旬。中国剧作家丝绸之路采风团从新疆经敦煌、玉门、嘉峪关往东一路行来，抵达张掖已是晚上，在市区一家酒店住了一晚，第二天参观的第一站就是大佛寺。

　　大佛寺的主体建筑是大佛殿，殿内供奉着一尊巨大的卧佛：佛像头枕莲台，右臂向上弯曲，右手枕于面颊，左臂向下伸展，放在左边；整个身子外向右侧，仿佛面向芸芸众生；眼睛半开半合，目光朝上，凝于右前方某处，整个神态显得既随意又专注、既达观又严谨、既自然又整饬。大佛寺给我最深刻的印象，就是佛像之大，超出了之前的想象。据导游介绍，佛像长三十四点五米、肩宽七点五米、脚长五米多，一根中指可平躺一人，一只耳朵能容八人并排而坐。最引人注目的是双脚，十个脚趾头并排平放朝外，竟有两三人之高！

那次的采风行程被安排得满满当当，因要赶往下一座城市——武威，在大佛寺看了约半小时，便匆匆离去。

2018年10月，我又一次来到了大佛寺。

这尊释迦牟尼涅槃像静静地躺在主殿中心，在我眼里仍是那么巨大，充满了一种神圣感。卧佛后面，肃立着他的十大弟子。脚前，侍立一位男居士，头右，站着一位女居士。佛像建于西夏崇宗永安元年（1098年），一晃九百二十年过去。释迦牟尼与出家弟子、俗家子弟依然保持着当初的姿态，空气凝固了、时间静止了、现实消失了，他们似乎超越了过去与当下、超脱了生命与死亡，进入真正的涅槃之境。静静地观看、感受，觉得他们身上又分明透着一种观照自身、关注世事、探索宇宙、包容万象的神情。恍惚间，悲与喜、空与实、内敛与外向、简单与繁复、超脱与执着、涅槃与新生、刹那与永恒，就这样有机地融在了一起……

佛教自传入中国两千年来，庙宇、石窟遍布华夏大地，所塑佛像更是林林总总。论质地，有金佛、银佛、铜佛、铁佛、木佛、瓷佛、泥佛、石佛等；论形态，有卧佛、坐佛、立佛；论大小，有高（长）几十米之巨的，也有小到几厘米之微的……世界第一大卧佛为缅甸的瑞达良佛像，石雕，长五十四米；国内最大卧佛为四川潼南县马龙山摩崖群像中的一龛，石胎泥塑，长三十六米，开凿时间为八十多年前。张掖这尊佛像是木雕泥塑的，就长度而言，位列世界第六、国内第二，但就室内泥塑佛像而言则堪称华夏之最。关键的是卧佛在此一躺就是九百多年，不仅阅尽人间沧桑，自身也历经风雨，笼罩着一层神秘而传奇的色彩。

我们常说佛教自西汉末年、东汉之初的两汉之际传入，实际是指传入中原大地，在此之前，中原以西的河西走廊早就有佛教的传播者与信仰者了。那时，张掖地区的统治者是月氏、匈奴等少数民族。因其与汉人长期处于对峙状态，交往不多，所以汉人对佛教的了解不多，更谈不上传播与信奉了。据《汉书》《甘州府志》记载：汉武帝元狩二年（公元前121年），骠骑将军霍去病率大军出陇西、过焉支山，千里奇袭，大败匈奴；不仅擒获浑邪王子、相国、都尉及俘虏、首级八千多，战利品还有匈奴休屠王祭天的"金人"，带回后作为"大神"陈列在甘泉宫。这座一丈多长的"金人"，便是匈奴人崇拜的佛像。若以佛教界、学术界认可的佛教传入中国的时间——汉哀帝元寿元年（公元前2年）来看，那么，在此一百多年前，张掖地区的原住民就已广泛信奉佛教了。因此，大佛寺、卧佛像的建造，也是佛教在河西走廊传播一千多年的结果。

西夏崇宗永安元年某日，国师嵬咩在他"敛神静居"的张掖居处闻得丝竹管弦之声，不禁循声而出。其在发声之处掘地丈余，获得一批古代窖藏文物——主要就是这四尊古卧佛像，用琉璃瓦和铜制佛龛秘藏，保存完好，光艳如新、栩栩如生、千百年来，河西走廊不断易主。新的主人西夏党项族立国刚满一个甲子，那么，这四尊卧佛以及供奉佛像的寺院造于何时？据出土"古记"记载，它们建造于距此近八百年前的西晋惠帝永康元年（300年）。

窖藏古佛像重见天日，在当时的甘州城轰动一时，不少信徒前来观赏朝拜。佛教讲究因果，嵬咩国师决定抓住这一难得的因缘，以此为契机，募资修建一座新的寺庙——卧佛殿。他一边在民间募集资金，一边利用自己的皇族、国师身份获得国王支持，西夏王乾顺敕建甘州卧佛寺，赐额"卧佛"。经过五年艰辛努力，西夏崇宗贞观三年（1103年），一座规模宏大的卧佛寺终于"横空出世"。它既取代了日渐倾圮的旧寺，更让人们忽略了它的"前身"，后人将大佛寺的建造时间定格于重建之初的西夏崇宗永安元年（1098年）。

历史总是充满了偶然与机缘，如果没有四尊出土卧佛，自然就不会有我们今天所见到的大佛寺及卧佛像。令我好奇的是：那四尊出土古佛到底多高、多大，如今置身何处？查阅相关资料，嵬咩国师为求宫廷支持，在他的授意下，其中三尊由张掖僧人法净携带前往西夏都城庆兴府（今宁夏银川市）献给了皇上乾顺。既为"携带"，可见佛像不大，也不重。四尊塑像虽同为卧佛，但大小、形态肯定互异，各具神采。可以想见的是，大佛寺这座卧佛，便是以那尊唯一留下的塑像为蓝本建造而成。

可是，这四尊佛像到底由何人所铸，为何秘藏地下？没有确凿的文字记载，只能根据张掖的历史、政治、军事、佛教传播等加以分析、推测。

卧佛表现的释迦牟尼涅槃情景，当与佛教涅槃学有关。印度佛教经典《涅槃经》翻译于北凉后期，受涅槃理论影响，"涅槃宗"逐渐形成并盛行一时。因此，卧佛塑像极有可能受涅槃宗影响"应运而生"。据有关碑刻记载，唐朝以前，张掖迦叶如来寺一位僧人埋藏了一批古卧佛像，尔后去了印度北部的跋提（今名巴达哈商）。这位僧人为何要将供奉的卧佛埋入地下保存？这种情形，一是灾难性兵燹，二是大规模灭佛运动。若遇兵燹，军人一般不会嫁祸于僧人、寺庙与佛像，特别是佛法盛行之时。那么，为避灭佛运动的可能性更大。据涅槃宗兴盛及碑记所载，可知建造卧佛的时间当在北凉（397—439年）后期与唐朝（618—907年）之前。这期间，发生过北魏太武帝灭佛（始于444年）与北周武帝灭佛（始于574年）。北周武帝毁佛断道，时间长、涉及广、触动深，但他并不屠杀僧侣，还允许部分州郡保留有代表性的寺庙。因此，僧人不必深埋佛像，逃至印度，绝尘不归。据此可以推断，埋像事件发生在北魏太武帝拓跋焘灭佛之时。

拓跋焘曾三次下诏毁佛，先是诏诛长安僧尼，焚毁佛像，全国依此行事；再次下诏王公以下不准"私养沙门"，否则，沙门自死，容留者诛杀全家；第三次下诏击破佛像、焚烧佛经佛图，不论老少沙门全部坑杀，今后胆敢信佛及塑造泥人、铜人者，满门抄斩。经过一次比一次更加严酷的禁令，北魏佛教受到毁灭性打击。正是在这一背景下，迦叶如来寺的一行僧人藏好卧佛后匆匆逃离张掖、奔走西域，四散流离，方躲过一劫。其中一位远遁印度，虽置身异域，但他念念不忘所藏佛像。太武灭佛，使得北方中土佛教低迷、衰落。这位僧人估计一时难以回归故里，念兹在兹，担心私藏佛像之事就此湮灭，便刻石《敕赐宝觉寺碑记》告知后世并冀望有朝一日"能以一花一香致瞻礼之诚者，必证佛果，复生天界"……

北魏王朝由鲜卑人拓跋氏建立，在太武灭佛六百多年之后，经由拓跋氏的后代——党项族人嵬咩国师之手，四尊佛像终于"破土而出"。这，是否就是佛教所说的世道轮回？

卧佛深埋地底，经过一番长期积蓄、沉淀、酝酿乃至新的涅槃，当其重见天日之时，一时灵光迸现、魅力四射。

巨大的佛像建成了，它是嵬咩国师所掘出土卧佛的翻版与扩大。围绕"卧佛"这一中心，建造了相应的配套设施，新建的大佛寺取代了过去的迦叶如来寺。近千年来，历代扩建、重修不已。如明永乐大规模重建，除主体建筑卧佛殿外，还有牌楼、钟楼、前山门、后山门、大乘殿、轮藏殿、金刚天王殿、弥陀千佛塔（土塔）等九座建筑，大有"九五之尊"的皇家寺院气势。

大佛寺的主体建筑大佛殿，是全国仅存的一座西夏完整建筑。而今，大佛寺尚有古建筑二十多座、馆藏文物一万多件，创下了多个中国之最——中国最大的佛教殿堂、最大的室内泥塑佛像，藏有中国最完整的初刻初印本佛经《大明三藏圣教北藏》（简称《北藏》）等。

静静地观看，默默地感受，尽可能地与关注对象融为一体，进入明心见性的参悟境地。

当然，完全沉静是不可能的，导游的解说、游客的熙来攘往以及不时冒出的呼唤、喧哗等都会干扰内心的宁静，将你拉回现实。这一观瞻中不可避免的现象与影响，从佛教角度而言，也是善果的体现。大佛寺是人类文明活动的产物，加之居于张掖市中心，与尘世自然密不可分。宗教信仰与人间尘世，必须保持一定的联系，否则便难以为继，关键在于"度"的把握。

此次时间相对充裕，我在卧佛前肃立良久，浮想联翩，尔后又参观了寺内的壁画、珍藏以及前院、后殿等附属建筑。

卧佛身后的墙上绘有一组以《西游记》为主题的壁画，所表现的故事场景，有《取水子母河》《大圣拜观音》《大圣闹天宫》《大战红孩儿》《路阻火焰山》《大闹金兜洞》等十来幅，占了满满一墙。这，也是寺内三组壁画中最引人注目的经典之作。记得儿时，《西游记》连环画是我的至爱，那些孙悟空大闹天宫、猪八戒娶媳妇、孙悟空三打白骨精、孙悟空三借芭蕉扇等故事，让我如痴如醉地沉迷其中。稍长，总算寻得一册原著——为当地农家所藏，也不珍惜，平时包个东西或如厕没纸就顺手撕下几页。虽然残缺不全，也能看个大概，总比连环画强多了。直到高中毕业回村当上民办教师，领到一份上级教育主管部门发放的民办教师补贴费，买了一套上、中、下三册的《西游记》原著，才算真正过足了一把"阅读瘾"。

壁画所绘内容，于我来说再熟悉不过了，不禁兴致勃发。所绘年代，说法不一：有说画于西夏的，也有说绘于元代、明朝或清乾隆年间的，传得最多的是绘于元末明初时期。若此说成立，那么壁画要比《西游记》成书早一二百年，吴承恩则直接或间接地吸收过这组壁画的"养分"。

玄奘西天取经，从长安（西安）出发，穿越河西走廊，取道新疆，历经吉尔吉斯斯坦、乌兹别克斯坦、阿富汗等地，最终抵达天竺（印度）。交通不畅、虎狼当道、险恶四伏，稍有不慎，就会遭遇不测，葬身大漠荒野。十七年后，玄奘这位唐僧不仅安然返回长安，还取回了印度佛教真经，这在当年，不啻人间神话。玄奘途经张掖，留下了诸多故事、传说，经过不断加工、演变、流传，打上了浓厚的古甘州地域色彩。特别是那些"言之凿凿"的地名，当你身临其境时不禁心生敬畏，产生丰富的联想，至少不敢轻易证伪。张掖地区在《西游记》中出现的地名，读者耳熟能详的就有高老庄、流沙河、火焰山、通天河、黑水国、晒经台、牛魔王洞、三千里弱水等。壁画所绘故事，互相之间没有连续关系，某些地方甚至不同于《西游记》所述。如主要人物之一猪八戒，一提起他，人们就会想到他的好吃懒做、偷奸耍滑、贪杯好色。特别是高老庄招亲，婚后的老猪更是原形毕露，弄得高家鸡犬不宁。但壁画所绘八戒却是一位勤劳干练的好儿郎，洗衣做饭、挑水砍柴，积极主动、样样能干，是一位堪称劳模的励志好青年。并且师徒四人取经途中，挑担前行的不是沙僧，而是"偷懒耍滑"的老猪。一副沉甸甸的担子压在他的肩上，令人忍俊不禁。这种情形的出现可能与吴承恩在塑造八戒这一形象时得考虑书中人物的性格发展与脉络走向——老猪贪吃懒散的性格也是人性的一种反映，于是艺术加工，塑造成了今天我们熟知的八戒形象，给读者带来阅读的乐趣与快感。

当然，也不排除这组壁画绘于清乾隆年间的可能，即便如此，从中我们也能寻出文化双向交流的轨迹：先是"唐僧西行，故事东渐"，取经故事由河西走廊一传三晋大地，再传中原内地，三传东南沿海一带。淮安才子吴承恩在流传形式——俗讲、故事、传说、杂剧、平话等基础上，终于创作了不朽名著《西游记》。随着《西游记》的影响与日俱增，唐僧师徒四人取经的故事开始回传——向内地及西部渗透，并与当地原有故事、传说逐渐融合。当然，这种属于传播学范畴的"新西游"，其融合也有一个取舍过程。比如猪八戒，不管怎样，他也是张掖的女婿吧，得保留过去美好的形象或者予以新的加工。这样一来，八戒被描绘成勤劳善良的阳光青年，也就不难理解了。

壁画绘者没有留下姓名，可以想见的是：他们既非享誉一时的名家，也非宫廷画匠，而是普普通通的民间艺人。作为一个群体，他们虽未留下具体姓名，但当我们面对这一幅幅气势恢宏、栩栩如生的壁画时，仍震撼不已。只要是真正的艺术，不论出自何人之手，都能穿越时空，焕发恒久的魅力。姓名并不重要——只是一个符号，经由劳动与创造之手，他们的生命已然融入画中，由此得以绵延、永生……

大佛卧在这儿，保持着固有的涅槃姿态，静静地躺着。岁月流逝，不舍昼夜，他对外部世界、滚滚红尘似乎漠然。其实，近千年来，除少数动荡、反常岁月外，他的身边总是香火鼎盛、烛影摇曳、红男绿女熙来攘往。面对走马灯似的去了又来、来了又去的众生，虽然肤色、面孔有别，但从他们的装束、表情、语言、举止等，就能感知世事的冷暖、推测世道的变迁……

有人根据张掖志书及民间传说，认为元世祖忽必烈诞生于大佛寺。据传，成吉思汗统一蒙古之前，常在甘州以北一带狩猎，将偏爱的小儿子拖雷带在身边。这天，成吉思汗带着皇后，拖雷带着他宠爱的王妃唆鲁禾帖尼一同来到甘州。身怀有孕的唆鲁禾帖尼对大佛寺盛名早有耳闻，于是扮成平民模样前来朝拜。大佛寺果真名不虚传，规模宏大，信众络绎不绝。王妃夹在摩肩接踵的人流中曲折前行、顶礼膜拜，突然感到腹部一阵剧烈的绞痛，原来是胎儿即将临盆。在方丈、职事僧的帮助下，王妃在寺内一间房子住下，顺利产下一子，他就是此后大名鼎鼎的忽必烈！

当然，传说归传说，今日无法考证。不过王妃唆鲁禾帖尼，也即后来册封的别吉太后故世，却安葬在了甘州路十字寺（即大佛寺）。拖雷共有十一个儿子，唆鲁禾帖尼为他生了三个，其中两个当了皇帝，即元宪宗蒙哥与元世祖忽必烈。忽必烈为何要将信奉景教（基督教）的母亲葬于一座佛教寺庙？百年之后，元朝末代皇帝元顺帝及其大臣为何念念不忘前来大佛寺祭祀这位别吉太后？诸多难解之谜，无疑为这座千年古寺披上了一层神秘外衣，令人神往不已，恨不能一窥究竟。

正是这位前来祭祀先祖的元代末帝元顺帝，他的画像不像蒙古人，却似一位汉人，准确地说是酷似宋太祖。因此，不论官方还是民间，历来都有元顺帝妥懽帖睦尔乃宋恭帝赵显遗腹子之说。

这一说法也与大佛寺有关。

宋恭帝赵显乃南宋末帝，当元军围困临安，他随垂帘听政的祖母谢太皇太后、母亲全太后一同出降时，年仅六岁。此后，赵显便开始了长达四十七年的俘虏生涯，先是被押解到北京，后遣送至上都开平。不久，忽必烈又下诏，命其"学佛于吐蕃"。此吐蕃并非西藏，而指土伯特或唐兀特，张掖为其首府。于是，赵显经过一番辗转颠簸来到甘州。对此，《张掖县志》也有记载："时显年十八岁……全太后同到甘州，驻大佛寺。"

赵显前来张掖正值青年，虽为和尚，但身份特殊，仍准许婚配，娶了一名回族女子为妻并产下一儿。围绕着这名漂亮的妻子，于是就有了种种传说。有说元明宗夺走赵显之妻，收其幼儿为养子，这位养子就是后来的元顺帝妥懽帖睦尔。有说时为周王的元明宗奉旨出镇云南，因不受诏，逃往西北沙漠，正巧与赵显为邻。一夜听得笙歌绵绵，不禁踱出帐外倾听，但见空中出现一团火光，降在不远处的一座帐篷之上。第二天方知，那座帐篷之内昨夜诞生了一名男婴。周王以为那团降落的火光实乃吉祥之兆，此子日后必将大贵，便恳请收为养子，取名妥懽帖睦尔……传说诸多，大同小异，无非这位元代末帝实为南宋末帝之子，所谓"元朝天下，南宋皇帝"是也。但近年有学者考证，此说纯属捕风捉影。

不论事实如何，总之又是一桩扑朔迷离的疑案。

清康熙年间，大佛寺又多了一则趣闻与传说。一天，康熙帝来到张掖游览大佛寺（时称弘仁寺），忽见眼前卧佛占了整整七间大殿且手指粗于人腰、肩膀高达两层楼房，顿觉眼界大开。他不禁心生欢喜，令随从文武官员每人吟诗一首。这些人无不欢欣踊跃，皆使出浑身解数以博龙颜一悦，若受康熙赏识，说不

大佛寺泥塑彩绘卧佛像

定另眼相待、飞黄腾达呢。康熙听着，时而沉默，时而颔首，时而微笑，真是威不可测。轮到前来护驾的王进宝了。他是甘肃靖远人，家境贫寒，父母早亡，便以乞讨度日。后被甘肃提督张勇招为兵勇，在南羌平叛中作战勇武，升为标下游击。可他从未上过学，是一员目不识丁的武将，若论吟诗作赋，可真有点难为他了。众人不禁替他捏了一把冷汗。王进宝自知难以回避，也就趋步上前跪在地上，硬着头皮、不管三七二十一，吟出四句打油诗："你倒睡得好，万事一齐了。我若学你睡，江山何人保！"虽属无甚文采的大白话，也是一番表白心迹、表达忠心的大实话。康熙听后大加赞赏："众卿今日吟诗，当以王爱卿为冠。"当即传旨嘉奖，并将王进宝提升为西宁总兵。陪侍的其他有才、有识、有志之士，怎么也没想到这等舞文弄墨之事，会让一介武夫抢了风头……

近千年时光一晃而过，卧佛真是见多识广啦：上至皇帝达官富豪，下至平民贩夫走卒，去了来、来了去，转瞬间便消失得无影无踪。

大佛虽经多次翻修补塑，但总体框架没变，仍是西夏初建模样。若说变化，其实也有的，比如虫鼠咬噬、地震侵袭等。这些自然灾害对卧佛来说本属正常，也就不在话下，正如殿前门联所言："不灭不生，法雨慈云天外现；无尘无垢，十洲三岛梦中游。"此岸彼岸，人间梦境，并无差等。

而人为的破坏于卧佛来说，则是另一码事了。远的战乱不提，就拿半个世纪前的"文化大革命"来说：北京一批红卫兵前来张掖"点火"造反闹革命，偷偷闯进大佛寺并在卧佛腹部挖了一个直径一米的大洞，劫走藏在里面的铜镜、铜牌、铜壶、石碑、经券等国家级珍贵文物无数，后来仅追回佛经一卷、小铜佛一尊。

卧佛以木框为架，采用胎塑工艺建造；内有上、中、下三层，分为十一个空间，每层铺有竹编花席以置放宝物。自西夏初建到乾隆年间，卧佛有过五次大修，每次都会放入一些珍贵文物。卧佛肚内到底有多少文物，谁也没有统计过，红卫兵到底劫走了多少，也就无法知晓。十年浩劫，于卧佛来说不过眨眼之事，可里面的珍宝流失了，腹部留下的大洞无论怎么修补都无法达到以前的效果，留下了一处刺眼的"疤痕"。这印记，于大音希声的卧佛而言，是否以某种形式告诫后人不要好了伤疤忘了痛？

人为的破坏不仅搅扰了卧佛的安宁，使大佛殿及配套建筑满目疮痍，其危害之大，远甚天灾。这种强加其上的深刻烙印，是难以磨灭与忘却的。当然，法轮常转、日月常新，当你从后殿步出，也会见到一副门联："一觉睡西天，谁知梦里乾坤大；只身眠净土，只道其中日月长。"

千年沧桑，不仅外在的物质形态在变，大佛寺内里其实也透着一股巨变。比如由皇权的高度重视，到官方色彩逐渐淡化；比如由早期的藏传佛教逐步向汉传佛教演变，此消彼长，时至今日，汉传佛教的因子越来越多、成分越来越浓。

如果说佛像、建筑是物质的，那么经书便是佛教的内涵与教义，物质与精神，二者不可或缺。在护持大佛寺的历代众多僧尼、信众之中，有一位值得后人永远纪念，她就是保护传世经书的本觉尼姑。

大佛寺中，藏有明英宗颁赐的堪称佛学百科全书的《北藏》。这套大型丛书于明永乐十八年（1420年）开始在京城雕版印刷，于正统五年（1440年）全部印刷完毕，历时二十年之久。《北藏》汇集佛教各宗派经籍、戒律、论藏，十八万页，三千多万字。将所有经书从北京运至甘州城内，又花了五年时间。此外，大佛寺还藏有明代高僧、名流用金、银粉书写的二十多万字的经书《大般若波罗蜜多经》以及明永乐年间印刷的佛曲等大批文物。

大佛寺的僧尼们深知责任重大，一代又一代，严密地看护着这些国之珍宝。

1937年，日军飞机轰炸兰州，为防不测，大佛寺住持在当地佛教协会帮助下将所藏佛经全部转移至祁连山深处。后又秘密运回，在寺院一个不起眼的房间砌了一道夹墙，将存放经卷的十二个橱柜全部藏入其中。住持将看护藏经的重任交给最值得信任的弟子，当然，知道这一秘密的人少之又少。后来，这一重任便落在了不甚起眼的本觉尼姑身上。

本觉俗姓姚，1901年生于甘州当地一个贫苦农民家庭，十七岁出嫁，一年后丈夫不幸病逝。从此看破红尘，持名念佛。1948年，姚氏在永昌一家寺院受具足戒，削发为尼，法名本觉。四年后辗转来到大佛寺，受到住持信任，负责看管藏经殿，保护佛经。

"文化大革命"期间，大佛寺受到冲击。本觉尼姑哪怕遭到批斗，受尽凌辱，她都坚守秘密，从未向外人透露半句佛经之事。1975年腊月二十三日夜，一件不幸的事情发生了。本觉长期住在寺内一间小屋里，天寒地冻烧炕取暖时，不慎引发火灾，被无情的大火吞噬。事后清理本觉遗体、收拾烟熏火燎的残房时发现，小屋与藏经殿之间竟有一条长长的暗道，十二个橱柜整齐地排列其间，每个柜子都装满了经书。这些"重见天日"的珍贵佛经，包括《北藏》《大般若波罗蜜多经》等在内，共计一千六百二十一部、六百三十六函、五千七百九十五卷，全部完好，无一残缺。

漫步寺院，我们会看到一座汉白玉莲座尼姑雕像，这位受人瞻仰的尼姑，就是不负使命、护经有功的本觉。伟大来自平凡，一位朴实无华、默默无闻的尼姑，做出了足以辉耀文化史册的不朽功勋。

佛教自印度西来，在关键的一站——河西走廊，留下三座大佛，另两座分别为张掖山丹县嶑高山大佛、武威市天梯山大佛。颇有意味的是，三尊大佛不仅建有三座相对应的大佛寺，且分别为卧、站、坐三种姿式。佛祖站久了也得坐一下，最后躺着圆寂，彻底放松，进入涅槃之境。无论何种姿势，都是他现身说法的化身。

河西走廊长约一千公里，夹在祁连山与合黎山、龙首山等山脉之间，地域狭长；最窄处仅数公里，因形似走廊，故名。这里地势平坦、土质肥沃，虽有大片绿洲，但多为戈壁、沙漠地带。河西走廊不仅是丝绸之路的枢纽，也是亚、非、欧三大洲贸易往来的重要节点，还是中国文化、印度文化、希腊文化、阿拉伯伊斯兰文化等世界四大文化体系的交会之地。河西走廊是佛教从印度传入中国的必经之地，而张掖，又是河西走廊的中心。三座大佛，张掖拥有其二，足见其地理位置、文化地位之重要！

张掖有"塞上江南"之称，是大漠中的"鱼米之乡"，河西走廊的军需、供应、补给等，离不开张掖的丰富物产。"不望祁连山顶雪，错把张掖当江南。"这里，至今仍保存着一座距今六百多年的明代古粮仓，通风抗震、坚固耐用，可储粮七百七十万公斤。现存廒房（仓库）九座，五十四间，仍能使用。

可见大佛寺建在张掖，卧佛在此一躺千年，并非偶然。所谓"一城山光，半城塔影，苇溪连片，遍地古刹"，便很好地概括了古时张掖经济繁华、文化兴盛之貌。

此次参观的时间相对充裕，但仍随团而来，时间一到，就得转身离去。大巴车启动，从窗口望去，最醒目的便是高挂寺院门楣的匾额，由赵朴初先生题写的"大佛寺"三字显示得古朴、典雅、厚重。一边默默告别，一边就想："他日得闲，当再次前来，待上个大半天。如有可能，静静披阅本觉尼姑保存下来的《北藏》及《大般若波罗蜜多经》金经，体验无边佛法，在广袤西北高远蔚蓝的天空之下，庶几可以洗去尘埃、明心见性。"

禅语五祖寺

五　祖　寺

　　世界喧嚣浮躁，欲达禅境，着实不易。一个偶然的机会，我来到中国禅宗的策源地——黄梅五祖寺，置身千百年来生生不息的人间佛界、摒弃纷纷攘攘的俗世尘缘，心智沉浸于弥漫萦绕的禅宗氛围中、默默地感受与体验，在迷蒙与达悟、执着与超拔、俗界与空无中反思历史、静观人生，遂得如下现代禅语呈示于世。

一

　　五祖寺位于距黄梅县城十八公里的东山之腰。当然，此处的东山可不是成语"东山再起"的那座东山。那座东山在今绍兴市内，东晋谢安曾隐居于此，后受朝廷征召出山再担大任。不过，本文所讲东山也不寻常。它乃大别山脉之余绪，海拔高度四百六十多米、呈凤凰形状，有灵气与飘逸流贯其间，寺庙建于三百米处的半山之腰。因此，远远望去，东山全无半点超脱凡世、威严凛然之感，倒像一个和颜慈目、豁达朴素的老人颐养天年。比照那泰山、武当山、九华山等名山古刹，其山势之高耸雄伟、寺庙之险峻超拔，东山与五祖寺，就显得十分寒碜了。极其普通的山岭与寺庙，实在难以想象此处便是曾经风靡中华、名扬海外、影响至今的禅宗祖庭之所在。

　　然而，沿东山南麓缓缓上升的小径攀缘，行不多远，迎面耸立的释迦多宝如来佛塔给了我一个突如其来的惊奇。塔八角五级，高五米多。一座高不足六米的小塔，说它耸立，有点言过其实，但塔体的浑实与造型的简朴着实给我以强烈的震撼。塔的底座是一块凿成八角棱柱的岩石，呈立鼓状，敦厚而浑实；以上五层，外形皆无变化，只是逐级按比例缩小，每层以山蕉叶式出檐为界；达至顶端，便是一个莲瓣宝盖。除第一层南面雕凿有长方形佛龛、内供奉佛像外，其余皆未镂空，厚重的石块叠次相砌，保持着完整浑然的本色。它使我想起了西方锋芒毕露的哥特式教堂，想起了那些我曾拜谒过的高耸挺拔、精巧超绝的名山宝塔，与它们相比，眼前的佛塔全然是另一种风格。它不以高大雄伟、精美剔透取胜，而以简朴浑厚卓然独立于世；它诉说的是另一种语言，透出的是禅的信息。禅与浮华权贵绝缘，于平凡处见精神，在日常生活中显露真性，以单纯自然彻悟真理。呵，禅！这就是禅！是的，释迦多宝如来佛塔犹如一位大智大慧的长者，以它脱俗的姿态、博大的内涵、默默的无语将我引导开启，使我窥见了禅之意蕴。由此，我才感到自己真正步入了禅境。

　　长方形石板直铺着蜿蜒向上，两旁是茂盛的树木。漫步古径，我默默地感受，认真地观赏，不愿放过一处微小独异的景点。当以禅的眼光看待世间万物之时，那么，禅便无处不在，无时不现了。我像一个天真好奇的孩童，观看苍松翠竹，谛听百鸟鸣唱，嗅闻花草芬芳……当我们以另一种形式，另一种角度面对世界拥抱世界时，自会有一种全新感受与深刻的认识贯通心灵。我以为这便是人类超越自我的方式之一。

又一处景点令我流连注目，这便是西塔林。塔林是五祖寺埋葬方丈、住持与名僧的墓场，共有三个，分别为西塔林、东塔林与李塔林。西塔林为明代僧人开辟而成，原有墓塔五十多座，因人为拆毁、自然坍塌与洪水冲刷之故，现仅存二座。它们是千仞冈墓塔和瑞髻昌、廓庵合塔。

唯有方丈、住持、名僧才有资格建墓立塔，普通和尚是难以享受这种资格与待遇的。这当然是等级森严的一种反映，即便超凡脱尘的佛门禅宗也难以例外。但是，如果我们以宗教的也即禅的眼光来看待塔林，那当有一番新的解说了。禅境无穷，无论贵贱，只要虔诚地追求，人人皆能成为方丈、主持与名僧。禅的面前，人人自由平等。那么，建墓立塔便可看成是对僧众锲而不舍探索真理的一种激赏与鼓励了。

千仞冈墓塔由一块四方形青灰色岩石直立而成，长、宽皆为零点三米，高二米多；另一端髻昌、廓庵合塔八角三级，高也不过五米。由此可见，它与奢侈华贵形成一种鲜明的对比，为禅师做一生的见证，表明某禅师对禅宗的承前启后、源远流长尽过一份绵薄之力。禅师们的死，一是病死，二是老死。他们既不轻生自杀，也不追求长生，而是将生命视作一种自然。并且，他们开中华火葬之先：化青烟升空，与空气合一、与蓝天融汇，生死之潇洒，与禅的境界化为一体。那塔下所葬，不过是禅师的骨灰与舍利而已，尸身早已遁入禅师们认定的"空"与"无"之中了。

正如此思索着，我见到一个塔洞形如三间小屋，四周均用青石板竖砌做墙，上面的顶盖也是青石板，洞穴的用途在此成为一

释迦多宝如来石塔

种空有的形式。但是，这空空的洞穴却并非空洞无物，它本身具有的意义使我沉思不已。它到底在诉说些什么呢？有一点是明确的，这塔林便是禅，无处不在的禅。禅师们并不放弃最后的一次努力，向世人昭示着玄妙无边的、奥秘无穷的禅理。

二

　　沿石阶继续攀登，进老山门、过飞虹桥、见求儿塔，向左一转，便是五祖寺的主体建筑群了。

　　天王殿、大雄宝殿、毗卢殿、圣母殿、观音堂等殿堂，与我在别处所见的佛教建筑并无二致。进入殿堂，便是供奉的高大佛像；像前立香案，案上置香火供品；案前放蒲团，以供游人叩拜。一旁，还有一些新的庙堂正在施工。一进入五祖寺建筑群落的空间，我便感到世间的纷繁与扰乱。游人如织，欢声笑语喧哗不绝，小贩的吆喝与叫卖声充斥其间。更令人难以忍受的是那些请求施舍的当代乞丐、卖纸香鞭炮及手持相机为你殷勤服务的个体户们的纠缠不休，还有鞭炮声、焚烧黄表纸后飞舞的灰屑与呛人的烟雾。一位笑容甜美的姑娘令人无法拒绝地端着相机为我和同行的友人"咔嚓"一声后，至今没有收到她曾许诺半月内寄来的照片，尽管我们向她缴纳了足够的费用。

建筑的威严高耸、斑斓华贵与芸芸众生的嬉戏喧闹、为利来往，与禅之本意实在大相径庭。五祖弘忍当初在此建庙传法，其意绝非如此。当然，他也无法预料、左右社会的发展与变化。这使我想到了宗教与世俗之间微妙而复杂的关系。宗教如果绝然超尘脱俗，藏之高山，悄然独立，那无异于自取灭亡。它必须在尘世间传播教义，争取信徒，扩大影响。但是，如果过于世俗化，也会导致它的衰落与灭亡。这就存在着一个度的问题，如何在宗教与世俗间把握一个最佳契合点。宗教世俗化，世俗宗教化，这是一种无法厘清的怪圈与悖论。五祖寺建于654年，迄今为止，已被焚毁过近十次。没有世俗，五祖寺早已荡然无存；因为世俗，五祖寺饱经沧桑。尽管面目全非，但它历经一千三百多年的风风雨雨，依然顽强地耸立于此，以后还会生生不息地与世长存。这流经历史的兴衰起落，是否本身也是一种禅，常人难以企及的大禅？宗弼禅师曰："行到水穷处，坐看云起时。"另有禅师禅语云："始随芳草去，又逐落花回"；"天晴日头出，雨下地上湿"；"竹影扫阶尘不动，月穿潭底水无痕"……此等禅机妙语，能否使我们窥见历史与人生之奥秘于一斑呢？

三

不知不觉地，我步入了真身殿。此乃供奉五祖弘忍真身之所在。弘忍死后尸身不腐，未经密封、药物等处理，历经千百年仍完好如初，这实在是一个奇迹。可惜的是，弘忍真身已于1927年被毁；后塑有油沙像，"文化大革命"初又被毁；1984年，真身殿经过无数次兵火后被重新翻修，于次年再次为弘忍塑像，现安放在塔内。也

弘忍画像

就是说，所谓的弘忍真身，已是三生之身了。尽管如此，我仍感到面对着的是一位活生生的禅学大师，是一位令后人永远崇敬的大师！

禅宗作为佛教的一个支派自达摩西土东来，经慧可、僧璨、道信，传至弘忍时才使之中国化，始得畅行于世。在此之前，达摩禅经过几代人的艰苦努力，虽然争取到了部分僧众，在佛教界占据了一定的位置，但力量还很薄弱、地位远未巩固。慧可弟子备受北方禅学派系排斥，又逢北周武帝灭法；为求生存与发展，不得不向南方转移，进入江淮之间的山林地区。弘忍二十三岁那年，偶遇道信禅师而至黄梅县双峰山出家，学习僧业。二十八年（651年）后，弘忍得道信付法传衣而为中国第五代禅宗祖师。又三年，弘忍另辟道场东山寺，改革禅法、发扬禅学，而后几乎取代了从魏晋南北朝到隋唐以来的以玄学为主的哲学思想。

弘忍学法于双峰山，传法于东山；唐高宗曾两次遣使诏弘

忍入京，他固辞不赴。终其一生，弘忍足迹未出黄梅县境；而禅宗却经他手发展创造，教化大盛，风靡海内外。这在世界宗教史上，不能不说是一个伟大的奇迹。这奇迹的关键在于他所倡导的"东山法门"，使印度禅宗中国化，方能在中华这块广袤肥沃的大地上开花结果。

具体而言，东山法门对禅宗的改造主要在于以下三点：

（一）改传经典。达摩以降，禅宗皆奉《楞伽经》为教旨，弘忍毅然将它易之为《金刚经》。改奉经典，其实质就是改革禅法，将主张静坐安心的渐悟法门改为主张顿悟成佛的禅学。道信传给弘忍的尽是渐悟禅法，弘忍一改师宗，的确需要一股非凡的勇气。这种勇气在于弘忍既通儒学，也通老庄之学。他深刻地认识到，欲使禅宗盛行，必须因势利导以适应中国的传统思想才能达到目的，而顿悟比渐悟更加适合中国民众的生存思维方式。

（二）农禅并重。从达摩到僧璨，禅僧一直沿袭印度僧侣乞食为生的清规，一衣一钵、不事农活、严戒杀生、云游四海。至道信后期，提出努力劳作、自食其力的主张。继而弘忍大力提倡以农为主，实行农禅并修。僧徒们聚集东山，白日劳作，晚间习禅。弘忍作为一代创业祖师，身体力行，常上山种植、砍柴、担水。这样，弘忍便把中国古代小农经济的生产与生活方式紧密结合到僧众的生产和生活方式上来，与中国封建社会的结构进一步得到协调。僧众可以不依赖布施、乞食为生，也进一步获得了生存和发展的主动权。

（三）改革陈规。弘忍之前，禅宗在嗣法传承方式上一直是阶梯单传。但这种传统的师徒单传方式已不能适应迅速成长的禅法需要，为此，弘忍打破论资排辈的常规，采取分头开弘的传法方式。只要慧根浑厚，法门有路，均能受到他的器重。慧能来五祖寺习禅不过八月，便得到弘忍赏识，授之以禅学要义。弘忍僧徒中，得其法要者，见于史载的便有二十八人。他们各化一方，弘扬东山法门，遂使达摩一系禅学盛行全国。

由此我们可以看出，弘忍的改革之所以成功，主要在于适应了中国封建社会的客观实际。

四

弘忍在选择法嗣时对众僧说："汝等各去自看智慧，取自本心般若之性，各作一偈，呈示见解。若悟大意，付汝法衣，为第六代祖。"神秀乃书偈于南廊壁，曰："身是菩提树，心如明镜台。时时勤拂拭，莫使惹尘埃。"在碓房舂米的慧能闻说此偈，沉思良久，说道："美则美矣，了则未了。"他虽不识文字，但也做一偈，请人代书于神秀偈旁："菩提本无树，明镜亦非台。本来无一物，何处惹尘埃。"

围绕这两首偈语及传授衣钵，引发出许多历史传奇来。归纳一下，其线索如下：弘忍见慧能偈后，大为欢喜；又见众人惊异，恐有人加害，便用鞋将偈擦掉，并伪言曰："亦未见性。"暗地却约慧能至室，遮蔽门窗，为他讲说《金刚经》，并授法衣，是为六祖。神秀乃弘忍大弟子，觉知自己的传承地位受到威胁，欲置慧能于死地，从而展开了一场刀光剑影的袈裟争夺战。在弘忍及其他富有正义感的僧人帮助下，慧能走脱东山，渡江南下。神秀又派人追赶，其中将军出身的慧明行动敏捷，很快在赣南的大庾岭赶上了慧能。慧能将袈裟放在地上说："衣钵表信，只是传统的证信，可以力争吗？"慧明去拿袈裟却怎么也提不动，遂请慧能说法并于当下大悟，感动得痛哭流涕，于是皈依慧能、改法名为道明……

一千多年来，围绕这一经过，后人以诸如戏曲、绘画、电影等形式加以传播。其悬念之扣人心弦，情节之曲折复杂，传奇之玄乎幽妙，令人倾倒。

但是，只要我们稍加留意，拨开千年障目的迷雾，就可以看清其本来面目。

从迄今为止的全部初期禅宗史料来看，弘忍虽重顿教，但也并未废弃渐教。本着汉传佛教普度众生的宗旨，弘忍根据不同的对象，实行的是"密来自呈，当理与法"的传统方式。弘忍究竟传法给谁，史书并无一致而确切的记载。其原因，事实上是他最终并未指定具体的继承人。弘忍在东山传法的二十一年间，跟随他学道者数以万计、常住门徒一千以上，可谓人才济济，得法者甚众。此后，居山传道、各化一方者便达二十八人。

据《传法宝记》所述，神秀极受弘忍器重，临终前"无有付嘱"。弘忍死后，神秀隐居玉泉寺，十多年没有开法的设想，当然也就没有传法。可见神秀并无争法统的野心。他后来被武则天、唐中宗推为"两京法主，三帝国师"，也非出于本意，曾一再要求还山未被应允，还曾向中宗推荐过慧能并亲自做出邀请。事实上，神秀与慧能之间并无纷争，更谈不上刀光剑影的袈裟争夺战了。南北禅宗之分，神秀与慧能理所当然地分别成为北宗、南宗的领袖。在此后的历史发展中，北宗逐渐衰微、南宗日益兴盛，在南北禅宗的对抗中，南宗以绝对压倒性的优势取胜。"胜者为王败者寇"，出现歪曲诋毁北宗及其首领的现象就不足为奇了。

然而，我们应该看到，神秀一系毕竟是衰落了，以慧能所代表的南宗却日益走向兴盛。其原因何在？如果研究一下，是否可以使我们对中国古代社会的历史、思想与文化增加一些更深切的认识呢？

北宗禅学也有过它的鼎盛期。在7世纪末至8世纪上半叶的

祖 师 殿

近半个世纪内，北宗禅学盛行于京洛，成为朝野、僧侣公认的正统禅法。《宋高僧传》载："两京皆宗神秀，若不念之鱼鲔附沼龙。"究其原因，一方面是受到了贵族官僚的重视与扶持，另一方面也是接受本土儒家伦理道德与当时十分盛行的华严宗思想改造的结果。然而，北宗虽讲顿悟，但渐悟已成为修行的重点与中心；儒家的熏陶更使北宗不能摆脱守旧观念的束缚；加之北宗的社会基础是那些已趋衰落而尚未完全退出历史舞台的世族及他们卵翼下的知识分子，且北宗禅师中的相当一部分本身就是名门世族子弟，这样，北宗禅学走向衰落的历史命运也就无法避免了。

南宗禅在慧能去世后的二十年中，其禅法一直默默无闻。安史之乱时，慧能的大弟子神会以九十岁的高龄为唐王朝筹募军饷，建立大功。唐肃宗由此十分敬重神会，此后册立他为第七祖，慧能的南宗一派遂成为禅宗的正统。当然，南宗的兴盛更是内部教义的思想方式和日常生活方式完全中国化的结果。慧能出身樵夫、文墨不精，缺乏经典研究的兴趣，提倡"直指人心""见性成佛"的顿悟学说，强调自心的觉悟并把本心的迷悟看作能否成佛的唯一标准。这样，便把广大佛教徒从浩繁的经卷、深奥的教义、传统的规范中解放出来。南宗以平民为对象，不依靠寺院、经典、佛像及一切表面的形式仪节，而是与日常生活结合在一起，富有世俗社会生动活泼的气息。它将世俗与天国、凡夫与神佛相统一，完成了一次伟大的宗教革命。乃至唐武宗会昌年间灭佛毁法后，佛学别的宗派全部衰微，唯有南宗禅反而更加兴盛发达了。

五

禅到底是什么？有人言，禅之大意在于悟心成佛。又有人说，禅就是大开悟眼以认识真理。耕云先生在《迈向生命底圆满》一书中则系统地将禅之要旨概括为四点：（一）禅是生命的永恒相；（二）禅是自他不二的所以然；（三）禅是心的原态；（四）禅是宇宙的唯一真实，是佛经所讲的实相，也就是真理。他们说的都是佛禅之精义。但禅毕竟是一种只可意会不可言传的绝妙，不能依靠它为证悟得之，只有凭借独特的个体生命去感受、去体验、去领悟，才能拨开迷雾见真谛。

出真身殿、过法雨塔、登通天路，我继续向上，经五祖大满宝塔、象石，最后站在了讲经台上。顿时，我心头一亮，脑海里闪过一道灵光——一种大彻大悟的洞开豁然呈现，胸中升起一股愉悦自足的情感。

讲经台是一正方形平台，全用砂岩石块铺成，面积六十多

讲 经 台

平方米。试想一下：一群僧众盘坐在山中一块宽阔的石台上聆听大师说法，下面是悬崖峭壁，万丈深渊，白云袅绕；头顶是红日高照、金光万道、碧空如洗，阵阵清风夹带着鸟语花香，竹叶松影缓缓拂面，沁人心脾……此情此景，该是何等的惬意美妙啊！幽静、清雅、深邃，与教堂、书院的学究迂阔形成一种鲜明的对照。在这里，人与自然融为一体；人生在凝神静观中默然与天同行，超越了有限的人生束缚，体悟着宇宙万物的奥秘、自然天道的规律。我即自然，自然即我，无欲无念，物我时空融而为一。这，不是一种典型的禅又是什么？正是从这里，走出了一群生动活泼、执着追求的禅者。他们刻苦修行、超越物欲、把握自我、热爱人生、独立思考、大胆怀疑，穿行在中华广袤的大地与高耸的山峰之间，探求独立完整的人格表现，创造出一种积极向上的生存艺术，给中国的哲学思想、语言文字、文化风俗、文学艺术注入了新鲜的活力、产生了深远的影响并远播海外。它历经千百

135

年的风雨沧桑，犹如一朵永不衰败的奇葩，光洁鲜亮，多彩芬芳。魅力所至，乃使当今西方世界掀起了一股空前的禅学热潮。正所谓"果证千年，花开四叶；学行万里，名播五洲"。

缓缓步至东山顶峰，无甚庙堂建筑，不过几处遗址而已。极目远望，我被东山之幽谧、深邃所震撼。向南，百里平川阡陌纵横，太白、龙感二湖镶嵌其间，好一幅美妙的田园风光！将目光继续推远，便是浩浩荡荡的万里长江与巍然耸立于大江之南的庐山了。环眺东西北面，群山簇拥、峰峦叠嶂，如大海汹涌的浪潮，正一波一波地涌向东山、涌入浩瀚博大的禅宗胸怀。下望：古寺建筑隐于半山腰间，脚底，两条河流似玉带将东山缠绕、装扮。这些山川河流、平畴湖泊、古寺建筑，构成一个完美的整体，正形象地向我展示着禅风禅骨，诉说着禅境禅语。

什么是禅？这就是禅！遍地皆禅！就看你去怎样感悟与体验了。

当然，禅也有大小、真伪之分，禅也有一个积累、渐进、飞跃的过程。小禅属渐进，大禅属飞跃，它们构成质与量的辩证关系。生活中需要大禅，但绝不排斥时时涌现的小禅。至于那些装模作样、捕风捉影的伪禅，人们将它形象地称为"野狐禅""口头禅"，则必须坚决摒弃。

平凡朴实、生动活泼、博大精深的禅宗实在为人类价值信仰的批判与重构提供了一个很好的参照系。禅学大师遗留于世的真理及真身、舍利，无不向我们昭示着一种不灭的永恒。当我们以宗教般的热情与执着，在有限中体验无限、在历史中感受未来、在瞬间体验永恒、在此岸感受彼岸，那么，新信仰的曙光必将伴随着新世纪的来临破晓于世界的东方而照耀人类。

◎ 道教圣地武当山

一

常言道，天下名山僧占尽。这里的"僧"，当为泛指，不仅指佛教中的和尚尼姑，也包括道教里的道士仙姑等诸多宗教信徒。位于湖北省丹江口市境内的名山武当便是典型的一例，它是我国土生土长的道教所敬奉的玄天真武大帝（亦称真武神）的发源圣地。这里的二观、八宫、十二亭、三十六庵、七十二岩皆为道教建筑；在山野间、庙宇中日常修炼的也是道教信徒；就连它的名字"武当"也是道教的产物，相传真武大帝在此修炼得道升天，有"非真武不足以当之"之说，武当山即由此而得名。

千百年来的道教氛围笼罩在武当山上空，浸润着这里的山山水水、一草一木，形成了一种强大的道"场"。同时，武当山俊秀绮丽、巧夺天工的自然风光也为道教的生存与发展提供了良好的环境。一根幼苗在肥沃、湿润的土壤中发育成长，历经风霜雨雪、吸收日月精华、走过无数循环往复的春夏秋冬，日益茁壮，渐至长成了一片苍翠欲滴的茂密森林。山因教而得名，教因山而丰蕴，山与教连成一体，水乳交融、互为影响、相得益彰。

曾有很长一段时间，我一直以为道学是道教的前身，而道教就是道学的进一步发展。实在难以想象：与宗教并无多大关系的古代著名哲学家、思想家老子怎么就被道教选中奉为一教之主？一部本来没有多少宗教意味的《老子五千文》，何以成为道教的主要经典——被道教信徒尊称为《道德真经》，并长期影响、决定、改变着中国广大民众的思维信仰、道德准则、心理特点与生活方式？对那些头戴冠巾、身穿道袍、足着云履，飘然穿行于山川田野间的道士在民间经常使用的占卜、符箓、旗幡、禁咒等所谓治病、招魂、祛邪、镇魔的神秘方式，被我一概视为封建迷

武 当 山

信。于乡民们在日常生活中虽不怎么强烈，却时时透露出来的宗教信仰方式，我也抱了一种不以为然的态度。直至1988年5月，我在友人的陪同下游了一趟武当山后才多少理解了道教的"综罗百代，广博精微"（纪晓岚语），改变了过去一直存在着的偏见并引发了我对佛教、基督教、伊斯兰教等其他宗教的浓厚兴趣，还做了一点有关宗教方面的比较与研究工作。

　　撇开道教不谈，仅就武当山的自然风光而言，它方圆八百里，面积广大、气势磅礴、奇峰孕秀、高险幽深、云缠雾绕、千姿百态。武当山共有七十二峰，峰峰矗立，气势巍然、遮天蔽日，宛如一座奇特原始的巨大峰林。人行山中，即被山的海洋包围吞噬，大有沧海一粟之感，个人的渺小与自然的伟大形成一种强烈的对比。对上天的崇敬之情在不知不觉中油然而生，并在我心头弥漫、难以挥散，于是，人类最初的宗教情感就这样悄然萌生了。最为奇妙而又令人困惑不解的是，座座山峰虽相互争雄斗奇，但全都俯身颔首，如众星拱月般地朝向主峰天柱峰。天柱峰海拔一千六百一十二米，鹤立群峰，一柱擎天，引得"万山来朝"。这等奇妙的自然景观不得不使人联想到等级分明的神仙座次（当然还有人间严格的封建秩序），此情此景，小民们当然也只有顶礼膜拜、叩首臣服而已。

武当山的多姿多彩，还有攀猿栖鹤的三十六岩，跌珠扬波的二十四涧，吞云吐雾的十一山洞，神奇怪异的十石九台，孕日育月的十池、九井、九泉、三潭……其风景之美，颇有无峰不秀、无水不碧、无洞不奇、无岩不险之妙，更兼雄、险、峻、幽、奇、秀之绝。

"采石片片玉，折枝寸寸香。"武当山地处华中腹地，占尽南北地利，多种动植物都能在这里生活生长。珍禽异兽出没山野，奇花异草万紫千红，茫茫林海郁郁葱葱……明代时期，医圣李时珍曾带弟子专门来此采药，《本草纲目》所载一千八百多种药草，就有四百多种生于武当山中。故此，它又享有"天然药库"之誉。

明嘉靖年间，皇帝朱厚熜册封武当山为安邦定国的"治世玄岳"，并将武当山列为"四大名山皆拱揖，五方仙岳共朝宗"的"五岳之冠"。武当山获此殊荣，我以为除了它那雄奇险峻、瑰丽多姿、优美如画的自然风光与蕴藏丰富的自然资源外，更多的因素还在"道教"二字。

二

道教是中国地地道道的本土宗教。它形成于东汉顺桓年间，而作为一个成熟的宗教体系出现，已是两晋南北朝之时。

在论及道教时，鲁迅曾经说过："中国根柢全在道教……

以此读史，有多种问题可迎刃而解。""人往往憎和尚、憎尼姑、憎回教徒、憎耶教徒，而不憎道士。懂得此理者，懂得中国大半。"

鲁迅对中国传统文化认识之深刻，不仅一针见血、一语中的，即使在今天，仍有一定的现实指导意义。

千百年来，在中华大地上盛行的两大宗教一为道教，一为佛教。佛教由印度西传，属外来宗教，唯有经过一番"加工改造"，才为普通民众所接受。而道教则为正宗"国货"，土生土长，宗教体系独特、典籍文献丰富且信仰内容具有民族特色，对我国的历史、政治、经济、文化、思想产生过广泛而深刻的影响。清代以后，道教虽然渐趋衰微；但道教观念、信仰已深入民间，占有相当重要的地位，形成了一种强大的心理定势与行为习惯，直至今日，仍有一定的影响。

其实，道家与道教，两者各自有着截然不同的内涵。道家纯属个人信仰，是一种源于老庄哲学的思想方式或人生态度，道家奉行独立遁世、个性自由、顺应自然的原则，常与隐士联系在一起，大多生活在穷乡僻壤之间；道教是一种具有正规仪式的宗教流派，类似于国家的组织机构，相信鬼神，画符念咒、宣扬迷信、等级森严。

道教的前身也并非道家，而是巫术与方术。

远在殷商时代，就有了卜筮吉凶、祈福禳灾的巫师，他们掌握龟筮，被认为能够沟通神天。西周时期，人们对鬼神的信仰进一步发展，形成了天神、人鬼、地祇的鬼神体系。这些都为道教所继承和沿袭，并成为道教多神崇拜之源。

战国时期，方士出现，他们采仙方、炼仙丹，传播只要服食仙药仙丹即可升天成仙的神秘方术。后来，又吸收邹衍的阴阳五行学说，形成了所谓的"方仙道"与"神仙家"，成为道教信仰神仙、信奉修仙得道之源。

任何一门教派都需要博大精深的哲学思想作为它的构架与支撑，否则，就不能称其为严格意义上的宗教，道教自然也不例外。在由鬼神崇拜与方仙信仰向道教的演化过程中，它吸取或者说移植了老庄思想与黄老学说。

道教之所以选中老子奉为教祖，选用《道德经》作为主要经典，恐怕与其中的神秘因素、意旨相近不无关系。

老子姓李名耳，字聃。他究竟生于何时何地，传说与记载不一，其身世阅历也众说纷纭。《史记》记载："老子百有六十余岁，或言二百余岁，以其修道而养寿也。"又说老子西出函谷关，"莫知其所终"。模棱两可的说法与不知所终的结果为宗教的创立者提供了发挥想象的余地，留下了神化的空间与可能。

而《道德经》中言近旨远、无法证伪的神秘内容更是比比皆是："道之为物，惟恍唯惚。惚兮恍兮，其中有象；恍兮惚兮，其中有物；窈兮冥兮，其中有精；其精甚真，其中有信"；"谷神不死，是谓玄牝。玄牝之门，是谓天地根"；"玄之又玄，众妙之门"，"善摄生者，陆行不遇兕虎，入军不被甲兵"……就连拉开全书序幕，奠定全书基础的开篇也是如此："道可道，非常道；名可名，非常名；无名，天地之始；有名，万物之母。"不仅神秘，更与神仙家的幻想颇为接近，其自然适意、超然世外、追求永恒的人生哲学与道教的守神保精、养气全真、追求长生可谓"心有灵犀一点通"。

老子被道教奉为至高无上太上老君即正式确定其教主地位的时间，约在东汉时期，特殊的时代背景也决定了道教的这一抉择。西汉时期，儒家定于一尊，并形成了它的准宗教形态——儒教。公元前305年，印度传教士第一次将佛教输入中国。经过一番改造佛教，约于1世纪的东汉初期受到民众的普遍欢迎，不仅成为中国的主要宗教，更有一统天下之势。就当时的地位与影响而言，能与儒教孔子、佛教释迦牟尼相抗衡的，唯有老子而已。因此，老子被道教神化尊为教祖，也就在所必然了。

没有佛教的影响，道教也许长期仍然处于一种仅仅充满了神仙鬼怪的散漫无序状态；没有佛教在中华大地的广为传播，也就没有道教的危机之感与应急反应，老子与《道德经》被抬到至高无上的地位并得到信徒们的普遍认可恐怕一时难以实现；没有佛教的挑战，道教缺乏强大的凝聚力与亲和力，也就不会形成严密的组织与团体；没有佛教的参照系统，道教根本不可能很快制定出整套严格的宗教教义、规范仪式与相应的传授系统……

说到底，道教是在外来佛教刺激下而产生的一种本土宗教。

中国历史上的第一个正式道教团体于106年由张道陵创建。张道陵的五世祖即西汉时著名的道家与军事家张良，其家族长期以来都喜欢道家哲学，他本人就是一位炼丹术士兼巫师。张道陵以道家的思想和形象为基础，依照佛教虚构一个诸神世界，通过除灾治病、驱邪逐魔、制造奇迹等方式吸引信徒。他将神话、哲学、迷信糅为一体，创立了一个异常成功的宗教组织"五斗米教"——凡入教者须捐赠五斗米，故名。五斗米教发展迅速，很快变成了一场能够发挥政治作用的群众运动，并在四川与陕西交界之处建立了一个政教合一的半独立王国。

张道陵因创立道教被后人尊为张天师，他的成功经验也被其他巫师、术士视为法宝而广泛运用。因此，道教内部又产生了许多繁衍迅速的不同流派。3世纪后，这些流派变得更加精细复杂。他们修建道观，吸收儒、释精义，包括医药学、生理学、养生学等多门学科，改革旧规、著书立说、广收门徒传授教义并极力向上渗透如交接帝王、参与政治活动、取得统治阶层的大力支持……诚如葛兆光在《道教与中国文化》一书中所言："在成熟的道教体系中不仅有一套完整的神谱，有一套复杂诡秘的仪式，有一套真伪参半、科学与迷信混杂的健身术与药物学，有一套严格的、合乎封建伦理纲常的行为规范，还有一套足以似是而非地解释一切自然与人生问题的哲理。因此，它脱下了巫觋粗陋破蔽的外衣，从民间迈入了殿堂……"经过一番艰苦努力，一股蔚为壮观的道教洪流汇成了，在广袤的中华大地上奔腾不息。

三

武当山的巍峨雄伟及其"万山来朝"等独特景观，不知不觉地孕育着人们原始而朦胧的宗教情感。据《武当山志》记载，早在三千多年前的西周康王时代，这里就吸引、聚集、活跃着一批具有原始宗教意识的信徒。道教诞生后，武当山被尊为"仙山"与"道山"，承袭祀奉真武神并使之人格化，演绎出一段"铁杵磨针"的训诫故事。

相传净乐国太子得到玉清圣祖紫元君的启示，入武当山学道修炼。他学了很长一段时间都没有得道成仙，不免心灰意冷，就想出山还俗。下到半山腰间，突然看见一个老太婆蹲在井边专心致志地磨砺一根碗口粗的铁杵，太子感到奇怪，不禁走上前去问道："请问太婆，你磨铁杵做什么？"老太婆答道："磨绣花针。"太子不觉大吃一惊："这么粗一根铁杵，磨得成绣花针吗？那不是太难了吗？得磨到什么时候啊？"这时，老太婆慢慢回过头来，两眼紧盯太子，意味深长地笑着说道："铁杵磨绣针，功到自然成。"太子闻言，顿时恍然大悟，马上转回深山继续修炼。原来这个老太婆不是别人，而是太子师父紫元君变化而成，特地前来点化他。太子受到启发，不论严寒酷暑都认真修炼、从不懈怠，终于得道升天，成了北方的真武大神。

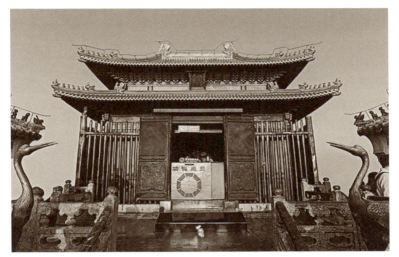

武当金顶

　　"铁杵磨针"，不仅需要时间，更需要毅力与耐心，对教徒们的意志无疑是一场严峻的考验。道教正是凭了这种"铁杵磨针"的精神，修炼传播，深入民间、扎根大地，成为一个影响中国文化至深的宗教。如今，"铁杵磨针"已家喻户晓，成为一个具有普遍意义的寓言。

　　后人为了纪念，便在老太婆的磨针之处建了一座纤巧玲珑、布局紧凑的"磨针井"道院。

　　武当山，也因真武大帝在此发迹发源而成为著名的道教圣地。

　　中国的宗教虽然没有形成、出现与基督教和伊斯兰教类似的政教合一局面，但是，统治者的支持与扶植对宗教的生存与发展必然起到重大的乃至决定性的影响。

　　中国古代皇帝对待道教与佛教的态度，不外以下情况：要么一概排斥，要么听之任之；要么抑佛崇道，要么废道崇佛，要么佛道并举。

一概排斥与听之任之的情况极为少见，因为统治者本身也需要宗教作为精神寄托，或是利用它稳固自己的统治。更多的则是徘徊在佛道两者之间，统治者的每一次重视、提倡与推崇，都会带来该教的兴盛发展；反之，当权者的压抑、控制与打击必将导致佛或道停滞衰落。

唐太宗李世民登基后自称老子李耳后代，追封老子为"太上玄元皇帝"，兴道抑佛，道教大盛。武当山被列为七十二福地，天下闻名。唐贞观年间，李世民颁敕修建五龙祠，不仅揭开了营建武当道场的序幕，而且为皇家建庙祭奉之先河。

唐代以降，宋朝帝王尤其推崇真武神，武当山建筑规模更大更甚；元代帝王自称"受命天地合德"，"大兴老氏之教"，元世祖忽必烈曾下诏改观为宫，武当山的道教建筑也有所发展；及至明朝，武当山的道教建筑达到了它的鼎盛时期。

历朝历代营建武当山最得力者，当数明成祖朱棣，武当山现存的道教建筑，大多是那时修建遗留下来的。

时为燕王的朱棣以"清君侧"为由发动靖难之役，从燕京（今北京）带兵打到金陵（今南京），夺了皇帝宝座，迁都北京。朱棣为朱元璋第四个儿子，他以叔父的身份赶走侄子建文帝，夺取政权，此举显然有悖封建法统。一时间，"以臣弑君""同宗相戮"的民间舆论传播朝野，他本人也觉得帝位来路不正，常常惴惴心虚。为了稳固统治、消除不利影响以达到名正言顺、心安理得的目的，朱棣绞尽脑汁，选中真武神美化自己，使得统治地位变得"合理合法"。他自称南征途中曾多次得到真武显灵助阵，保佑他顺利进军金陵；又说从南京迁都北上，是因为北京乃北极玄天上帝真武之神镇守的地方；还暗示他自己就是真武转世……大造一番声势之后，他又不惜动用大量的人力、物力、财力，修建真武大帝的发源之地——武当山。

明永乐十年（1412年），朱棣征调军民工匠三十多万人在武当山大兴土木，营造宫观。历时十二年，工程方告完工，耗资百万。从原均州城至武当金顶，建筑线绵延一百四十里，建成三百处三十三个建筑群共二万多间宫观庙宇，分为八宫、二观、三十六庵堂、七十二岩庙、十二祠、十二亭、三十九桥，构成了一幅"亘古无双胜境，天下第一仙山"的立体画，被称为"补秦皇汉武之遗，历朝罕见；张宫阙之胜，亦环宇所无"。

明成祖当年修建的这个极其庞大的道教建筑群，历经五百多年的历史沧桑，一部分毁于战乱，一部分沉于新中国成立后修建的丹江水库。现今所存虽不及原先十分之七，但武当山道教宫观规模之庞大、气势之恢宏，仍居全国第一，并被列入世界文化遗产名录。

1988年5月，陪我游览武当的友人虽为老乡，但他长期工作在十堰市第二汽车制造厂，曾多次前来武当，对这里的自然风光、庙宇建筑、典故传说及游览路线都相当熟悉。在他的介绍与指点下，我一边气喘吁吁地往上攀登，一边认真地观赏着一道道秀丽的自然风景与一座座奇巧的道宫庙宇。

我们正赶上一个十分难得的好天气，明媚的太阳暖暖地挂在天上，缕缕薄雾缓缓飘移、座座山峰披金着银、道宇宫观流光溢彩，苍翠欲滴的树木与争奇斗艳的鲜花透着一股蓬勃的盎然生机。受到眼前境致的感染，我的心中也充满了一股莫名的激情；面对莽莽苍苍的巍峨群山，恨不得敞开喉咙，散漫而昂扬地高歌一曲。

武当山的整个建筑群落，全部顺应山势的自然走向、依照山峰间的相对高度、凭借峰峦岩涧的奇峭幽深等特点精心设计、精密布局、浑然天成。每一座具体建筑，都充分利用自然优势，建在岩、洞、峰、峦、坡、坨等合适位置，或凌空蹈虚或巧夺天工或雄奇高险……都尽可能地透出一种浓厚的宗教氛围，体现道教的仙风仙骨。置身道观庙宇，仿佛进入一个玄妙的仙境胜地，体验道教那种通达天地、充塞宇宙、恍兮惚兮、无可言说的神奇与美妙。然而，你又能实实在在地感受到脚下大地的坚实与深厚，感到奇妙的仙境就在人间。天与地、神与人、物与我、宗教与世俗、伟大与渺小……一道穿越时空的电波于一瞬间就将它们彼此连接、相互契合在了一起。这是自然造物的伟大，也是道教建筑的奇妙。

道教虽不由道家发展而来，但它们都以老庄哲学为依托，其精气、神韵仍然相通相似，其中一个最为突出的共同特点就是顺应自然、天人合一。

一座座宫观庙宇虽点缀、遍布在武当山的山峦峰岭间，铺铺排排、绵绵延延，却有一条长长的"故道"将这些闪烁的"珍珠"串在一起，构成一根奇异别致的"项链"。"故道"从原均州城的净乐宫开始，直达武当山制高点天柱峰的金殿，全长一百四十里，全用青石铺成。沿着这条古道，一座座道教建筑或依山傍水或临岩跨涧，其规格大小、间距疏密都恰到好处，达到了时隐时现、忽高忽低、若明若暗、迂回曲折、玄妙超然的独特艺术效果。对此，明代诗人洪翼圣曾生动形象地描绘道：

> 五里一庵十里宫，
> 丹墙翠瓦望玲珑。
> 楼台隐映金银气，
> 林岫回环画境中。

而建造这些道观、庙宇、神像、供器、法器等耗用的建筑材料，既有金、银、铜、铁、锡，也有玉、珠、木、石、泥，还有一般建筑中罕见的丝、绸、皮、骨、纸，形形色色的建筑材料汇聚一地，蔚为大观。仅武当山的道教建筑群落，就可以构成一部独特的中国古代建筑史了。

在武当山的所有建筑中，最为著名的有金殿、玉虚宫、南岩宫、紫霄宫等，诗人王世贞曾有诗赞曰：

太和绝顶化城似，

玉虚仿佛秦阿房。

南岩雄奇紫霄丽，

甘泉九成差可当。

其中感悟最深，我最为推崇的当数金殿（即太和绝顶）。

一步步往上攀缘，过乌鸦岭，爬百步梯，翻分金岭，最后抵达武当山的最高峰天柱峰。

高峰巍立，似擎天之柱，非"天柱"二字不足以形容。因此，"天柱"二字常见于中国不少名山名峰。用得多了，这里是"天柱"，那里也是"天柱"，自然就有了重复、雷同之嫌。取名如果更为概括、形象、独特，对游客的审美冲击当更为深刻。

想着走着，山路自然是越来越险了。好在我们年轻胆大、精力旺盛，并未把登山看得多么艰难，不过多流几次大汗而已。最令人难忘的，是置身悬崖绝壁的奇妙，薄薄的云雾在身边、脚下缭绕，大有一种远离凡尘、腾云驾雾、飘飘欲仙之感。

上到天柱峰巅，上面巍然耸立着一座台阁式的宫殿，这就是著名的金殿。殿的四周，修有一道环绕山顶的城墙。城墙高达数丈，周长三里，全用千斤条石砌成。高高的山顶何以修一城池？自然也是宗教之故。城墙充分利用武当山的地理环境，给人一种

武 当 山

独特的视觉感受。里看墙体，似乎向外倾倒；外看墙体，向里倾斜；远观墙体，则有如一道绚烂的光圈围绕金殿。加之城墙周围设有四座造型庄严、石质精雕的天门，远远望去，给人的感觉就是一座令人向往、神奇灿烂的天宫仙阙。

金殿高五点五四米、长四点四米、宽三点一五米，重檐迭脊，翼角飞举，仿佛正张开翅膀缓缓向上飞升。它的墙壁、门楣、宫椽、檐牙、檩椽、瓦楞等结构，包括里面的神案、供器、几案等全由一个个黄铜部件榫卯拼合而成。每一黄铜铸件要达到既要焊接严实、密不透风，又要毫无铸凿痕迹的要求，即使在今天，其技术难度也相当之大。金殿历经五百多年雨雪风霜、电闪雷鸣，至今仍辉煌如初，闪耀着金色迷人的光芒。因此之故，天柱峰顶又名"金顶"。

　　金殿中间，供奉着真武大帝的铜像。他着袍衬铠、披发跣足，虽然风姿魁伟、庄严肃穆，但并没有我想象中的那么生动形象、活灵活现，偶像化的倾向与痕迹相当浓重。这也是我国佛道庙宇中的一种普遍现象，也许是为了使百姓产生强烈的虔诚敬畏之情而有意制造的一种离间效果吧！

　　道教早期并不供奉神像，教徒们认为"道至尊，微而隐，无状貌形像也"。道教之神既至高无上又变幻无穷，人们难睹真容，也就不立神像。但民众无从祭拜，极不利于道教传播。后来也就借鉴佛教的做法，将神像视为神与人之间的"中介"，把普通民众难以读懂弄清的高深经典予以提炼，变成形象化的直觉造型。于是，与道教的天神、地鬼、人祇多神崇拜体系相吻合的一座座神像也就应运而生了。人们走进庄严的庙宇仰望高大的神像，浸润着香火缭绕的神秘氛围，心头不知不觉间就弥漫了一股肃穆虔诚的宗教情怀。

关于真武大帝的这座铜像，还有一段无法考证的民间传说。武当山的道教建筑，虽然一修就是十二年之久，但无时无刻不牵动着明成祖朱棣的心弦。这不仅关系明成祖的统治地位牢固与否，还涉及民间的舆论、史家的评说等与他个人生前身后密切相关的重大名誉问题。特别是金殿内将要长期供奉的真武大帝，朱棣更是格外注意。召了几个工匠设计真武神像，朱棣一一看过，却没有一幅图像让他满意。最后，一位聪明的朝鲜工匠揣摩其意，依照朱棣洗脚时的形象，描出一幅真武塑像设计图。明成祖一见，顿时大喜，即命工匠塑出披发跣脚的真武大帝。

如果传说为真，那么我们今天所见到的真武大神实际上就是明成祖本人的塑像。那环绕山顶的城墙，也与皇家相关，名曰紫禁城，又叫皇城。武当山为皇帝敕封所建，自然要打上封建王朝的烙印。皇权与神权，在武当金顶就这样巧妙地融为一体。

自从金顶诞生了一座金殿，武当山便不时生出一些奇妙的景观，其中最为神奇的有"雷火炼殿""祖师出汗""祖师映光""金殿倒影""海马吐雾"等。

雷火炼殿：每当雷雨交加之时，金殿周围便电光闪闪、雷声阵阵，滚动、腾窜着无数盆大的火球。

祖师出汗：祖师即真武，大雨之前，金殿内的空气水分受气压突变影响，常聚合为晶莹的水珠布满神像。于是，在人们眼里，真武大帝似乎也在大汗淋漓了。

祖师映光：雨过天晴，金顶上空的云端映出光芒四射的金殿与真武神像，有时游客也会映入其中，不过这一奇景稍纵即逝、千载难逢。

金殿倒影：夕阳西下，阳光斜射，金殿的影子倒映在二十里外的青峰翠壁之上。

海马吐雾：金殿装饰的海马，有时口中吐雾，并嘶嘶地对天长啸。

⋯⋯⋯⋯

这些看似神秘的奇异景观，其实都是可以解释的自然现象。但是，当它们被道教徒有意夸张、利用、神化并赋予超自然的色彩，就成了"神仙显灵"的"圣物"与"圣迹"。

站在高高的金顶眺望四周，方圆数百里的武当胜景尽收眼底，群峰矗立、树木苍翠、云流雾绕；头顶的太阳放射出夺目的光辉，整个世界一片辉煌；山底的丹江水库犹如一面明镜，浮光跃金；阵阵凉爽的山风吹干汗水、拂去疲劳，清新纯净的空气滤除尘世杂质，眼前、心头呈出一片从未有过的开阔与光明，大有身居瑶台、凌空出世、羽化而登仙之感。

宗教情绪就这样不知不觉地涌了出来笼罩心头，而金殿的威严肃穆与神奇景观更是加强了这种特殊情感。由此，我们似乎多少破解了道教信徒的心灵密码，窥见了他们的心灵世界，理解了他们胸中所拥有的那份神秘、虔诚、崇拜乃至献身的宗教精神。

四

宗教的兴衰不仅体现、反映在寺庙宫观等宗教建筑物上，还与教徒的多寡成正比。道教也是如此。明成祖于武当道教建筑竣工之后，派了二十一名六品提点（即道官）主持庙务，当时即有道士两千多人。仅武当一地，就有两千多人的规模，全国道士之多，由此可见一斑。千百年来，在武当山修炼的道士又何止千万？这些有名无名的信徒，对武当的道教建设、对中国的道教发展，都或多或少地起到了不可忽视的推动作用，留下了难以磨灭的痕迹。而对武当道教影响最巨的人物，当数中国古代十大道士之一的张三丰。

张三丰踪迹神秘莫测，道名不胜枚举，生卒扑朔迷离，行为古怪诡异。他不问世务，专事修炼，人称"隐仙"。据《明史》所记，张三丰"颀而伟，龟形鹤背，大耳圆目，须髯如戟，寒暑唯一衲一蓑"。他五岁患了失明症，被道人收为徒弟，半年后眼睛复明。师父教习道经，兼读儒、释之书。七年后归家专习儒业，忽必烈搜罗人才，他颇为朝廷看重。但他无意官场，感到"富贵如风灯草露，光阴似雷电浮沤"，遂云游四海、拜访名师，后入秦陇宝鸡山修炼。元仁宗时，年近七十的张三丰求道之心不减，入终南山拜陈抟传人火龙真人为师，"深得精义妙谛，渐渐佯狂污垢，人不能识"。他后来又看中武当山，潜心修炼九年，终于得道，此后便往来隐现于湘云巴雨之间。元亡明兴，他又重返武当。明太祖久闻其名，深为仰慕，多次派人求访并恭请入朝，屡遭拒绝。不久，张三丰离开武当山，不知其踪。

张三丰自称张天师后人，因其行迹诡异，传闻也就格外多。相传到了明成祖永乐十年（1412年），皇帝还在派人到处寻访张三丰。据有关史料记载，元仁宗时（1314年），张三丰年约六十八岁；而明成祖永乐十年（1412年）他还活着的话，当为一百六十六岁高龄的老人了。也许，帝王们心中明知张三丰早就羽化，只不过是利用他这块牌子，有意标榜自己罢了。终明一代，朱姓帝王对他念念不忘，封了他一大堆各种各样的头衔。

张三丰高标隐逸，儒道双修。他认为"儒是行道济世，佛是悟道觉世，仙是藏道度人"，三教虽各自有别，但都有一个相通的"道"字，"儒离此道不成儒，佛离此道不成佛，仙离此道不成仙，而仙家特称道门"。因此，他极力主张三教合一。对于修炼方式，也不拘泥于形式，提倡"大隐市廛，积铅尘俗"，"在家出家，在尘出尘，在事不留事，在物不恋物"，并认为那种"抛家绝妻，诵经焚香者不过混日之徒耳"。

张三丰对武当山的贡献，主要为融道入拳，创立了武当内家拳。

武当拳的基本特点是以静制动，以柔克刚，与少林寺外家拳并为武林两大流派。武当是道教武林圣地，嵩山少林寺为佛教武林胜地，武术界有"北宗少林，南崇武当"之说。关于两派拳技，黄宗羲曾比较道："少林以拳勇名天下，然主于搏人，人亦得而乘之。有所谓内家者，以静制动，犯者应手即仆，故别少林为内家。"

关于张三丰如何创立武当拳，历来有两种说法：一为"张三丰夜梦元帝（即真武帝）授之拳法"；二为张三丰受到蛇鸟等动物启发，与华佗模仿五种动物的动作演五禽戏相仿而创立了武当拳法。

后一种传说显然更为符合情理，对此，南岳国师文静之编著的《太极拳剑推手各势详解》写道："一日，有鹊急鸣院中，张氏闻之，由窗中窥见树上有鹊，其目下视；地上蟠有长蛇，其目仰视。二物相斗，历久不止。每当鹊上下飞击长蛇时，蛇乃蜿蜒轻身摇首闪避，未被击中。张氏由此悟通太极以静制动，以柔克刚之理，因仿太极变化而命名（太极十三势）。此太极拳定名之由来也。"

打拳舞剑原为道士们健体强身的一项重要活动，张三丰将道教的清净无为、不争退让、养生全形的教义与凝神专息、意气互用等修炼方法融入其中，创立武当内家拳，达到自然内避、以柔克刚、后发先至的目的。

内家拳分为太极、八卦、形意、大成诸门，受击者当时并无异样，须待二十天后才感觉到体内之伤且越加严重，很难救治。内家拳不唯徒手搏击，即使是武当刀剑等内家器械技法，也犹重内功，必先练内勇、后练外功。武当技击主要在于御敌，非遇困危之境不发，一旦出手，则无隙可乘、所向披靡。

道与拳，由张三丰首创而融为一体，此后，武当拳便成了道士们修行悟道的主要活动内容之一。

武当之闻名，教义之传播，教派之兴盛，在很大程度上应归功于武当内家拳。后人为了纪念张三丰，在武当山供有张三丰头戴斗笠、脚穿草鞋的铜铸鎏金塑像。

今天，内家拳仍具有别致的生命活力，全球各地练习太极拳的人们日益增多。太极拳将意念的运行与形体的动作合而为一，搏击消失殆尽，已衍化为纯"柔"形式，可收到健体强身、祛病御疾、延年益寿之奇效。

五

道教的外丹、内丹、导引、吐纳、炼气、斋戒不过是道教徒的修炼方式而已，其最高目的是得道成仙；道教的重要部分也并不在它的教理教义，而是在集体举行的仪式中所进行的宗教活动，如坛醮、道场、招魂、占卜、符箓、禁咒等。

宗教虽然离不开迷信，但并不等同于简单的迷信。

道教信徒即为神与人之间的中介，这一特殊地位决定了他们必须"高人一等"，于是，刻苦修炼也就成了他们的日常功课。他们也只有练就一身超常的本领，才能得到普通民众的信任、敬仰与崇拜，如过硬的武当内家拳就是一种提高道士"身价"的最佳途径。宗教信仰必有一定的迷信与狂热，才能获得异乎寻常的成功，而制造奇迹的仪式活动便是最好的方式。许多证据表明，道教创始人张道陵能够将他的理论成功地付诸实行，不仅在于他治愈了许多疑难病症，更在于以巫术创造奇迹、吸引信徒。传说他曾经赶跑过一只吸食人血的白虎神，降服过一条喷射毒雾伤害多人的大蟒蛇。

有了以上认识，再来看待那些长年跋涉在穷山恶水之间，通过神秘的仪式征服乡民的道士，我的心中，自然就多了一层理解：他们并非有意强化封建迷信，而是把它当作一种手段，以传播信仰，仪式的背后所透出的是一股难得的顽强执着与锲而不舍的宗教精神。

道教在其发展传播中：一方面与禅宗结合，向老、庄复归，影响着士大夫的心理自觉修养与生理自觉保养意识；另一方面又以鬼神巫术与儒家佛教相结合，影响着普通百姓，形成了他们恪守礼法、顺从怯懦、祈求平安、畏惧灾祸的文化意识。它对上层的士大夫与下层的老百姓，产生了各自不同的深刻影响。

道教受到中国民众的普遍欢迎，在于它是一种土生土长的宗教，它的教义宗旨、活动仪式不仅与民族的生存环境相适宜，更与社会的文化心理相契合。

佛教过分否定了人的自然本性与享受观念，认为人生只是一种痛苦，把欢愉与幸福建立在虚幻的来世；儒家虽重现实，但它过分强调了人的社会性，要求时时处处节制自己、压抑本性、克服欲念；而道教，正是弥补了儒家与佛教之不足，它教导人们抓住当下、抓住现实，本真地生存于世。人们最为害怕的就是生老病死，道教似乎全都考虑到了，它用斋醮祈禳、禁咒符箓等方式祛除病疠灾难，以长生不死的丹药与方术化解死亡，以导引吐纳、食气辟谷、升仙羽化之法解决生理老迈……对于普通民众来说，道教既是人生缺憾的心理补偿，又是实际生活中解决日常困难的具体工具其诱惑力相当强大，极易为广大百姓所接受。

道教所供奉的神祇既有三清尊神、玉皇大帝等天神，也有雷神、土地神、水火二将、龟蛇二将等自然、动物的神化形象，还有人间忠义之臣关圣帝君以及佛教的观世音菩萨，显得颇为杂乱而不像西方宗教那样具有严格的神谱体系。这也与国人少思辨、重直感的思维模式暗相契合。

道教是一个典型的具有中国特色的本土宗教，它虽然早在3世纪末就传入朝鲜，以后又传入日本，对那里的宗教、民俗产生过一定的影响；但并未在朝鲜、日本产生巨大的宗教运动，形成蔚为壮观的道教"洪流"。道教的传播与影响，其主要范围仅在中国。

严格说来，道教是回应佛教的应战产物。但是，它一经诞生就得到了上自皇帝、下至百姓的普遍认可，很快形成了与佛教分庭抗礼的局面，甚至还有压过佛教之时。然而，它终究未能彻底取代佛教成为中国一统天下的唯一宗教。就士大夫的人生哲学而言，他们往往以儒家为主、道家为辅，二者相依相衬，形成了进则为官、退则归隐的独特生活模式。在宗教方面，儒、道、佛虽然免不了你争我斗，但总的趋势，是相互包容、三教合一。在几千年的中国历史上，从来就没有发生过类似西方那样规模庞大、旷日持久的宗教战争。中国的佛道之争大有古国君子之遗风，"君子动口不动手"，最为激烈的就是相互辩论，以争一技之长。但此消彼长，以"握手言欢"为多。我们常常会见到一种十分奇妙的宗教现象，那就是佛教的寺庙与道教的宫观相处于同一山头，佛教的和尚尼姑与道教的道士道姑相安于同一居室。对此，我们往往见惯不惊，而在西方，却是一件难以想象的事情。这，恐怕与国人的心理思维、宗教信仰不无关系。

与欧洲基督教文化圈及中东伊斯兰教文化圈比较而言，国人的宗教意识较为淡薄，未曾出现过全民族的宗教狂热。对某一宗教的皈依，并非出自灵魂的本真需要，很大程度上是出于实用的目的。"平时不烧香，急时抱佛脚"，这一俗语所代表的民众宗教心理相当普遍，往往有求之时才想到修庙供奉。在人们眼中，对供奉、所求的具体神祇也不觉得有多大区别，不论哪路神仙，只要具有超自然神力、能够解决实际困难与具体问题就行。许愿、还愿，是他们常用的表达形式。祈求金钱、保佑平安、禳除疾病的愿望一旦实现，求拜之人就要通过施舍、修庙、重塑金身等方式向神灵谢恩。那些出家的教徒，也少有献身的宗教情怀，他们或是人生受到挫折寻求精神寄托，或是看破红尘洁身自好。因此，中国从来就没有出现过像基督教、伊斯兰教那样的神权凌驾于王权之上的情况。在中国，王权一直至高无上，永远决定、主宰着宗教的命运，当然也就不会出现所谓的宗教战争了。

这种独特的宗教现象，犹如磁铁的正负两极，既是一件幸事，也有它消极的负面影响。

西方的上帝就是人们的灵魂、依托与主宰，它永远居于王权之上。世人都是上帝的子民，人人生而平等。因此，西方诞生了平等、博爱的民主意识。而中国，一直处于封建皇权等级森严的统治之下。

随着历史向前发展，在日益发达的科学光芒照耀之下，宇宙间的神秘外衣不断被剥去，人的主体意识日渐觉醒。人类顶礼膜拜的跪地姿势改变了，终于站成了一个大写的"人"字，宗教渐渐"死"去。

于是，人类的信仰出现了前所未有的真空。

西方人很快就调整过来了，他们以法律填补了这一真空。法律，超然、独立、凌驾于一切之上，一个新型的法制社会就此应运而生。

武当山虽不是最早的道教圣地，但它后来居上，宫观的规模最大、修炼的道士最多，对中国的道教发展作用甚巨。细心品味武当建筑与大自然水乳交融的巧妙结合，精心体会道教遵从自然法则的天人合一及无私容人、谦退守柔的宗教情怀，将使我们获得奇妙独特的人生感悟，进入博大澄明的宗教境界。

千百年来，道教深入上层社会，融入世俗民间，渗透于人们生活的方方面面，对中国的哲学、政治、军事、文化、文学、艺术产生了极其深远的影响。我们脚下的每一片土地，我们身上的每一个细胞，几乎都被打上了道教的烙印。因此，正确地认识道教、理解道教、评价道教，也就是正确地对待中国的传统文化。我们应切实地把握生命的意义与价值，理性地探索宇宙的奥秘与精义。

◎

古城荆州

一

荆州之名，由来已久。相传上古时代，大禹治水定天下、置九州，荆州即被划分为全国的九个州之一。对此，《禹贡》等书曾有过"荆及衡阳惟荆州"的记述。汉武帝时，设置荆州刺史部，将其治所称作荆州城。于是，荆州被定为城名和正式的行政区划，便一直沿用至今。

从小就生活就在古楚国心脏腹地的我，对荆州古城自然是仰慕久之。然而，有好几次我到了沙市，离荆州城不过十里之遥，却因多种原因而与其失之交臂。第一次进入荆州古城，是1986年。那时的我，已经二十三岁了，还在公安县城的一所小学里当最后一年的"孩子王"。那年，正是我人生中最为苦闷的一个艰难时期。我不知道那日复一日、枯燥难挨的教书生涯何日才是尽头，不知道未来的人生之路到底该怎样选择，不知道常常萌动着的青春冲动会将一个怎样的"她"推在我的面前……我渴望拥有一切却又真正的一无所有，脑里装满了囫囵吞下的古今中外文学、哲学、政治、历史等各类名著，做着漫无边际的幻想、做着一些朦胧瑰丽的美梦，一颗敏感的心伸出无数长长的触角追求着、探索着，既无所适从又多愁善感。正是在这种独特的生存状态与心灵境况下，我第一次走进了荆州古城。其时，挚友甘能行正在荆州师范专科学校（后更名为荆州师范学院，2003年合并组建为长江大学）进修学习。下车后，我直奔该校找到了他。荆州师专坐落在古城西南，紧傍古城墙。晚饭后，甘能行陪我散步，我们海阔天空地聊着，不知不觉地走上了城墙。荆州的城墙实在是太古老了，宽厚的脚基土墙攀附着一些藤蔓植物，散布着由蛇、獾、兔等动物打掘的许多或大或小的洞穴；城头的砖墙不知

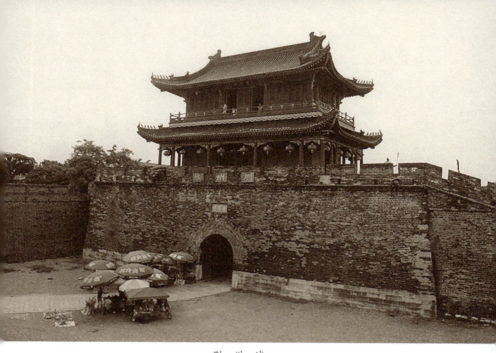

荆　州　城

修于何时，块块青砖在风霜雨雪的侵蚀中早已斑驳，仿佛一位风烛残年、长着满脸老年斑的老人。这座古老的城墙，早已失去防护与战略意义。它的存在，也如一位有过骄傲的青春年华、有过火红的丰收岁月，如今已无可挽回地走向衰迈之年的老人，不过是一道没有散尽的余晖、一个自然生命过渡的必然阶段、某种可以不断昭示启迪世人的象征。此时，夕阳西下，一抹阳光斜斜地照了过来，将古老的城墙染得一片血红。我情不自禁地想到了昔日发生在荆州城头那一场场充满了残酷血腥的战争。作为历史见证的城墙仍在，那血腥已随风雨飘逝远去，永远不在。古老的城墙、西下的夕阳，一个天上，一个地下，是那么奇妙地融为一体。而置身于天地间的我们，脚踏城墙，沐浴阳光，沿着蜿蜒的城墙就那么晃悠悠地走着。漫步于我们而言，不过是一种可长可短、可快可慢的过程，我们的目的、心之所系全在相互间的谈话。以古老的城墙做观照，话题自然离不了历史，但我们谈得更

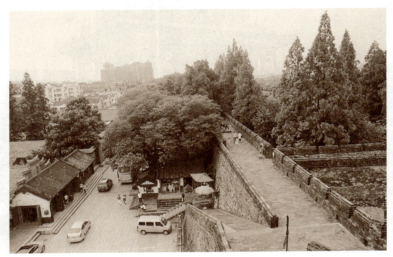

荆州古城

多的还是当下的现实与充满了希望的未来。时令已值初秋，城头墙边的野草树木还旺盛着苍翠的浓绿，墙外护城河中静静的河水犹如一块硕大的碧玉闪烁着绿色的光芒。绿色，是生命的符号，是活力的体现，是盎然的青春。它们依附城墙而在，却与衰颓的城墙形成强烈的反差。于是，我的心灵之弦被一双看不见的巧手在轻轻地、轻轻地弹拨着，声音越来越大，慢慢地就在我胸腔间轰响共鸣。青灰与土黄相杂的城墙、艳红的夕阳、苍翠的草木、绿色的河水，这些艳丽丰富的各种色调虽然对比悬殊，却又显得那么和谐，交融着构成了一幅美妙的油画。而我，就置身在这油画中间。突然间，我仿佛受到天启，一道灵光闪过，胸中一片光明。不知怎么回事，心头一直压抑、充斥着的那些迷惘、彷徨、孤寂、苦闷、忧郁等情绪不觉一扫而空。我唯一的感觉，便如周围的风景，城墙千百年来静静而卧，草木尽情地展示着应有的风姿蓬勃，晚霞燃烧过后的天空现出一轮皎皎明月。一时间，我的心中，只觉一片澄明，大有"闲看庭前花开花落，漫随天外云卷云舒"之境……

第一次走进荆州古城，它就给了我一种无可言说的天启，使我的生命获得了一种丰沛的力量，焕发出了一种别样的风姿。那天傍晚在荆州城墙散步与谈话，仿佛成了我与友人生命的一道界碑。此后不久，我即告别了漫长的教师生涯；而能行君也南下深圳，后又移民澳洲，开辟他人生的亮丽风景去了。

第一次荆州之行，我就从心底喜欢上了这座古老的城镇。此后，我总是不放过每一个机会，不断地进入荆州，转转名胜、逛逛古迹、走走城墙；还常常乘车自东门而入，从西门而出，穿越整个狭长的古城。

荆州古城就像一本内涵丰富、奥秘无穷的大书，随着我的不断深入与翻阅，它那悠久的历史与多彩的风姿便一点点地在我眼前展开、呈现，一天天地变得生动而鲜活起来。

二

荆州城建之初，是没有城墙的，也不叫荆州。

春秋初期，楚国随着国力的不断强盛与领土的不断拓展，为了更好地控制征服之地、窥伺中原诸夏，于楚文王元年（公元前689年）将原都城从宜城县东迁至纪南城。纪南城位于现荆州城北约五公里处，因在纪山之南，故名纪南，又称"郢"。郢都地处江汉平原腹地，兼有水陆之便，东接云梦、西扼巫巴、北连中原通衢、南临长江天险，不仅自然条件优越且战略地位尤其重要。郢都四周，皆为一望无际的坦荡平原，为了防守，不得不修筑高大的城墙。城墙全用黄土堆垒而成，有的地段高一至两丈。郢都面积十六平方公里，比现在的荆州古城要大两倍多。

那时，长江河道还未被南移。现在的荆州城址濒临长江，当地虽然生活着居民土著，也有最初的城郭，但根本不成规模与气候。郢都建成之后，楚王的目光自然而然地投向了位于长江之滨的这块风水宝地。楚王在岸边修建了官船码头，筑起了豪华的宫殿，名曰"渚宫"——意为别居之宫，用现在的话来说，就是楚王的临江别墅。于是，原来不甚起眼的地盘，眨眼间变成了楚都出入长江的门户、楚王消闲度假的别宫、民众会集的热闹所在。

荆州古城的第一次亮相，乳名唤作"渚宫"。此后，古人常将"渚宫"作为楚都和荆州城的代称。唐人余知古编了一本记述楚国掌故及唐以前的荆州杂史，书名就叫《渚宫故事》，南朝梁元帝在此称帝，史书便称"即帝位于渚宫"。

楚国，又名荆楚，是当时诸侯各国中地盘最大、国力最强的王国。集楚国政治、经济、军事、文化中心于一体的楚都纪南，建城之初，便显得雄阔而繁华，是当时南方最大的城市及中国最大的都会之一。陆游在《楚宫行》一诗中写道："汉水方城一何壮，大路并驰车百辆。"汉代哲学家桓谭在《新论》中描写当时纪南城内的盛况道："车挂毂，民摩肩，市路相交，号为朝衣新而暮衣弊。"车碰车，人挨人，早晨出门穿扮的新衣服，晚上就被挤成旧衣裳了。以至今日，民间仍将楚都纪南城称作"挤烂城"。

楚国的迁都与郢都纪南的发达，为荆州城的发展带来了千载难逢的有利契机。当时的渚宫作为楚都通往长江的门户与楚王常常光顾之所，商贾云集、车辚马嘶，一派兴旺，正所谓"渚宫自昔称繁盛，二十一万肩相摩"。

然而，随着秦国的日益强盛与楚国的逐渐衰弱，郢都遭受了一场万劫不复的灾难。

就在郢都建城四百四十一年后的楚顷襄王二十一年（公元前

278年），秦军大举进攻楚国，锐不可当，楚军连连惨败。秦国大将白起率军深入楚国腹地，很快就攻陷了郢都。纪南城破，秦军对昔日宿敌、抗秦力量最强的楚人开始了疯狂的报复。残暴的屠杀与抢掠过后，他们焚烧宫殿，将繁华的郢都变成一片焦土。余波所及，一把大火，将楚先王的陵墓区也烧了个一干二净。

历经二十个楚王的郢都纪南城就这样无可挽回地衰落了，此后再也没有中兴。两千多年后的今天，那方圆数十里的城址之上，已是稻麦青青、阡陌交错、农户散落、炊烟袅袅，一派典型的田园风光。然而，昔日那长蛇般蜿蜒的莽莽城垣、高大的烽火台、大型宫殿以及手工作坊基址等，至今仍可辨认。站在镌刻着"楚纪南故城"五个大字的石碑前，面对眼前这些历经两千多年岁月侵蚀的郢都遗迹及随处可见的筒瓦、板瓦等建筑材料，遥想当年华丽炫目的宫殿、纵横交错的街道、摩肩接踵的人群、喧嚣嘈杂的市声，真有一种沧海桑田的万端感慨。

然而，"渚宫"不仅没有随着郢都纪南城的覆没而消失，反而变得更加繁荣昌盛了。

"渚宫"因郢都而发迹，因了临江这一便利的地理位置，也许，它的发展有朝一日可能超过纪南城。但是，如果没有郢都的猝然被毁，"渚宫"至少会有一段漫长的岁月长期处于纪南的陪衬地位。

郢都虽然消失了，但荆州地区这一优越的自然环境与重要的战略位置需要一座新的都城，恢复并完善昔日纪南城的多重功能。于是，由具有一定基础与规模的"渚宫"取而代之，便是一件顺理成章的事了。

仿佛一夜之间，一颗耀眼的星辰闪烁在辽阔的夜空，跃至历史表面，出现在世人眼前。

"渚宫"长大了，它成了秦王设立的南郡及江陵县的治所。

此时，"渚宫"之名消失了，由江陵取而代之。何以名为江陵？不仅与"以地临江"有关，也因"近州无高山，所有皆陵阜，故名江陵"。

就像古人的名字一样，除了名而外，还有字、号、别号、雅号等称谓。荆州古城被正式定名为荆州是因雄才大略的汉武帝将汉代疆域推向鼎盛，于元封五年（公元前106年）首次在郡上设州并置荆州为全国十三州之一，江陵成为荆州地方政区治所，荆州城遂被正式定名。

由楚王的"临江别墅"、郢都陪衬"渚宫"到南郡、江陵县治所"江陵"，再过渡为身兼县、郡及荆州地方政区治所的"荆州"，荆州城一步步地发展、演变、定型乃至成熟，终于在三国时期揭开了它轰轰烈烈的一幕。

三

"闻听三国事，每欲到荆州。"我国四大古典文学名著之一的《三国演义》描写人物着墨最多者当数诸葛亮，而涉及地方最多的则为荆州，洋洋一百二十回本，就有七十多回与荆州有关。围绕荆州归属展开的一幕幕惊天动地的政治、军事、外交斗争，被《三国演义》渲染得生动传神、激荡人心、引人入胜、震古烁今。

魏、蜀、吴的分裂与战争将三国时期那些叱咤风云的英雄们一个个走马灯似的推到荆州这一相互争夺的焦点与前哨，上演了一出出有声有色的历史活剧。诸葛亮、刘备、关羽、曹操、孙权、吕蒙等在中国历史上属于顶尖级的英雄人物，在荆州城展开了一场场智慧、谋略、力量与意志的碰撞与较量。一个需要英雄并且诞生了一大批英雄的时代，各位英雄为了各自的王国与利益，凭借可资利用的外部条件，将个人的内在潜能几乎发挥到了极致。荆州，以其异常重要的战略地位，仿佛磁铁般紧紧吸附着一个又一个真正的英雄在此显露才华、施展抱负。同时，荆州也因这些三国英雄的伟大与璀璨而显得更加辉煌夺目。英雄与名城，二者有机地融合成一体，那逼人的光华直到今天仍闪烁在中华民族历史的天空。

荆州城的战略地位何以如此重要？究其原因，不外有三：

一为山川之险。它南有长江天堑，北有襄阳之蔽，东有武昌之援，西有夷陵之防，地势险要，进可以攻，退可以守。故此，诸葛亮在《隆中对》中写道："荆州北据汉沔，利尽南海，东连吴会，西通巴蜀，此用武之地也。"

二有经济后盾。古谚曰："湖广熟，天下足。"位于两湖中心地带的古城荆州，居于江汉平原之中，江河湖泊蜿蜒其间。这里土地肥沃，物产丰盛，富饶的资源为荆州提供了充足的军用粮草。

三是交通之便。渡江南下可经洞庭湖至湘水而达岭南，溯江西上可通巴蜀，顺江东下可达吴越，北有大道直抵中原。荆州古城以中心辐轴的地位，具有贯通南北、左右东西的天然优势。

这块自古以来的兵家必争之地，在三国时期又显得尤为重要，具有举足轻重的地位。就魏、蜀、吴三国的地盘、人口、人才、资源等分布情况而言，虽各有所长，但取长截短，总结起来则相当匀称；可谓势均力敌，足以构成三角对峙、三国对抗的局面。而军事重镇荆州，又正好处于魏、蜀、吴的交接之地。于是，荆州就变成了三国间一个非常重要的筹码。谁得荆州，谁就可以获得事半功倍的力量，就有可能乘势席卷中原，一统天下。也就难怪曹操、孙权、刘备都要举全国之力拼死争夺了。

发生在三国时期的荆州争夺战，数十年间几乎没有间断过。

小型的忽略不计，仅规模较大的，就有十三四次。

作为一代枭雄的曹操，自然深知荆州之重要。因此，他的荆州战略具有全局性的重大意义，直接关涉、影响到三国的历史发展进程及统一大业能否完成。对待荆州，他显得相当慎重。在平定北方、有了一个安宁的内廷与稳固的后方之后，他才倾全国之兵，率军南征，直取江陵。即以今日的眼光分析，曹操这一总的荆州战略无疑也是正确的。然而，在具体的实施过程中，却出现了孙、刘联合的局面，曹操对此估计不足；而征战的一连串胜利又助长了他轻敌的骄傲情绪，加上天时、地理等客观因素，曹操终于功亏一篑、惨败赤壁，使得荆州得而复失、统一大业化为泡影。曹操英武一世，却因荆州战略的失败而导致了他人生中最大的失误与遗憾。

刘备与荆州的关系更为密切，他的荆州战略是基于诸葛亮的《隆中对》。当时，刘备连一块属于自己的地盘都没有，今天依附这个，明天投靠那位，过着寄人篱下的日子。而他偏偏又胸怀复兴汉室的雄才大略，于是，对诸葛亮的先取荆州作为基地，再向益州四川发展的战略不禁击节赞赏并确定为他的立国战略。在依附刘表期间，刘备就开始着意经营荆州了。他广交名士、招揽人才、体恤百姓、布施仁慈，一时间，赢得了良好的声誉，树立了一个政治家不可缺少的高大形象。此后，他竭尽全力与东吴联手抗曹，赤壁之战后向孙权借来荆州，荆州失掉后又不惜举全国之兵争夺；结果惨败而归，染疾而终，复兴汉室也就成了一个无法实现的梦想。荆州，是刘备建国称帝之基，也是他事业受阻、不能如愿以偿之痛！真是成也荆州，败也荆州。

荆州对孙权来说，简直就是他的命根子。他将荆州视为东吴守卫江东、发展势力的一个重要门户，只有占领荆州，才能雄踞长江。为了夺取荆州，他不惜背弃吴蜀联盟，而向曹魏俯首称

荆州古城

臣；为了保住荆州，又与蜀汉恢复联盟。翻手为云，覆手为雨，简直到了不择手段的地步。

终其数十年之久的三国时期，对荆州影响最大的当数关羽。

刘备借到荆州后，将守备重任托付给对他忠诚不贰的结义兄弟关羽。关羽身经百战、骁勇无敌，可谓能攻善守、文武兼备。从北打到南，从东攻到西的关羽，不谈什么政治、经济、军事与外交，仅从地理位置而言，他也懂得荆州该是何等重要！因此，关羽对东吴与曹魏的防守相当严密，很长时间没有半点疏忽。仅从现存史料而言，有关荆州城墙的修造记载，最早即为三国时关羽驻防期间。为了保住荆州，惯征善战的关羽不得不下马指挥普通百姓，担负起总建筑师的使命。他在原有城郭的基础上将荆州城分为不同的区域，出于战争与防守的目的，对旧有建筑或修葺拆迁或重建扩充，构成了一个多功能的军事防御重镇。最值得一书的，就是他修了一道高大厚实的土筑城墙。坚固的城墙，加上关羽的骁勇与严密的防守，荆州城可谓固若金汤。

然而，关羽在成功地防守荆州十多年后，还是麻痹大意，令人惋惜地丢失了这一军事重镇。原因何在？问题就出在他率领全军主力进攻襄樊而又与孙权严重失和。

关羽攻取襄樊，荆州兵力必然减弱。即便如此，仅凭地利，守个十天半月关羽也能回军救援。没想到以吕蒙为最高统帅的东吴军队却来了个化装偷袭，轻取公安，招降荆州。

据《水经注》所载，当关羽闻听东吴袭取荆州之时，不禁傲气十足地说道："此城吾所筑，不可攻也。"于是，关羽仍想攻下襄樊后再回军救援荆州。可就在这紧要关头，曹操援军赶到。襄樊一时难以攻取，关羽这才不得不回师荆州。然而，他做梦也没有想到的是，东吴军队并未强攻荆州，而是出其不意地偷袭。还在半路之上，他就听说守军已投降东吴。荆州城失，关羽深知难以夺回。自己所筑之城，反成阻止己方攻取的坚固屏障。无奈之际，关羽只好西走麦城，落了个身首异处的可悲结局。

关羽大意失掉荆州，不仅自己全军覆没，更为蜀国带来一连串的恶果：结义兄弟张飞、刘备因此而先后丧命，诸葛亮《隆中对》中规划的复兴汉室、统一中国的宏伟大业，就此化为一缕青烟飘散。

关羽虽败，民间百姓并不以"胜者王侯败者寇"的评判标准待之，他们看重的是他刮骨疗毒的坚强、过关斩将的骁勇、忠贞不贰的信义以及坐怀不乱的磊落等英雄本色。因此，荆州城内有关三国的传说、古迹及纪念建筑，关羽最多，如关羽刮骨疗毒故地、马跑泉、点将台、掷甲山、关庙、春秋阁等都是。

四

三国归晋，中国统一。天下平安无事，荆州也就波澜不惊。而一旦局势动荡、天下纷争，荆州便首当其冲，成为各方政治人物、军事力量注目、争夺的中心。

东晋年间，长期不断的南北战争及内部纷乱，使得荆州再次成为各派政治势力角逐争夺的焦点，成为中国历史上又一次荆州之争的高潮。

东晋王朝在丧失北方大部领土后，定都建康（今南京市），偏安于长江中下游地区。于是，顺江东下即可威胁国都，率军北上则能直逼宛洛、收复失地，荆州顺理成章地成为东晋政府的一块风水宝地。

除桓温占据荆州并于354年、356年两次北伐中原外，此后的东晋王朝各派势力看好荆州，目的都不是为了收复失地，而是将其作为相互抗衡、争权夺利、威逼王室、窃取皇位的重要筹码。

国难当头、外患频仍，围绕荆州，东晋王朝却内讧不已，弄得东晋国力更加衰微。

这场你争我夺的战争，断断续续打了百年之久。一个个与三国英雄相比大为逊色的角色，油头粉面，"你方唱罢我登场"。对于这段令人丧气的历史，我实在不肯浪费自己的笔墨，可又无法绕过，唯有简要述之。

桓温死后，幼子桓玄借重所据之荆州，以讨伐司马道子为名聚兵东下——被推为盟主，后逼晋安帝退位并自称皇帝；北府兵统帅刘裕密谋起兵杀掉桓玄，进占荆州；桓玄侄儿桓振反攻荆州，再度陷城，自号荆州刺史；晋军合力进攻，桓振兵败被杀，窥视晋国神器的桓氏一族，遭致满门抄斩。此后，豫州刺史刘毅

荆州护城河

又领荆州刺史移镇江陵并极力培植私人势力，引来执掌朝政的车骑将军、侍中刘裕的不满，命中军太尉王镇恶征讨刘毅。刘毅败北，自缢而亡。420年，刘裕代晋称帝，国号宋。他深知荆州之重，派任荆州刺史的全是自家子侄。同时，他将荆州的管辖范围缩小至原来的四分之一，削减荆州地区的战略地位，这场百年内耗才告平息。

刘宋以后，南朝的齐和帝萧宝融、梁元帝萧绎、后梁宣帝萧詧等先后在荆州建都，战争规模皆逊于以前。然而，发生在梁元帝承圣三年（554年）的梁朝与西魏之间的一场战争，却值得大书特书。其实，这场魏梁之战的规模并不宏大，也谈不上激烈。它导致的结果，就是建国仅三年，一个并不怎么起眼的小朝廷覆亡了。可是，发生在这场战争尾声的江陵焚书，却在中国文化史上造成了一场无法挽回的空前浩劫。这是一件比东晋王朝旷日持久的内部倾轧更加令人丧气、伤心的悲惨事件，也是荆州建城史上最为黑暗的一页！

梁元帝萧绎虽然自幼瞎了一只眼睛，但五岁时就能背诵《礼记·曲礼上》。终其一生，他爱读书、爱讲书、爱著书、爱藏书，与书结下了不解之缘。据《梁书·元帝纪》所载，梁元帝"博总群书，下笔成章，出言为论，才辩敏速，冠绝一时"；"性不好声色，颇有高名"。他不仅读书破万卷，还著有《孝德传》《忠臣传》《周易讲书》《内典博要》等文集四百多卷。他常为手下大臣、将士讲书，比如自554年十月十九日开始，萧绎便在荆州城内的龙光殿，每日为部下讲解《老子》；十一月二十三日，得知魏军已达襄阳，这才停止讲课，宣布戒严；过了四天，见边境并没有什么了不得的动静，又恢复讲课。大敌当前，那些文武将士，只得身穿朝服或军装，毕恭毕敬地听他谈玄讲道。出于对书籍的爱好，梁元帝更是广搜藏书。侯景之乱平息后，时任湘东王的他，下令将文德殿的藏书与搜集到的公私藏书共计七万多卷从南京运回荆州城内。加上以前的旧藏及不断搜回的书籍，梁元帝的宫中藏书，有十四万卷之多。

十四万卷图书，算得上当时中国的藏书之最了。

自秦始皇焚书坑儒之后，儒学经典就少了。汉武帝时，设置了官方史料的专职记录官即太史公，搜集散落民间的各种图书。汉哀帝时，共得图书三万三千零九十卷，分成七类，编为《七略》。王莽覆灭时，宫中图书被焚烧一空。东汉建立后，形成了一股重视学术文化的风气，各地纷纷献书，皇宫中的藏书又多了起来。董卓之乱时，藏书遭到军人的抢掠与毁弃，但运往长安的还有七十多车。没想到长安也陷于战乱，这些书籍又被一扫而光。魏国建立后大量收集民间藏书，加上从古墓中发掘出来的一批典籍，共得图书二万九千九百四十五卷，又在八王之乱与永嘉之乱中荡然无存。也就是说，当历史延续到南北朝时，北方藏书已不成规模，所剩无几了。而南方自东晋立国后好不容易搜集在一起的七万多卷书籍，被萧绎运到了荆州城。由此可见，荆州算得上当时中国的文化收藏中心。这些经过战乱幸存下来的典籍在印刷技术还没有形成与普及的情况下都是些稿本或抄本，其中还有大批孤本，也就显得格外珍贵了。

然而，这么多的图书，却被梁元帝命令舍人高善宝将其付诸一炬！

荆州城破，梁元帝被俘，问及为何焚毁图书，他答道："读书万卷，犹有今日，故焚之。"

他将灭国之恨归咎于这些凝聚着无数智者的经验与智慧、历经无数后人千辛万苦保存下来的图书，说明他至死也不知道自己败亡的原因所在。如果他真正读懂、用好了这些弥足珍贵的典籍，不仅不会招致亡国之痛，即使一统天下，也如探囊取物。

梁国与西魏之战，实际上只进行了一个多月。梁元帝为了控制潜在的敌对势力，将军队分驻江南各地，以致各路援军来不及赶到，荆州城就已沦陷于敌手。在对待北方强敌西魏的战备方针上，梁元帝不仅不加防范，还企图利用它消灭异己。当梁元帝接到梁朝旧臣马伯符从西魏发来的密函，告知西魏即将大举入侵这一军事机密时，他根本不信，也就未做任何有力、有效的抵抗准备。魏军抵达江陵，梁军初战告捷。然而，荆州城内却突然失火，数千民房与二十五座城楼全被烧毁。魏军乘机渡过长江，完成了对荆州城的严密包围，梁元帝与外界的联系完全中断。555年10月10日，魏军全面攻城，梁军主将战死、军心动摇，魏军乘机攻入西门。此时，梁元帝动了焚书之念，一把巨火点燃了十四万卷藏书。立时，弥漫的大火与将士的鲜血染红了古老的城墙，冲天的烟雾将一场人为的巨大文化灾难写在高高的天空俯瞰人类警示未来。荆州城破，十四万卷图书毁于一旦。魏军入城，对荆州百姓不分老幼，见人就杀。最后，魏军从梁朝王公大臣及普通百姓中留下数万人作为奴婢，押回长安。时值寒冬季节，又有十分之二三在冰雪严寒的途中冻馁而亡。

不论何种战争，也不论何方取胜，最后遭难的总是那些手无寸铁的无辜百姓。而一次性地由皇帝主动焚书十四万卷的纪录，不仅在中国历史上绝无仅有，即使在世界文明史上，也是罕见的。若从数量来说，梁元帝毁灭了中国传世藏书的一半，以质量而言，他毁掉的是历代积淀的文明精华。

如果没有那场魏梁之战，就不会有无数百姓的惨遭屠杀，也就不会有江陵焚书事件的发生。一切战争，都是人类的灾难之源，是毁灭文明的罪魁祸首。

如果梁元帝不是皇帝，就无法下达焚书之令，他那愚昧与凶残的一面，也就没有机会得到充分的发挥与体现。凌驾于民族、国家与人民之上的封建专制集权，是阻遏人类发展、民主自由与文明进步的巨头恶魔。

如果梁元帝不是一个爱书的皇帝，他就不可能将那么多中国文化的精华聚于一处。一个皇帝或一批封建政府官员，懂文化比没有什么文化给文化人带来的麻烦更多，对文化造成的灾难也会更大。

如果梁元帝没有将那些藏书当作个人私有财产，他就没有权利对这些文明的瑰宝施行暴虐。"普天之下，莫非王土；普天之民，莫非王臣。"在封建统治者眼中，土地、资源、财产、生命……一切的一切都属个人所有，都可玩于股掌之间，这也是中国封建社会延续几千年之久，还在原地踏步、停滞不前的症结所在。

如果没有梁元帝的焚书之举，十四万册图书在西魏军队的洗劫下虽会遭到破坏，但总会有"漏网之鱼"幸存于世。它们或留在荆州，或散落民间，或被西魏当作战利品运往长安。那么，也就有一些流传至今……

历史无法假设，梁元帝在荆州城内点燃的一把冲天大火，在中国文化史上造成的灾难实在无法估量。

让我们永远记住555年1月10日这个中国文化史上黑暗与耻辱的日子！

五

仿佛为了弥补江陵焚书这一文化浩劫，二百多年后的五代十国期间，在荆州这块神奇的土地上，出现了一种罕见的历史现象与文化奇观。

10世纪，大唐衰落瓦解，盛世变成乱世，且乱得不可收拾。农民造反、军阀割据、藩镇林立，内讧、政乱、兵变，层出不穷，到处都是分裂、混乱与战争。一个好端端的太平盛世，再次陷入乱糟糟的杀伐末世，中国又一次进入大分裂、大厮杀、大搏斗时期，这就是历史上的五代十国。

位于南北交通中枢的古城荆州，在接连不断的兵祸中屡遭破坏。当地居民不是逃亡，就是无辜被杀。至唐僖宗文德元年（888年），荆州城内的居民仅有十七户人家，真乃萧条破败之至。十多年后，才增加到一万多户。

此后，荆州又几经争夺，为梁太祖朱温所得。朱温派遣他的得力干将高季兴前来管辖，任荆南节度使。

高季兴原为五代时梁朝将领，因战功卓著，深得朱温赏识。高季兴来到荆南，但见"昔日的繁华富庶之地，如今变得满目疮痍、荒无人烟"，唯剩荆州一座凋敝的孤城兀立在广袤的旷野，不禁仰天长叹。乱世出英雄，从小就在战乱中与父母离散的他，独自一人闯荡天下，严酷的生存环境培养了他有勇有谋的性格。他一直心存大志，想干出一番轰轰烈烈的事业。置身混乱的世道，高季兴决定把握机遇，重振荆州雄风。

他广交名士并大胆使用，以此组成了一个独立的地方军政领导班子，此后，又安抚居民、招集流民、开垦荒地、鼓励农桑、重建井邑。

凋敝的荆州从乱到治，很快就焕发出几分生机，元气慢慢恢复，渐呈昔日繁华之景。

与此同时，高季兴在一班谋士的策划下，积极准备割据事宜。其中最重要的一件事情，就是大规模地建造荆州砖城，为日后的称雄割据奠定基础。

自三国时关羽筑城后，东晋的桓温、南朝的梁元帝萧绎等对荆州城都曾有过扩修。桓温在大城之内修有金城（又名子城），大城之外筑有金堤（即堤防），相当壮观。萧绎在荆州城内登上帝位，扩建规格完全仿效建康故都，大城设城门、门上立战楼、城外布木栅，景象宏阔。尽管他们所修城墙壮观宏阔，但皆为土墙。

912年，高季兴开天辟地，开始大规模地修筑砖墙。他征召十万多民工，"将校宾友皆负上相助"。他们冒着严寒酷暑，日夜不停，兴土不息。只要民工动作稍慢一点，就要受到杖责。负责修城的总监为高季兴女婿倪可福，因工程进度迟缓，也挨了岳父老头子一顿棍棒。高季兴将女儿接回娘家，对倪可福说何日筑城完工，何日再将女儿送还；若是磨蹭时间，或质量不合标准，不仅老婆无归，他脖颈上的一颗脑袋恐怕也难以保住。这样一来，城墙自然修得又快又好。砌城的砖头不够，高季兴就下令四处挖墓，"郭外五十里冢墓多发掘取砖"。荆州城外千百年来埋着历朝王公贵族的大坟小墓，一时间在劫难逃。那些墓用砖头不仅坚固，且做工精细，十分考究，实为难得的上选材料。据说新城完工之后，每到夜深人静，城墙上便游荡出无数闪烁的磷火，令人毛骨悚然。

高季兴所筑砖城，真正称得上是一座"铁打的荆州"。墙脚以石头垒筑，墙体用青砖砌成，坚不可摧。他还将护城河拓宽拓深，长年流水不断，难以逾越。

一切准备停当，高季兴并未轻举妄动，他还在蛰伏，以待有利的可乘之机。

不久，梁太祖朱温逝世，梁朝顿时江河日下，呈现衰颓之势。高季兴抓住时机，马上断绝与后梁的一切关系往来。他在新修的荆州城内公开占地割据，自封武兴王，立国荆南，又称南平。

在当时的五代十国中，荆南最小，其辖境最大时也只有三州十七县。它介于南唐、楚、蜀与中原之间，地盘最狭、人口最少、兵力最弱，只有在夹缝中求得生存。然而，就是这样一个蕞尔小国，却存活了五十七年，安然地走完了五代时期的整个历程。这不能不说是中国封建政治割据史上的一个奇迹。

更加令人惊叹的是，当时的荆州文学，在五代文化"一塌糊涂的泥塘"与荒漠中，竟放射出了独有的熠熠光华。

五代时期，列强对峙，纷争不已。昔日的兵家必争之地荆州，也许是立国之地太小不甚起眼的缘故吧，竟成了一块可为屏障的缓冲地带。加之荆南统治者高氏父子自强自立、恢复生活、招揽贤才、发展经济、保境安民，在外交上适当地采用一些"纵横之术"甚至是被后人称作"无赖"的手段，因此，荆南之地也就显得相当富庶、繁荣与平静。这为文学的发展提供了一个很好的外部环境，而源远流长的荆楚文化如《楚辞》《老子》《庄子》等，更是深深地浸润、涵育、影响着本地作者。于是，荆州这一时期的文学结出了艳丽无比的奇葩。

五代文学中，最大的成就是词的发展与兴盛，其次是诗，其他则较为逊色。在群星闪烁的荆州文坛，最为耀眼的星辰当数孙光宪与齐己这两位著名的词人与诗人。

孙光宪博通经史、勤于著述，成果颇丰，创作诗文集、农书、杂史笔记等八十多卷，流传下来的只有《北梦琐言》一书与词作八十四首。在中国文学史上时间最早、规模最大的晚唐五代文人词作总集《花间集》一书，收录孙光宪词作共二十五调六十一首。这些词与晚唐词坛翘楚温庭筠相比，仅少收五首而居其次，若以调论，则比温庭筠多七调而为《花间集》中运用词调最多之人。而温庭筠属晚唐词人，由此可见，《花间集》中五代词人写词最多、用调最多者当首推孙光宪。就题材而论，除"花间"外，孙光宪还写有咏史词、边塞词、风物词与抒情词。他的词作不仅在意境上有所"扩放"，在艺术风格上也有所创新，色彩浓丽、情致娴婉与清新疏朗兼而有之，显得遒健爽朗、峻拔秀丽。

齐己从小出家为僧，但他自幼热爱诗歌艺术。作为一位佛门诗人，他的创作成就在某种程度上超出了当时的杜荀鹤、罗隐、韦庄等儒家诗人。齐己写诗颇多，门人曾就"所集见授"，辑有八百一十篇、编为十卷，名曰《白莲集》。齐己之诗，题材广泛、内容丰富，宇宙人生、社会政治、日常生活、参禅悟道、交游酬答、感怀抒情等，无所不写。他的表达通俗自然、意境闲散清寂，显得古雅清和、平淡清润，与一般士大夫诗人所创造的艺术境界具有明显的区别，极大地丰富了中国古代诗歌美学的内涵。

对于五代文学，历代研究者都不甚重视。这不仅因为这一分裂割据与战乱频仍时期所取得的文学成就有限，也与五代文学处

荆州古城墙

于唐、宋两大文学高峰的夹缝中显得微不足道密切相关。然而，就五代文学本身而言，在如此短暂且动荡不安的环境中能够取得引人瞩目的成就，实属不易。尤其是以荆州城为核心的蕞尔小国荆南，一下涌现出两位在中国古代文学史上占据一席之地的代表人物，这一独特的文学现象颇具研究价值。

六

高季兴建造砖墙开荆州城建史之先河。此后，围绕城墙的战争、拆毁、修复、扩建，时兴时衰，反反复复，一直贯穿着宋、元、明、清封建王朝的始终。

宋时，荆州古城在"靖康之乱"中遭到战火焚烧，雉堞毁坏，池隍淤塞。

南宋时期，荆州安抚使赵雄为加强荆州防御，于1185年重建砖城，历经十一个月才告竣工。城墙周长二十一里，营造敌楼战屋一千多间，并疏浚了城壕。

1276年，元世祖忽必烈下令拆毁襄汉荆湖诸城，荆州城厄运难逃，惨遭毁坏。

明朝建立后，荆州城于1374年依旧基修复。城墙周长缩短为十八里，高二丈六尺，设城门六个，城周挖有宽五米、深三米的护城河。

明朝末年，农民起义首领张献忠占据荆州，号称西王。后移军四川时，为防完好的古城落入敌手，下令拆毁，造成荆州城墙史上又一次空前的巨大破坏。

我们今天所见到的荆州砖墙，于清顺治三年（1646年）再次重建，城郭大小及城垣城门的营建格局基本上保持了明代的风格与规模。也就是说，巍然屹立在人们眼前的荆州古城墙已有三百七十年的历史了，被考古界、旅游界誉为"我国南方不可多得的完璧"。

荆州城墙高约九米、厚十米，东西长、南北短，依地势高低起伏、因湖泊蜿蜒迂回，仿佛一条不太规则的椭圆形绸带。城墙上有四个藏兵洞、二十六座炮台、四千五百多个城垛。整个设计构建，具有典型的江南水乡特点。为防水浸雨淋，墙基全用条石砌成；每块重达数十千克，用糯米捣成糨糊状粘砌而成，坚固异常。城内还修有较为科学的下水道，天旱时可引城外河水入城，暴雨后可将渍水及时排出。

古城共有六个城门，分别为东门、小东门、大北门、小北门、西门、南门。1970年后，因交通发展的需要，又在城垣上新开了三座六孔城门；加上原来的六座，共有九座城门。原有的六座城门用巨砖砌成拱形，城门之上，建有城门楼，显得宽阔高

荆州太晖观

大、气势宏伟。但有五座已毁于战乱，仅存大北门城楼朝宗楼，东门的宾阳楼为新修重建。大北门是古人送别亲友北上中原与古都长安的话别之处，古人送行，习惯折柳条相赠，所以大北门又称柳门。宋代著名诗人苏东坡曾在此赋有"柳门京国道，驱马及阳春……北行连许邓，南去及衡湘"的诗句。除小东门外，其他都是前后两个门道，中间围有瓮城。城墙内外两侧，遍植松树、杉树及多种观赏树木。

当我们置身古老的城墙漫步信游、北望荆襄古道、西眺绿岭青山、南瞰滔滔大江、东顾一马平川，环视江汉平原与水乡泽国的秀丽与富饶、注目城内现代高耸的建筑与繁华的街市、回首荆州古城千百年的辉煌与创伤，将会获得一股深厚的历史意蕴与人生感悟。

七

毋庸讳言，荆州古城在不断发展的历史长河中，已逐渐丧失了昔日的"焦点"与"中心"地位；避开往日的辉煌不谈，仅就今天所具有的政治、经济、军事、文化等功能而言，已退居为一个相当普通的城市。

在政治上，荆州城一直是封建王朝或建都立国，或封王置府的重镇。新中国成立后，仍是湖北省最大的行政地区——荆州地区行署所在。1994年，荆州地区被撤销，与沙市市合并为荆州市，原所辖之地仙桃、天门、京山、钟祥、潜江等地或独立成市或划归别地管辖；其中的石首、洪湖、松滋三市也属代管，真正所辖之地，也就荆州、沙市二区与江陵、公安、监利三地了。昔日的政治功能，随着辖区的不断缩小而逐渐消失。

在军事上，这块自古以来的兵家必争之地进入近代，其地位就开始下降了。抗日战争时期，日军先以飞机轰城，继而空投仅数十人的兵力，一枪未发便攻入荆州城内。1949年7月15日，中国人民解放军攻克荆州，与国民党军队之间也未爆发激烈的战争。

在经济上，昔日荆州城不仅是湖北省最大的城市，也是整个长江中游第一城。早在汉代，荆州就是全国十大商业城市之一。它曾与下游的建康（今南京）、蜀中的成都、南海之滨的番禺（今广州）齐名，又与北方的名都长安、洛阳媲美，是连接东西南北水陆交通的枢纽，商业贸易十分繁盛。如今的荆州古城不仅与发达的南京、成都、广州、西安等大城市无法相提并论，即与省内其他发达城市也不能相比。

在文化上，荆州曾是我国南方古代文化的中心。然而，自梁元帝一把大火将十四万册图书付诸一炬后，这里虽也有过五代时期的回光返照，此后就退居为一个地方性的文化之所了。

荆州的衰落，与沙市的兴盛、武汉的崛起紧密相关。

明朝末年，长江河道南移，荆州城不再濒临长江，过去的长江门户地位不复存在。荆州地区的经济与贸易重点，转移到了东边的沙市沿江码头。沙市在不断发展与繁荣的过程中，自然而然地取代了荆州城的多种功能。

清朝末年，京广铁路修建开通，素有九省通衢之称的武汉日益崛起，荆州重要的交通地理位置、军事战略地位急剧衰落并由昔日的中心地带过渡为一个仅具地方性质的城镇。

除此而外，荆州城的衰落，还有一个最为重要的因素，那就是所辖地盘的日益缩小。

一个地区治所的兴衰，与所辖地盘区域的大小密不可分。大禹定九州，荆州即享有"古九州之一"的美誉。楚国鼎盛时期，疆域包括了今日的湖北、湖南、江西、河南、安徽、云南、贵州、广东等省的全部或大部，楚都纪南之繁盛，被列为南方第一。汉武帝时，荆州为全国十三州之一，地盘辽阔，治所江陵也为全国十大商业城市之一。三国时期，荆州所辖大致承续汉朝。东晋年代，荆州管辖全国九十六个郡中的十六个，有"荆扬二州半天下"之说。到了南北朝时的刘宋时期，刘裕为防枭雄割据，将荆州从原有的地盘中割出湘、郢、雍三州独立，剩下的只及过去四分之一了。以此为限，曾为九州之一的荆州版图便被一削再削，在全国行政区划格局中再无"雄甲天下"的优势。新中国成立后，荆州成为湖北省六个行政地区之一。而1994年的再度分割，使得古代荆州就此名存实亡。

从纪南城的毁弃到荆州城的衰落，而至沙市市的兴盛，我们不难发现，城市的发展经历着由北向南、自西向东的演变与过渡。这不仅与我国城市的发展脉络基本吻合，也揭示了从古到今城市兴衰的基本规律与大致趋势。

三座城市，分别代表着三种不同的社会、时代与文化。

纪南城是奴隶社会的缩影，城中的宫殿、豪华的设施都是奴隶主的专有产品，普通民众不得不依附贵族而生存，缺少起码的人身自由。纪南，是一座帝王凌驾一切之上的城市。

荆州万寿塔

荆州城是封建社会的象征，文臣武将、才子佳人，在荆州这一宏大的舞台纷纷登场，个人的性格、智慧、才华、抱负有了充分展示与发挥的土壤。普通民众与封建主的关系，已从"工具"变为契约形式。荆州，是一座英雄叱咤风云的城镇。

沙市市则代表了现代化城市的发展走向，商人、市民是这一舞台的主角。人人可以较为自由地选择、把握、主宰自己的命运，都有希望获得成功。沙市，是一座市民创造历史的城市。

纪南城的突然毁灭，其功能由荆州城取而代之。荆州城在不断衰落的过程中，由日渐兴盛的沙市接替了它的部分功能，逐渐演变为荆州、沙市并驾齐驱的"双子星座"格局，分别承担着政治、经济、文化中心的职能。

如果将荆州城的衰落放在人类历史发展的长河中，放在整个中国政治、经济、文化发展与变化的通盘格局之中来看，我们不仅没有黯然神伤之感，反会生出一股庆幸。因为，它的衰落与沙市的崛起不仅代表着政治与文化的进步，更代表了一种社会前进的发展趋势。

其实，荆州城的定位早在1982年就已确立。那年2月，国务院公布首批全国二十四座历史文化名城，荆州（江陵）被列为其中之一。

漫步荆州古城，你会觉得脚下的每一片土地，都是一部丰厚的历史，都曾上演过风云激荡的活剧。随便抓起一把泥土都浸润着丰富的文化内涵，积淀着源远流长的民族精华，每一条街道、每一处景点、每一栋建筑，都折射、传递着丰富的历史文化信息……荆州城，简直就是一座取之不尽、用之不竭的历史文化富矿。

既为历史文化名城，就应从历史与文化两方面入手，将其视作潜在的资源加以开发。如今的荆州城，其政治、经济、军事地位的衰落已无可挽回；也只有在历史与文化上大做文章，将荆州建设成为一个集工商、贸易与旅游于一体的新型城镇，才有可能焕发出新的生机，再创辉煌。

荆州有关政府部门的发展思路与基点也正在于此。城门城楼的修复、张居正故居的重建、三观（玄妙观、开元观、太晖观）的开放与三国公园的兴建、荆州博物馆的充实与丰富、熊家冢车马坑的发掘及熊家冢遗址博物馆的修建等等，都算得上一种主体自觉的举措。当然，有关荆州城的历史与文化开发，不论是硬件还是软件建设，与它昔日的辉煌灿烂相比，还存在着一定的距离。

我们相信，只要抓住机遇、全盘规划、综合开发，创造真正的历史文化名城之美。古城荆州，离"泛舟护城河，碧水浮城楼；笑语扬天庭，美景如画图"的建设要求，也就为期不远了。

天下第一楼

一

黄鹤楼的名气实在是太大了，大得我们似乎只有仰视的份儿。就连唐代素有"诗仙"之称的李白登临此楼，也不得不将惯有的疏狂收敛几分。

想那李白是何等了不得的人物：他有如行云野鹤，每到一处名胜总是兴味盎然、诗情勃发，大笔一挥便有佳作问世，一问世就能穿越漫漫时空，来他个千古流传。像这样的诗作我们只要信手一拈，就可列出一大串，比如《蜀道难》《梦游天姥吟留别》《早发白帝城》《独坐敬亭山》《望天门山》等都是。于心仪已久的黄鹤楼，李白更是蓄了一股英气、豪气与灵气，一旦喷发而出，很有可能又是一首新颖别致的千古绝唱。

我从来就没有怀疑过李白的仙气与才气。

此时，他就站在我的眼前，背剪双手，昂然挺立在黄鹤楼顶。阵阵清爽潮润的江风拂面而来，吹动着他的衣襟；耳际的长发、腰际的飘带，还有上翘的胡须，都在这清风的吹拂中轻逸、空灵地舞动不已。同时律动着的，还有眼前的两根巨大飘带，一条是长江，另一条则是汉水。李白觉得自己就是那舞带之人，左手握着奶黄色的长江，右手攥着碧绿色的汉水，将它们舞得烟雾缭绕、云蒸霞蔚。"君不见黄河之水天上来，奔流到海不复回。"他真想将这气势磅礴的诗句用于长江。可是，既然已用它状写了黄河，哪能自己抄袭自己、重复自己呢？得有更为新颖奇特、卓然超绝的创作与描摹才是。正这么想着，他闻到了一股奇异的芳香，这是隔江吹来的对岸鹦鹉洲上那些绿树、青草、野花的芬芳，李白贪婪地吮吸着，恨不得将它们全都吸入心脾。高山楼阁，花香云烟，清风吹送。一时间，他仿佛置身于蓬莱仙境，

黄　鹤　楼

陶醉得无以复加。突然地，就有新奇的灵感自天边飞来了，犹如一道耀眼的闪电划过脑际，照亮了心灵的宇宙。顿时，李白兴致勃发，诗情盎然。于是，将一杯斟得满满的好酒端在手中，仰脖一饮而尽，然后摇摇晃晃地走向迎门的粉墙。童子自然知晓主人的心思，赶紧端着一盘早就磨得浓浓的墨汁跟了过来。只见李白握一管大号毛笔慢慢伸向砚台，饱蘸、抬头、举笔，正待挥洒，却突然中了魔似的待在原地……

他愣愣地望着楼壁，停在空中的毛笔半天也没有落下。

如岩浆般在胸中涌动的诗情正待喷射，突然间被一个无形的盖子给严严地堵住了。于是，我们便听得李白一声长叹："眼前有景道不得，崔颢有诗在上头。"说着，不由得将蘸满墨汁的毛笔静悄悄地放在脚下，于心悦诚服中免不了带着几分黯然神伤。

原来，这"盖子"并非什么天外之物，而是一首用小楷字体题在楼壁上的七言律诗：

> 昔人已乘黄鹤去，此地空余黄鹤楼。
> 黄鹤一去不复返，白云千载空悠悠！
> 晴川历历汉阳树，芳草萋萋鹦鹉洲。
> 日暮乡关何处是，烟波江上使人愁！

　　诗的作者名崔颢，唐代诗人，具体出生年月不详，死于754年。而李白则比他多活了八年，由此可以想见，他们不仅同属于唐朝，还在同一时代生活过。崔颢中过进士，当过司寇员外郎，早期写写流于浮艳的闺情诗；后游历边塞，受粗犷的边地风光之陶冶与浸润，诗风由此而变得雄浑奔放起来，著有一本《崔颢集》。但真正流传于世的，也就这么一首《黄鹤楼》。

　　若拿崔颢与李白相比，如果说前者是一颗闪光的星辰，那么后者足可称得上是一轮炫目的太阳了。

　　李白的诗作雄奇浪漫，狂放不羁，这种风格不仅贯注于他的创作，也表现在他的生活之中。意气风发之时，他将皇帝老子也不放在眼里，甚至还要高力士为他脱靴磨墨。就是这样的一个李白，却为崔颢的一首《黄鹤楼》折服了。

　　李白没有因为自己的赫赫声名而对崔颢流露半点鄙薄之情，也无丝毫文人相轻的嫉妒。他所看重的，便是题在楼上的诗作，他将自己登临黄鹤楼之所见、所想都状写、表达出来了。于是，李白不由得发自内心地由衷赞叹道："好诗，真乃好诗也！"本想题诗的他将笔一搁后，又仰头注目，开始认真地欣赏起石壁上的《黄鹤楼》来。

　　好一幅惺惺相惜、文人相亲、融融泄泄的动人图景，真个羡煞人也！

　　李白搁笔，并非他无法用诗歌描写黄鹤楼的雄伟壮观，而是因为崔颢已先于他在石壁上题写了一首难以超越的《黄鹤楼》。他既不愿重复自己，也不想重复别人制造文字垃圾。李白搁笔，不仅无损于他的诗仙形象，反而增添了他的人格魅力，展示了一个真正诗人所具有的纯粹、真诚、自知、坦荡的高贵品质。

　　中国是一个诗的国度，诗歌写得好，不仅名扬四海，还可改变人生境遇。伟大的诗人，不仅是老百姓心中的偶像，就是皇帝官吏，也得敬着、让着几分。在一个长夜漫漫的专制国度里，人们依然保有着一份对诗歌文化的崇奉，诗人们大都纯粹与真诚、浪漫与执着。正是因为这一存续的传统，维持着一线难得的生机，中华民族才得以充满活力，千百年来在一次次的颠踬后依然顽强地从地上爬起、挺直腰身。

　　能深得李白服膺，《黄鹤楼》也的确称得上是一首艺术魅力经久不衰的千古绝唱了。它在形式上独具一格，前半部分略带散行，不太合律诗要求，且不避用词重复之嫌；在内容上既写了黄鹤楼传说，也写了周围景致，还抒发了作者情感，可谓怀古咏今、情景交融。特别是那"黄鹤一去不复返，白云千载空悠悠"的名句，不知惹出了多少后来者的扼腕浩叹与幽古情思。

　　崔颢的《黄鹤楼》一诗，使得黄鹤楼更加声名远扬。

　　这便是典型的文因楼生，楼以文显。

　　李白没在楼壁题诗，只不过感叹了一句"眼前有景道不得，崔颢题诗在上头"，没想到这也为黄鹤楼增光添彩，使得它声名更为卓著。后人为了强调、纪念李白搁笔这一传说，使它变得具体形象、可知可感，就在黄鹤楼旁修了一座搁笔亭。

　　黄鹤楼的名气，就是这样在绵绵不断的时间之河中由不断增加的传说与不断新修的附属建筑一点一滴地累积而成。

　　由此看来，所谓名气，说到底，便是一种历史与文化的沉淀。

二

黄鹤楼的名气大得我多少有点缩手缩脚，好几次想为它写点什么，都因担心描写不能准确到位而搁笔。

为了更好地捕捉、贴近、把握其内在的灵魂与气韵，我又一次来到了黄鹤楼。

一道高大的围墙已将黄鹤楼圈了个严严实实，以黄鹤楼为主体兴建的系列附属建筑，共同构成了一个庞大的风景群，于是，就有了今天的黄鹤楼公园。

要想走近黄鹤楼，必须越过森严的公园大门，购买一张三十元的"入场券"。

于是就想，不知李白当时登楼买过"入场券"否？要是门票价格稍微高一点，作为一个有时吃饭都要看日子的穷诗人，恐怕就没有登临黄鹤楼的缘分了。那么，在中国民间文学的瑰宝中，会不会遗憾地少却一个颇富意味的有趣传说呢？

然而，从李白当年潇洒登楼而言，可以看出他并未因门票有过半点为难与不悦。由此可见，即使唐朝时兴门票制，恐怕也只是象征性的吧？

黄鹤楼兴建之时，本是一座平民化的楼阁。修复之初，门票只有一元，也是象征性的，并非贵族化的景点。

于是，我的心中，又平添了一份惶恐。只要平易近人，不管名气多大，总可以接近与对话。然而，一旦变为养尊处优的贵族，就只有敬而远之的份儿了。

而我不能对其远之，我越是走近它，越是贴近它，才能更好地把握它的内在神韵。如能达到与其融为一体的程度，当是我所追求的美妙至境。

为了达到这种至境，我只有在心中仍将它视为一介草民。

我缓缓地向上爬着，脚步轻轻的。

我觉得自己不是在登楼，而是行走在一片茂密的森林中。周围静静的，静得可以听见掉在地下的落叶。我的脚下，便是一层厚厚的、枯黄的落叶。落叶实在是太厚太厚了，我走在上面，有一种难以言喻的柔软与舒适。最底下的落叶朽了、腐了，化为肥泥被树根吸收，滋润、养育了一棵棵参天大树；秋天一到，绿叶老了、枯了、黄了，又飘落了……冬去春来，又有旧的落叶化为泥土，新的嫩叶在大树的枝头绽开……落叶与新绿，就这样生生不息地轮回不已。我无法知道脚下的落叶到底堆积了多少层，也看不见那底层的泥土。

这一层又一层的落叶，便是一代又一代文化的积淀；而泥土，则是文化的活力与源头。正是它们，滋润、养育了黄鹤楼这棵葳蕤雄奇的参天大树。

尽管落叶再厚，我也要将它们一层一层地掀开，探寻那泥土的本质之源……

其实，黄鹤楼初建之始，只能算是一介"草民"。

浩浩长江之水自青藏高原奔泻而下，一路穿山越岭、汇纳百川，江面日渐宽阔。流到武汉，突然间就有两座高大的山岭给它来了个"下马威"，像铁钳般将它紧紧地夹束其中。这两座山岭，一座是龟山，一座是蛇山。"龟蛇锁大江"，龟蛇要锁，长江要奔，相互间肯定免不了一番搏斗与僵持。结果是双方都做出了一定的让步与妥协，大江依然东去，两座山岭绵延着却将各自的"手脚"伸向江心，这也使得我们今日所见到的江山更为雄浑奇崛。

却说蛇山逶迤，延伸至江水之中，便形成了一座石矶。人们将它称为黄鹄矶，又曰黄鹄山。矶头临水而立的那面石壁显得格外峻峭，就有不少人登高眺望，把酒临风。但见波涛汹涌，江鸥飞舞，白帆点点，彩云飘飘……此情此景，实在令人心旷神怡、赏心悦目不已。渐渐地，黄鹄矶就有了一点名气，大家都想目睹一下此地的优美风景。时间一长，游人就多了起来，络绎不绝、熙来攘往的，把个孤立江中的矶头弄得煞是热闹。

于是，就经常听得有人言道："要是在黄鹄矶上修一座楼阁就好啦，既可登高远眺，又可供游人歇息、呷酒品茗、观赏风景，此乐何极？"

想的人多了，说的人多了，大有呼之欲出之势。

在此情势之下，一座小小的楼阁也就不得不应运而生了。

草创的黄鹤楼阁肯定相当简陋，不管怎么说，毕竟有了一座可遮日头、可避风雨的阁楼，这就够了。

当然，这也是一座极端平民化的建筑：即使穷人，也能泰然步入，掏出一串铜钱，开怀地喝上几杯；哪怕乞丐也可不必交纳门票、自由步入，虽无钱沽酒，也能吹吹清风、看看景致，将人生的苦恼与忧愁暂时抛却脑后。

这是一座多么可亲可爱的楼阁啊，它给苦难深重的平民百姓带来了多少难以言说的喜悦与欢乐啊！

中华民族是一个极富想象的民族，每一风景名胜，总免不了流传着一些优美动人的神话与传说。令人如沐春风、亲切温暖的黄鹤楼，更是有着许许多多百姓大众的参与创造，这便衍生出了多种版本的神话与传说。

从古到今，世间只有白鹤、灰鹤、丹顶鹤，根本就没有什么黄鹤出现过。既如此，为何要将它名为黄鹤楼呢？

人们凭着丰富的想象，搬出了传统文化中的道与仙来加以诠释。

故事自然是相当精彩动人，在此，我只能抽取其梗概，简略地叙述而已。

第一种说法是：古代有个神仙，名叫王子安。他曾驾着一只黄鹤在天空飞翔，突然间朝下一望就见到了龟蛇锁大江的如画风景，不觉自天而降，落在蛇山伸向江心的石矶上着实欣赏了一番。后人便在他小憩过的地方修了一座楼，取名黄鹤楼。

第二种说法也离不了黄鹤。说的是江夏人费祎看中黄鹄矶，便在此修道。成仙后，常乘一只黄鹤重游故地。后人见了，在此专门造了一座招鹤的阁楼，其名自然就叫黄鹤楼了。

还有第三种传说。

有个姓辛的寡妇，含辛茹苦地抚养着几个孩子。为了谋生，就变卖家什，东拼西凑地在人来人往的黄鹄矶头开了一家酒店。酒店开张，生意颇为红火，辛氏尝到了赚钱的滋味，整日喜笑颜开。一日，店里突然进来一个瘦骨嶙峋、衣衫褴褛的老道向她讨酒喝，辛氏没有拒绝。没想到此后他天天来店喝酒，却分文不付地扬长而去。辛氏心里自然不悦，但想到自己往日的贫困处境，将心比心，也就忍了。她总是笑脸相迎，半点不提酒钱的事儿。一月后，老道来此向辛氏告辞："贫道明日就要远游，承蒙关照款待，无以为谢，送你只黄鹤吧。"说着，就在迎门的粉墙上画了一只黄鹤，然后化作一缕轻烟飘然而逝。辛氏掉头不见老道，便知自己遇上了仙人。再看老道画的那只栩栩如生的黄鹤，不觉拍手相招，黄鹤竟从墙上跳了下来悠然长鸣、翩翩起舞，为客助兴。有了这只黄鹤，辛氏酒店的生意更加兴隆了，真是财源不尽滚滚来。时间一长，辛氏大富大贵，就忘了穷人的本质。她不仅穿金戴银大肆铺张，心肠也变得歹毒起来，根本不把穷人放在眼里，对他们常常吆三喝四、破口大骂。忽一日，那位神秘的老道又来了。他招一招手，唤下黄鹤，跨腿骑上，说道："此地不宜久留，咱们还是走吧。"他话音刚落，黄鹤展开双翅、一声长啸，直冲云霄，眨眼间就消失得无影无踪了。辛氏见状，突然醒悟，决心痛改前非，重做一个善良的好人。于是，她拿出这些年来积攒的所有家产，在黄鹄矶上修了一座高楼供人登临观景。为了纪念那位老道与黄鹤，她请人写了一块匾额挂在门楼，上书三个金光闪闪的大字："黄鹤楼"。

后一传说没有前两种纯粹，掺和了不少道德与训诫的色彩。这，恐怕与黄鹤楼的不断发展及越来越尊贵不无关系，我们今日仍能深深地感到当时创造这一传说的普通民众内心自然流露出的一股潜在的不满。

无论哪种传说，结局都是一样的，那就是黄鹤已杳然飘走。"黄鹤一去不复返，白云千载空悠悠。"诗句道尽了人们登临黄鹤楼仰望苍穹时心中涌起的失落、怀念、旷远、寂寥与怆然等多重复杂情愫——一种千百年来凝聚而成的"黄鹤情结"。这，也许就是崔颢的《黄鹤楼》能引起广泛共鸣、其艺术魅力经久不衰的原因之所在吧！

神话与传说固然优美动人，如果我们透过其神秘的面纱加以考证，其实黄鹤楼的名称由来简洁而明了：黄鹤楼因建在黄鹄山上，鹄是天鹅，又名鸿鹄，与鹤本不是同一种鸟；但古字"鹄"与"鹤"可以通用，《湖北通志》上曾明确地记载过黄鹄山又名黄鹤山。黄鹄矶以其形状颜色酷似黄色天鹅而得名，黄鹤楼又因建于黄鹄矶上而著称。于是，以鹄称山，以鹤称楼，也就相沿成习了。

三

大抵民间之物也好，民间传说也罢，只有得到官方的认可，才可形诸文字、载入史册。否则，就只算得上"野狐禅"。当然，一旦被纳入官方的所谓正统轨道，其味道与意义也就变得面目全非了。

黄鹤楼进入帝王将相的视野，明文载入史册，最早当数三国时期。据《三国志·孙权传》记载："（黄武）二年春正月，曹真分军据江陵中洲。是月，城江夏山。"江夏山即黄鹄山。唐《元和郡县志》又载："吴黄武二年城江夏山，以安屯戍地也。城西临大江，西南角因矶为楼，名黄鹤楼。"也就是说，黄鹤楼始建于三国孙吴二年（223年），建楼目的不为别的，主要出于军事需要。

当时，吕蒙用计杀了关羽，刘备亲率十几万大军东下报仇。孙权半点不敢懈怠，准备与刘备打一场大仗、恶仗；便在长江边上依据黄鹄山之险，修了一座周长约三里的坚固城池做屯军营垒，又在黄鹄矶头建一高楼以做观察瞭望之用。

这高楼依山傍江、开势明远、凭墉借阻、高观枕流，即是日后闻名遐迩的黄鹤楼了。

也只有这次，经了东吴的大力修建，黄鹤楼才称得上是一座真正的楼阁。昔日民间所筑，与之相比，不过一件小儿科罢了。

也只有这时，黄鹤楼才弄了个"出生证"，得到了真正的承认，确立了自己名正言顺的身份。即使从三国算起，黄鹤楼也有一千七百多年的悠久历史了。

将黄鹤楼的出生定于军事上的考虑与需要而载入史册，这似乎预示了它日后所面临的多舛命运。

此后的黄鹤楼，也的确与战争、烈火、雷电、灾难等不祥之物结下了不解之缘。

东吴所建之黄鹤楼到底是个什么样子，今已见不到半点文字与图画之类的说明与记载，后人只能根据它的性质——一座军事岗楼而去想象它的形状与气势了。

晋灭东吴，三国归于一统；黄鹤楼的军事价值便逐渐消失，又恢复、回归了它的本真，变为登临游冶的胜地。然而，它也像一个历经沧桑的妇人，变得更加成熟而丰盈，却失去了少女时代的质朴与纯粹。黄鹤楼一旦被纳入官方的范畴，民间的成分就少了，此地成了达官贵人和文人骚客们"游必于是，宴必于是"的地方。如果仅有官吏的身影，黄鹤楼将不知变得酸腐、俗气到什么程度。幸而有了文人们的参与和介入，黄鹤楼这才保有了昔日那份独有的灵气、纯真与美好，并为我们留下了许许多多珍贵的文化史料。

于是，唐朝的黄鹤楼之形状，就有一份难得的文字资料呈现在我们眼前，使之变得可感可知了。唐人阎伯瑾在《黄鹤楼记》一文中描写黄鹤楼道："观其耸构巍峨，高标巃嵸，上倚河汉，下临江流；重檐翼馆，四达霞敞，坐窥井邑，俯拍云烟，亦荆吴形胜之最也……"

历史无情，那些游黄鹤楼的达官显贵没有一个昔日的身影浮现，他们早被岁月的风雨冲刷得一干二净，变成一条曝光的胶卷。然而，历史又是如此多情，那些登临过黄鹤楼的真正文人、伟大诗人，他们的形象总是一个个鲜活如浮雕般地凸显在我们眼前。

有唐一代，就我们所知登过此楼的著名诗人，除崔颢、李白外，还有宋之问、孟浩然、王维、白居易、刘禹锡、贾岛、杜牧、罗隐等且都留下过意境优美、脍炙人口的诗作。

其实，李白的搁笔也算不得十分彻底，只不过并未像崔颢那样正面描写黄鹤楼而已。一种"黄鹤情结"郁积在他的心中，不吐不快。于是，就换了个角度从侧面状写。他自然不会在黄鹤楼迎门的粉墙上题写，而是铺开大幅宣纸潇洒挥毫。写一首还不尽兴，索性让那曾经压抑过的才思如瀑布般尽情倾泻。他无遮无拦地一气写来，仅《全唐诗》就收了八首，且都算得上名篇佳作。在此不妨抄录两首为证：

黄鹤楼送孟浩然之广陵
故人西辞黄鹤楼，烟花三月下扬州。
孤帆远影碧空尽，唯见长江天际流。

与史郎中钦，听黄鹤楼上吹笛
一为迁客去长沙，西望长安不见家。
黄鹤楼中吹玉笛，江城五月落梅花。

搁笔，楼修了，诗也写了，物质的、精神的全都有了。李白游了一趟黄鹤楼，风流简直让他一个人全给占尽了。

四

黄鹤楼那层层凌空的翘角悬挂着的风铃在不断吹送的长风中叮当作响，一如袅袅的钟磬清脆悠长。这铃声响在游人心处，让他们着实感到了一股生命的愉悦与欢畅。

可是，历史总要不时地将它残酷的一面呈示给人类。人们往往还来不及啜饮生命的甘浆，就会遭受战争的强暴与凌虐，将幸福的梦境碾得粉碎。

盛唐在"安史之乱"的打击下无可挽回地衰落了，很快就降下了它那厚重的历史帷幕，"耸构巍峨"的黄鹤楼也随着唐朝的灰飞烟灭走完了它的又一次生命旅程。

武汉扼长江汉水，控荆带楚，交通便捷，为九省通衢之地；占尽天时地利，每每可得风气之先，昂然走在文明的前列。也正

黄　鹤　楼

因为武汉地势优越，每次战争，也免不了要成为兵家必争之地。
而坐落在地势险要的黄鹄矶上的黄鹤楼，在战乱中自然也就成
了一个引人注目、相互争夺的重要目标，常常经受战火的灭顶
之灾。

　　然而，在每次毁灭之后伴随着新时代的诞生，黄鹤楼犹如野
火烧不尽的青草，春风一吹就会焕发出更为蓬勃的盎然生机，又
在原址上耸起一座新的高楼且一次比一次更为壮观。

　　由黄鹤楼的兴衰，也可窥见一个民族顽强不屈的创造活力。

　　黄鹤楼随唐朝灭亡而消失，又随宋朝的建立拔地而起，兴起
了一座气势更加巍然的宋式黄鹤楼。

　　宋朝黄鹤楼，不仅有了文字记载，更有了形象可感的图画。
我们可以从留存至今的两幅宋画《长江万里图卷》和《黄鹤楼》
中窥见其形其制。除主楼外，还修有配亭、游人循曲栏；主楼雄
峙于矶头城垣的高台之上，与下面的台、轩、廊组成了一处完整

的建筑群体。与仅有主楼的唐代黄鹤楼相比，宋朝的建筑艺术实在是大大地跨进了一步。

宋朝是一个积贫积弱的朝代，饱受异族欺凌之苦。黄鹤楼也未能幸免，在南宋中期一度被毁，半个多世纪后才得以重建。

元朝的黄鹤楼形制也保留在两幅画中，一为《武昌货墨》，一为《黄鹤楼图》。画中的黄鹤楼已成一组围墙合抱的建筑群落，主楼斗拱重檐，分为两层。

此后，明清两朝对黄鹤楼的重建活动较多，具体统计数字为明代四次，清朝五次。明朝的黄鹤楼风格俊秀，外形"下隆上锐"。其状如笋，塔式楼阁，高为三层。明朝有件值得一提的大事，那就是成化年间的汉水改道，将蛇山对岸的整块地盘一分为二——变为汉口与汉阳，构成了今日武汉三镇之格局。游人站在高达三层的明式黄鹤楼上，但见长江与汉水在此相汇，两水相激时波涛更为汹涌且江面更加宽阔、风景更为壮观，感受也就变得更为丰富了。

清朝对黄鹤楼的修建可谓达到了古代顶峰，建筑格局大大有别于宋、元、明朝，风格奇特。据《武昌府志·图考》，黄鹤楼在康熙时期已为四层八角，建筑群体变成了单体，歇山顶变成了攒尖顶。同治年间更是大兴土木，动用一千多名工匠、耗费三万多两白银、花了近一年的时间建成的黄鹤楼高达三十米，全楼计有四十八根柱头、七十二条屋脊、三百六十架斗拱，三层飞檐和楼顶面均为黄色琉璃瓦。这，也是清朝建造的最后一座黄鹤楼了。

纵观古代黄鹤楼的兴衰变迁，我们发现，每一朝代都有它独特的风格，大抵唐宋雄浑古朴、元楼富丽堂皇、明楼俊秀清雅、清楼奇特瑰玮。又因武汉占据地理之便，黄鹤楼以一种博大的胸怀迎接着八面来风，它吸取了亭、楼、塔、阁等不同建筑形式的造型特点，将它们熔于一炉，凝成了自己独有的建筑风格与文化品位。同时，我们还见到，当它遭受劫难之后总是越建越高、越建越雄伟、越建越多姿，每次都要超过以前的规模。

黄鹤楼，就那么昂然迎着拍岸的惊涛站立黄鹄矶头，生生灭灭，不息不止。它本身所经历的风雨磨难不仅构成一部社会兴衰、朝代更替的历史，还是一部独特的建筑史，一部丰厚的文化史。

在楼衰楼兴的漫漫历史时空，我们见得最多的、活动最为频繁的，还是那些仁人志士、迁客骚人的身影。

旧一代的文人走出了我们的视野，新一代的墨客又风尘仆仆地赶来了。他们登临此楼，凭江临风，或歌吟胜景，指点江山；或洒泪长啸，排遣愁怀；或拍栏而惊，忧国忧民。

这一长串接踵而来的一代又一代文人墨客中，唐朝以后，我们熟悉的即有苏轼、苏辙、岳飞、陆游、范成大、张居正、方孝孺、毕沅、姚鼐、袁枚、赵翼、黄遵宪……

在文人骚客眼里，黄鹤楼的形式与建构倒在其次，他们所看重的，是黄鹤楼的灵魂。黄鹤楼建筑，只不过是他们抒发自己胸臆的一种外在的依托与触发点罢了。他们不管黄鹤楼建得如何，不问其多高、多大，哪怕就是毁了只剩下一片瓦砾、一堆废墟，他们也会来的。来了就要咏物言志，吟诗抒怀。"笔落惊风雨，诗成泣鬼神。"我以为，文人骚客的"骚劲"，就表现在这份令人感佩的、难得的天真与执着之上。

其中最值得一书的，还是文武双全的南宋爱国名将岳飞，他留下的一首《登黄鹤楼有感》慷慨激昂，堪称绝妙佳作：

> 遥望中原，荒烟外，许多城郭。想当年花遮柳护，
> 凤楼龙阁。万岁山前珠翠绕，蓬壶殿里笙歌作。到而

今，铁骑满郊畿，风尘恶！兵安在？膏锋锷。民安在，
填沟壑。叹江山如故，千村寥落。何日请缨提锐旅？一
鞭直渡清河洛！去归来，再续汉阳游，骑黄鹤。

做此词时的岳飞正屯兵鄂州，治军之暇，他也来到了黄鹤
楼。他登楼眺远，北望中原，满目疮痍，何日才能收回故国版
图？"戎马关山北，凭轩涕泗流。"睹物生情，热血沸腾，不禁
仰天长啸，字字句句令人回肠荡气。可惜的是，他终于没能"一
鞭直渡清河洛"就以"莫须有"的罪名含冤而逝，也就无法"再
续汉阳游，骑黄鹤"了，从而留下一个常令后人扼腕长叹的天大
遗憾。

此篇《登黄鹤楼有感》，足与另一首《满江红》相媲美，构
成岳飞词作中的双璧。

莫说蔚为大观的唐诗宋词了，仅明清两代流传下来的有关黄
鹤楼诗文就五百多首。加上那不计其数的楹联、匾额、碑刻、书
法、绘画等作品，黄鹤楼千百年来积淀而成的历史文化实实在在
地构成了一座令人仰视的高大山峰。

五

岁月的风铃如珮环般叮当作响，它固执地不停响着，穿过漫
漫历史长空，千百年来保持着一以贯之的风格：既冷漠又热情，
既淡然又执着，既悠然又迫促地响着、响着……

它不紧不慢地响着，一转瞬，就到了1927年，黄鹤楼那饱经
沧桑的历史长卷上又记下了它新的一页。

这年春天，一个三十多岁的瘦高个年轻人出现在黄鹤楼上，
他就是日后主宰中国命运长达二十七年之久的湖南人毛泽东。当

时，中国这块古老的土地正静悄悄地酝酿、发生着一场翻天覆地的变化，北洋军阀、国民党、共产党在进行着一场决定性的较量。这三种力量中，最为弱小的共产党人不得不与国民党结成一个统一的联盟。1927年3月，国民党中央农民部在武汉举办了中央农民运动讲习所（以下简称农讲所）。于是，始终关注着农民问题并对此最具发言权的毛泽东从湖南匆匆来到武汉，主持了农讲所的实际工作。

来武汉之前，毛泽东发表了重要著作《湖南农民运动考察报告》，在党内外引起了强烈反响。以此为转折点，毛泽东抓住了中国革命的症结之所在，只要把握好占人口百分之九十以上的农民问题，其他一切皆可迎刃而解。正是在此基础上，形成了"以农村包围城市"这最终夺取中国胜利的革命思想。他来武汉，就是为了将自己的思想理论付诸实践。

毛泽东站在黄鹤楼上，眺望四周，觉得自己正站在中国跳动的心脏之上。京汉铁路穿越南北，滚滚长江流贯东西，两根纵横的长线在此构成一个巨大的坐标；而黄鹤楼，不正是这一坐标的中心点吗？

天旷地远，黄鹤杳然，烟雨茫茫……面对无限江山的毛泽东，一时间肯定想了很多，且看他当时写下的一首《菩萨蛮·黄鹤楼》：

> 茫茫九派流中国，
> 沉沉一线穿南北。
> 　烟雨莽苍苍，
> 　龟蛇锁大江。
>
> 　黄鹤知何去？
> 　剩有游人处。

把酒酹滔滔，

心潮逐浪高！

虽然中国的革命运动正处于低潮阶段，但他的内心，却涌动着一股沛然莫能之御的澎湃激情。此刻，尽管他没有想到自己日后会成为一位革命的领袖与舵手，但对未来却充满了必胜的信心。那种"与人斗，其乐无穷；与天斗，其乐无穷"的斗争激情以及"人定胜天"、藐视一切、战胜一切的磅礴气势，终其一生，从来就没有丧失过。

我以为中国历史上最有气势的两位诗人，一位是李白，另一位就是毛泽东了。然而，写诗是一回事，从事革命是一回事，而建设工作则是另一回事。如果以一种狂放不羁的浪漫诗情在辽阔的中国版图上没有限制地挥洒，恐怕就会留下一些令后人难以理解的举止了。

当时，毛泽东所登的黄鹤楼应有两座：一为代理湖广总督的端方建于1904年的西洋黄鹤楼，此楼为平顶、钢筋结构、水泥抹面、圆拱形玻璃窗外带钟楼；一为湖广总督陈夔龙于1907年建在钟楼东北隅、近似黄鹤楼的"奥略楼"。清朝同治年间耗费巨资修造的那座黄鹤楼，已于光绪十年（1884年）毁于一场大火。毛泽东站在这强加于黄鹄矶头不伦不类的洋式、近似黄鹤楼上，瞭望对岸汉口被洋人占据的沿江大片租界，面对即将与之进行殊死搏斗的北洋军阀；而他所要发动的革命运动，其依靠对象却是中国大地上土得不能再土的农民。洋与土，形成了触目惊心的鲜明对照。

日月如梭，二十九年的光阴眨眼间就从人世间溜走了，1956年5月，毛泽东又来到武汉。此时，不管是西洋式黄鹤楼，还是近似传统黄鹤楼的"奥略楼"，都已不复存在。因修建长江大桥时，选定黄鹄矶为武昌桥头，上面的建筑已全部被拆除了。无楼可登，毛泽东就畅游长江，并写下了一首《水调歌头·游泳》。

今非昔比，毛泽东已是六十多岁的老人了，身体已然发胖。更为重要的是，他已被奉为中国无产阶级革命领袖。其心境已没有当年的焦虑、迷茫与促迫，而是"胜似闲庭信步"，但仍有气吞山河的激昂与浪漫。遥想他1927年站在黄鹤楼这一坐标点时，心中总感到缺少了一点什么。少了什么呢？原来是一个"桥"字。只有建造一座大桥跨越长江天堑，京广线才能没有停顿与间断，南北一线的气韵才得以通畅。另外，黄鹄矶上不伦不类的洋楼与不甚起眼的"奥略楼"，哪里还有昔日半点黄鹤楼的影子？典型的名不副实！应该耸立起一座真正的、高大的、传统的黄鹤楼取而代之才是！而现在，大桥桥墩已浮出水面，"一桥飞架南北，天堑变通途"的动人图景，马上就要变成现实。那么，应该着手考虑两个新的计划了：一是重建一座超越以往任何一个朝代的新型黄鹤楼；二是将长江拦腰截断，建造一座后无来者的三峡大坝。于是，他的眼前，浮出了更新更美的远景："更立西江石壁，截断巫山云雨，高峡出平湖。"如能做到这一点的话，巫山神女见状，将会做何观感？毛泽东发挥奇特的想象继续写道："神女应无恙，当惊世界殊！"

是啊，世界变化太大、太快，就连神仙都跟不上趟了，不得不大为惊叹，遑论渺小如蚂蚁的人类？

毛泽东想到做到，于是，在横渡万里长江之后，即向有关方面提出了重建黄鹤楼的设想。

1957年，毛泽东再次南下武汉，正式表态，并拨出专款，组成了一个庞大的黄鹤楼重建委员会。

得到集党、政、军权于一身的中国最高领导人的亲自拍板，黄鹤楼享受到了亘古未有的殊荣。

武汉长江大桥

六

由于自然灾害和政治动乱等因由，重建黄鹤楼的计划曾被两度搁浅。直到1975年，其设计方案才正式推出。

黄鹤楼的重建方案原有二十多个，其中为专家所推许、首肯的是宋式黄鹤楼方案。

若论中国古代建筑之峰巅，当数宋朝。宋代建筑，既保留了汉唐遗风，又没有明清的浮华与委琐。按宋式黄鹤楼方案，新楼因地制宜，依山造形、平面展开，尽得道家之风韵；与周围环境贴切地融为一体，透出一股难得的道风仙骨。

黄鹤楼之黄鹤，本来就是与道家中的神与仙紧密连在一起的。

中国的事情之所以复杂糟糕，其症结往往就在于长官的意

志代表一切。在具有几千年历史传统的官本位阴影笼罩下，专家们算得了什么？专家的意见再好再科学，手中无权，也只得撒手兴叹。

于是，现在所建新黄鹤楼以清代黄鹤楼为蓝本，并采用了现代建筑材料与工艺。

旧址黄鹄矶已成桥头，那新黄鹤楼建在哪里为好呢？

即使按照黄鹤楼越修越高的发展规律来看，临水且低矮的黄鹄矶也不太适合了。于是，就建在了后面高耸的蛇山之上。

新黄鹤楼于1981年破土动工，1985年主体工程竣工后开始对

外开放。

　　新建成的黄鹤楼共有五层，攒尖顶，层层飞檐，金色琉璃瓦覆盖。它高达五十一米四、宽为三十二米，不仅地势高于以往，就其本身，也超过了历史上任何一座旧楼。主楼修成后，工程并未停止，此后又按公园的规划与模式开始建造系列附属建筑群，有配亭、轩廊、牌坊、浮雕等，如胜象宝塔、涌月台、太白堂、搁笔亭、南楼、北榭、石镜亭、抱膝亭、留云阁、辛氏酒店、江城别墅……这些园林建筑群直到1990年才大体完工，粗略一算，约有景点一百多处。与之相配的，还有楼堂亭阁内陈列着的壁画、楹联、匾额、书法等艺术作品以及山石、盆景、花卉等装饰之物。

自有史记载的早期三国黄鹤楼开始，经过一千七百多年的风雨兴衰，从一条约三里长的围城所圈着的一座高观枕流的军事岗楼到今日以黄鹤楼为中心而形成的占地约十七公顷、圈得严严实实的黄鹤楼公园，黄鹤楼似乎在证实着马克思的一条重要辩证法：历史往往会出现惊人的相似，但它不是简单地回归，而是螺旋式向前发展。

今日黄鹤楼，离故址黄鹄矶数百米之远，它那高大的气势足可俯视、君临一切，似乎在与对岸曾有亚洲第一高塔之称的龟山电视塔一比高低。民谣曰："武昌有个黄鹤楼，半头插在云里头。"可谓言之有据，言之有理矣。

今日之黄鹤楼，虽然舍弃了宋式黄鹤楼的方式，但自有其难得的特点与优势。无论其高度体积、地势方位、构制形式、建筑工艺，还是名胜古迹、园林布局、陈列展览、绿化配置，均超过了以往任何一座旧楼。它容纳百川、博采众长，集古今之大成，实为一座具有较高品位的文化名楼。

于是，今日之黄鹤楼，受到了不少中外人士的赞誉。甚至有人将其比之于"黄山归来不看岳"而言为"黄鹤归来不登楼"。是的，即使与同有"江南三大名楼"之称的岳阳楼、滕王阁相比，其建制、规模与气势也远远超出其上，称它为"天下第一楼"，半点也不为过。

但是，我们应该看到，黄鹤楼作为一座沉淀了深厚传统历史文化内涵的千古名楼，对社会心理的作用与影响也是悠久、深远而多面的。

除正面的浸润而外，对其负面影响也不应忽略。

我记得民间还流传着这么一句民谣，那就是"黄鹤楼上看翻船"。只要稍做分析，一种袖手旁观、幸灾乐祸的变态心理不是溢于言表吗？在黄鹤楼上看见江中船只的倾覆，若想下去救助，一时恐怕也来不及。即便如此，我们不能怀点同情之心吗？不是可以想想此后免于翻船的法子吗？可在一些人阴暗的心里，却延续着邪恶的因子，"看戏不怕台高"，恨不得能为江中翻船一饱眼福而庆幸欢呼才是；若是没有翻船，他们恐怕还得为自己白白地爬了一趟高楼而深感遗憾吧？

再看新建的黄鹤楼，从主楼到配亭、轩廊、牌坊等附属建筑，都是一片耀眼的黄色。为何全取黄色？这恐怕与黄鹤楼的"黄"字不无关联。可是，自然界自古以来本无黄鹤，干吗非要弄上清一色的黄不可呢？再则，如果黄鹤楼只能是黄的，那么，白马寺就得全是白的，紫光塔全是紫的，金刚塔全是金的……如此推来，其思维模式、建筑设计不是太简单、太小儿科了吗？即使如此，主楼用黄色即可，那些附属建筑群为何也要追求这种唯一的色彩呢？

这，既是"文化大革命"单一的思维模式的结果，也受了黄色是皇权、高贵的象征等封建专制的潜意识影响。新黄鹤楼虽建于"文化大革命"之后，但其设计方案却诞生在"文化大革命"最盛之时，且经过主席的点头恩准，被打上"文化大革命"时代的烙印自是在所难免了。

说到底，巍峨高耸、整体庞大、色调单一的黄鹤楼是一个特殊时代的特殊产物。值得忧虑的是，不知它所形成的文化因子要影响到什么时候，也不知其潜在的作用深刻到什么程度。

我们无法苛求历史、苛求前人，但应该有足够的勇气面对残缺，正视千百年来积累至今的沉甸甸的现实。指出黄鹤楼存在的负面因素，是抱了一种对未来负责的忧患与严肃，就是为了让此后登临、观赏黄鹤楼的人们保有一种清醒的认识。

好在真正的文化人士并不太着意于黄鹤楼的外在形式，我在前面写过，他们心中有着一种强烈的"黄鹤情结"，他们所看重的是黄鹤楼的内在底蕴——心灵的、精神的黄鹤楼。黄鹤楼是一个特殊的符号，心中无物为有物，心中有物为无物，"黄鹤飞去且飞去，白云可留不可留"。物质的、外观的黄鹤楼之有无与形式如何，对他们来说，并非那么重要。

其实，今日黄鹤楼再高、再大，只要站在楼顶，也就可以对它来一番整体超越了。让我们暂时忘却身下的黄鹤楼，做一番放眼远眺吧！但见龟蛇二山，夹江对峙；对岸晴川阁历历可见，晴川饭店遥遥相望；汉水长江，汇为一流；波涛滚滚，一泻千里；百舸争流，往来如梭；昔日翻船之惨，已成历史；大桥飞架，车流如织；五百年前的荒凉芦洲汉口，已是大厦林立，一派繁华……

由此看来，今日高耸的黄鹤楼实在是为游人提供了一个新的坐标系，它使得我们的视野更为开阔。于是，思想、胸怀也在这种开阔与迎面吹来的清风中得到了过滤与净化。

写到这里，我不禁想起了清代萨迎阿状写黄鹤楼的一幅名联：

一楼萃三楚精神，云鹤俱空横笛在；
二水汇百川支派，古今无尽大江流。

鹤来鹤去，楼废楼兴，人事更迭，千年如斯。而我们所看重的，却是黄鹤楼千百年来凝聚而成的精神气韵与文化精粹。这潜在而浓厚的"黄鹤情结"，如长流的江水，如光耀之日月，将永远流贯、映照在人们心头。

谁
的
赤
壁

一

　　中国古代战争何止千万，后人津津乐道者，当数那些以少胜多的著名战例：牧野之战、巨鹿之战、昆阳之战、官渡之战、赤壁之战、夷陵之战、淝水之战、虎牢之战、郾城之战、鄱阳湖之战、萨尔浒之战……其中最为经典者，非赤壁之战莫属。

　　若论战争之规模、力量之悬殊、时间之久长、过程之惨烈、格局之改变，赤壁之战并非"全能冠军"，可其影响之深远，简直达到了家喻户晓、妇孺皆知的地步。经过千百年的渗透积淀，其过程、故事已凝聚为中国传统文化的特殊符号，比如仍活跃在当下语汇中的一批形象生动、内涵丰富的相关成语、俗语即是：单骑救主；舌战群儒；周瑜打黄盖——一个愿打一个愿挨；连环计；苦肉计；草船借箭；万事俱备，只欠东风；借东风……

　　赤壁之战何以能在这些以少胜多的著名战例中脱颖而出"拔得头筹"？除了战争本身的因素外，实与历代文学家、艺术家的"推波助澜"密不可分。

　　后人了解的赤壁之战，更多的是《三国演义》中的赤壁之战。《三国演义》全称为《三国志通俗演义》，是明代文学家罗贯中以文言史书《三国志》为蓝本创作的长篇白话演义。《三国志》是历史，而《三国演义》则是小说，正所谓"三分史实，七分虚构"也。赤壁之战，更是《三国演义》描写得最生动、最出色、最绚烂的华彩乐章。因此，后人通过《三国演义》所认识的赤壁之战是一场放大了的战争，其细节之鲜活、场景之惊险、情节之曲折、故事之感人、人物之浪漫、争斗之激烈、智谋之奇诡远远超出历史本身，艺术的真实显然高于历史的真实。

　　如果没有罗贯中的《三国演义》，三国之争、赤壁之战那如

赤壁古战场新景区

雷贯耳的知名度将大打折扣。

与此同时，其他文学、艺术创作的功劳也不可忽略与埋没。"二龙争战决雌雄，赤壁楼船扫地空。烈火张天照云海，周瑜于此破曹公。"李白的这首《赤壁歌送别》为提高赤壁之战的声誉无疑起了相当重要的作用。杜牧的《悠悠赤壁》似乎更为脍炙人口："折戟沉沙铁未销，自将磨洗认前朝。东风不与周郎便，铜雀春深锁二乔。"苏东坡的《念奴娇·赤壁怀古》《赤壁赋》《后赤壁赋》则将诗词的文学赤壁推向一个划时代的高峰……而延及今天的多门类艺术创作，如八十四集大型电视连续剧《三国演义》、吴宇森导演的电影《赤壁》，利用无与伦比的现代传媒优势，为三国之争、赤壁之战的宣传与普及更是起到了无可替代的推动作用。

正因为三国历史长期存在于说书、戏曲、书籍、电视、电影、录像等多种传媒之中，也就使得赤壁之战笼罩着一层朦胧的氤氲，令人一时难以窥见其"庐山真面目"。

那么，真实的赤壁之战到底是怎么一回事呢？

其实，综合陈寿的《三国志》、范晔的《后汉书》、司马光的《资治通鉴》等古代史书记载，以及吕思勉的《三国史话》、黎东方的《细说三国》、翦伯赞的《中国史纲要》、白寿彝的《中国通史》等研究成果，还原赤壁之战的本来面目并非难事。

二

要想厘清赤壁之战的事实真相，去除缭绕其上的历史迷雾，首先得明确赤壁之战的定义与范围。

就广义而言，赤壁之战起于建安十三年（208年）七月曹操进军荆州，止于第二年底曹仁奉命放弃江陵北撤襄阳。狭义的赤壁之战，仅指曹操在建安十三年十二月率军东进江夏，与周瑜所率东吴军队在乌林、赤壁遭遇，战败后逃回江陵。就赤壁之战的实际情形而言，曹操进军荆州的前奏不可忽略，赵子龙单骑救主、张飞喝断当阳桥的精彩故事便发生在这一阶段。等到火烧赤壁曹操退回荆州，三国鼎立的格局已成事实，赤壁之战即可画上句号，大可不必拖至曹仁退到襄阳为止。因此，赤壁之战既不是某一具体地理位置的战役，也不应将荆州战役的整个全局囊括其中；恰当而合理的界定，当指建安十三年七月曹操进军荆州，十二月率军东进并在赤壁遭到火攻，于当年底返回荆州为止。

东汉末年，面对风雨飘摇的局面，各路军阀无不拥兵自重，割据一方。当曹操于建安元年（196年）挟持汉献帝将都城从洛阳迁至自己割据、控制的地盘许昌之后，便在政治上获取了"挟天子以令诸侯"的优势。经过十多年苦心经营、东征西讨，建安十二年（207年），曹操终于翦灭北方群雄，统一了华北。其时，黄河流域乃中华民族的重心所在，"得中原者得天下"。素有结束混乱、一统天下之大志的曹操，更是踌躇满志，那鹰隼般的目光，自然而然地投向了南方的割据势力——占据荆州的刘表与安守江东的孙权。北方一马平川，宜于车骑部队作战，南方河流纵横交错、湖泊星罗棋布，水军则显得尤为重要。因此，曹操从塞外追剿袁绍残部刚一回到许昌，就开始挖掘玄武池，以训练水军。

正在这时，一个不好的消息传来，建安十三年初，刘表染了重疾，命投靠依附于他的刘备从驻守的新野北移樊城。刘备虽然兵微将寡、没有自己的地盘而东奔西跑，但他常打着皇叔的正统旗号，做着恢复大汉江山、登上皇帝宝座的美梦，颇具号召影响力。为求生存，刘备就曾依附过曹操，常韬光养晦地躲在后园浇水种菜。以曹操之智，于刘备心志，自然一眼就能窥破；故有读者熟知的三国典故"曹操煮酒论英雄"，还有曹操那句让刘备吓得心惊肉跳的试探性话语："今天下英雄，惟使君与操耳。"后刘备背叛曹操被击破，只好投靠远亲刘表。对虽懂时事，却不怎么会打仗的实干家刘表，曹操并不怎么担心，可刘备就不一样了。想想看，在曹操眼里，当今天下配得上"英雄"这一称号的，只有他和刘备。所谓一天不容二日，一山不容二虎，刘备一天不亡，曹操就一天不得安宁。其实，即使是胸无大志的刘表，对刘备这位远亲的胸怀与抱负也看得一清二楚，不得不防着几分。刘表让刘备远离当时的荆州治所襄阳，驻扎新野，帮着对付曹操，守卫荆州的北大门。只是刘表病重，担心曹操乘机南侵。他的大儿子刘琦常遭后母蔡氏陷害，主动领兵在外驻扎夏口，而幼子刘琮又不堪任事。刘表这才不得不抛开疑忌，命刘备率军前来樊城，帮着拱卫都城，同时也不乏"托孤"之意。樊城与襄阳仅一条汉水之隔，曹操闻讯大惊：要是刘表去世，襄阳乃至整个荆州便落入刘备之手，事情可就麻烦了。时不我待，曹操当机立断，决定整军南下，亲自征讨荆州。

赤壁之战就此拉开帷幕。

严格说来，这是一场曹操准备并不充分而提前打响的战役。他的战略目标十分明确，那就是占据荆州，消灭刘备。荆州不仅地理位置重要，正如《三国志·鲁肃传》中鲁肃所言："夫荆楚与国邻接，水流顺北，外带江汉，内阻山陵，有金城之固，沃野千里，士民殷富，若据而有之，此帝王之资也。"并且拥有近十万兵力，显然是一块难啃的"骨头"。

一口不能吃成胖子，仗只能一个接一个地打，当时的曹操，根本就没有想到要去吞并东吴。孙权与刘表是死对头，孙权之兄孙策就死于刘表部将黄祖之手，他们在江夏郡一带连年争战。而孙权与曹操则一直维持着一种特殊的"联姻"关系，从未翻脸；他奉以曹操为丞相的汉献帝为正统，领有太守职位与将军头衔，还准备将儿子送到许都作为人质，只是周瑜劝告才没有成行。孙权既隶属于曹操，至少名义上如此，在条件还没有成熟的情况下，曹操并不打算与他开战。他心中或许还想着征讨荆州，是在为东吴报仇雪恨呢。在长期的戎马生涯中，曹操十分重视谋士建议，出征荆州前，他专门征求过荀彧的意见。荀彧认为此仗占领荆州足矣，东吴势力可暂不考虑，留待以后再说。其实，刘表在荆州经营多年，博得了普通民众的好感与大族豪强的支持；如果以襄阳、樊城、江陵、夷陵等几个坚固的城池做依托，进行殊死抵抗，曹操能否拿下荆州、什么时候才能拿下，尚是一个无法预料的未知数。因此，东吴在曹操的视野之外，也在情理之中。

刘表调遣刘备驻守樊城，显然是他生前犯下的一个重大错误。刘备离开新野，荆州北大门失去一支抵抗劲敌的有生力量，曹操正好乘虚长驱直入。刘备拱卫都城，于反抗外敌而言，自然是多了一分底气；可一有风吹草动，刘表将养虎贻患，等于将荆州拱手相送。本想拱卫襄阳，更好地保护荆州地盘，不承想反而刺激曹操，加快了他南侵的速度。早已病瘫在床的刘表闻讯，不禁又气又急，忧惧交加，一命呜呼。

曹操没有想到此次南征竟然出奇地顺利，仿佛神助似的：他率军上路不久，刘表就撒手归西；刘表长子刘琦长期遭受排挤，荆州牧的宝座自然传给了幼子刘琮；刘琮软弱无能，在蒯越、韩嵩、傅巽等一班大臣的劝说下，决意投降曹操。

投降并不是什么光彩的事情，又恐事情多变，刘琮不想，也不敢让刘备早早知道。刘备发觉情形不对，派人询问刘琮抵敌之事。刘琮支支吾吾，等到曹操大军进至南阳郡宛城（今南阳市），投降之事已成定局，刘琮才派属官宋忠向刘备"宣旨"。刘备依附刘表，刘表传位于刘琮，如此推导，刘备当属刘琮部下；主公决策，臣子跟着执行就是了。刘备闻旨，不觉大惊失色，当即咆哮道："如此大事你们也不先跟我通报一声，等到大祸临头了才来宣旨，不是太过分了吗？"说着，当即拔出佩刀，欲杀掉宋忠解恨，好不容易才压住怒火饶了他一命。其实，刘琮还是厚道的，总算给刘备留了一手，让他有足够的时间"自谋生路"。如果再晚一点"宣旨"，刘备将成曹操的"瓮中之鳖"，历史会被完全改写，就不可能发生此后为人们津津乐道的三国故事了。

三十六计，走为上计。此时的刘备，除了逃跑一途，已别无选择。于是，他带着一干人马，匆匆渡过汉水，经襄阳向南撤退。据《三国志·先主传》所载："过襄阳，诸葛亮说先主攻琮，荆州可有。先主曰：'吾不忍也。'"诸葛亮建议刘备乘机夺取襄阳，与其说刘备"不忍也"，不如说他"不能也"。襄阳自古号称铁打的城墙，易守难攻，城内拥有约三万名忠于刘表的陆军主力。而刘备的水陆军加在一起也只有万人左右，何况还带着数万家属及大量辎重，要想在短时间内攻下襄阳，无异于痴人说梦。而这时，曹操按正常的行军速度，只需八天即可抵达襄阳，说不定还会受到刘琮与曹军的前后夹击。刘备即使攻下襄阳，面对曹操统率的北方劲旅，要想守住也是难之又难。因此，刘备最为明智的选择就是加速南逃，稍稍延宕，便会面临全军覆没的危险。若《三国志·先主传》中这一记载属实，那么诸葛亮的建议显然并非上策。从隆中"出山"才一年的他，还得在不断的实践中锻铸打磨，才能变成神算孔明。对此，吕思勉则在《三国史话》中为诸葛亮辩护道："'诸葛一生唯谨慎'，怕不会出这种主意吧？"

如果说曹操面临重大的战略决策时慎之又慎，那么在具体战术上，他常常会出其不意，甚至冒险而行。当他听说刘备离开樊城向江陵南逃之后，马上亲点五千精锐骑兵，以每天三百里的速度，昼夜不舍地追将而去。江陵（今荆州市）为荆州重镇，有刘表最大的水军基地，水军主力二万五千人。此外，那里还存有大量的武器、粮草等后勤储备。曹操既不能让刘备抢先占领江陵，也不能让他再次逃脱自己的掌心。

刘备虽然闻风而逃，可南撤的速度却十分缓慢。沿途许多百姓、士人，还有刘琮那些不愿投降曹操的部下，都跟着他一同前行。十多万随行人员，数千辎重车辆，以每天十多里的速度蜗牛般缓缓南行。

三百里与十几里，两相对比，曹操很快就追上了刘备，两军在当阳长坂相遇。一方是南征北讨、斗志昂扬的骑兵精锐，一方是扶老携幼的民众、参差不齐的行伍，胜负立时可见，用"惨败"二字形容刘备一点也不为过。《三国志·先主传》对此次战役的记载虽只寥寥数语，却真实地再现了刘备当时的狼狈与窘

赤壁摩崖石刻（戴富瑺摄）

迫：“先主弃妻子，与诸葛亮、张飞、赵云等数十骑走，曹公大获其人众辎重。”

仗打到这个份上，只有数十人追随的刘备被曹操擒获不过时间早晚的事情罢了，而曹操占据重镇江陵、吞并整个荆州更是没有半点悬念。没想到的是，正在这个节骨眼上，东吴的鲁肃一杠子斜插了进来，使得似乎已成定局的天下大势顿时变得波谲云诡。

<h1 style="text-align:center">三</h1>

《三国演义》中的鲁肃，与历史上真实的鲁肃有着较大的差别。罗贯中笔下的鲁肃，是一个听凭他人摆布，没有多少主见的好好先生；而实际上，鲁肃相貌堂堂、学识广博、豪放不羁，有一股他人难以匹敌的大丈夫气概及战略家眼光。《三国志》说他

"建独断之明，出众人之表，实奇才也"。他与周瑜交情颇深，两人一同投奔东吴，颇受孙权器重。东吴由最初的依附汉室转而鼎足江东，实与鲁肃的谋略密不可分。

曹军南下、刘表去世，集战略家的雄才与外交家的胸怀于一身的鲁肃洞察秋毫，决定抓住这一稍纵即逝的机遇，于是主动向孙权请缨——"奉命吊表二子"。吊唁杀父仇人，走的显然是一步"政治棋"。唇亡则齿寒，鲁肃的目的是以吊唁为名"慰劳其军中用事者"，与荆州尽释前嫌、结成联盟，"同心一意，共治曹操"。

等到鲁肃从东吴赶到夏口，又从夏口星夜兼程、风尘仆仆地赶到南郡之时，荆州的局势已如江河日下，变得不可收拾：刘琮听从部下的意见，早已投降曹操。联络荆州势力共同抗击曹操的计划就此落空，可鲁肃并未打道回府而是向襄阳方向继续前行，刘琮降曹，还有刘备呢。启程之前，鲁肃就考虑过刘备这支势力，他向孙权分析道："加刘备天下枭雄，与操有隙，寄寓于表，表恶其能而不能用也。若备与彼协心，上下齐同，则宜抚安，与结盟好；如有离违，宜别图之，以济大事。"当他听说刘备"惶遽奔走，欲南渡江"后，就赶紧迎上前去。在当阳附近，鲁肃终于与刘备相遇。不过此时的刘备，刚刚遭到曹操五千轻骑的追剿袭击，狼狈衰疲已极。面对仅剩数十随从的刘备，鲁肃深知他的韧性与潜力，不仅没有轻视之意，反而给他鼓劲打气——"因宣权旨，论天下事势，致殷勤之意"。精明且不乏狡猾的鲁肃并不急于向刘备道出自己的意见，而是打听刘备下一步的行动计划。刘备回道："与苍梧太守吴巨有旧，欲往投之。"哦，原来是想投靠一个偏远小郡的太守，可见此时的刘备，也真的到了山穷水尽的地步。刘备的底牌一旦亮出，鲁肃的心里更加有底了；此时此刻，如果拉他投靠势力更加强大、前景更加可观的孙权，刘备会答应得更加爽快的。果不其然，当鲁肃将孙权的"聪明仁惠，敬贤礼士"与江东的"兵精粮多，足以立事"等情况对刘备一番陈说并劝他"与权并力""共济世业"之后，刘备大喜，"即共定交"。

如果没有鲁肃的出现与游说，刘备的唯一选择就是投靠苍梧太守。因为孙权与刘表互为仇敌，刘备作为刘表军事势力的一部分，与孙权自然也互相敌视。在孙权方面没有明确表态之前，刘备是不可能考虑投靠东吴的。因此，他只是一个劲地往南撤退，从不敢向东。如若东进，就得冒孙权与曹操两面夹击的可能与危险。

采纳鲁肃建议之后，刘备立时改变了行军方向，由南而东向东吴靠近。

缓过一口气之后，刘备开始集结残余部队，陆军所剩不到八百。走到汉津，与关羽的两千水军会合，势力稍大。继续向东到了夏口（今汉口），又与驻扎在那儿的刘表长子刘琦的万余人马合为一处。如此一来，刘备感觉自己又有了一点底气，不仅有了一万三千人马，还有了一块不大不小的根据地——夏口及附近半个江夏郡。这时，刘备就想着不去投靠东吴了。这些年来，他几乎全在投靠他人中过活，屈指算来，先后就投靠过刘焉、公孙瓒、陶谦、曹操、袁绍、刘表等人。寄人篱下，就意味着失去自尊、委曲求全，个中滋味，他实在是受够了。可为了保住性命，为了心中那个遥不可及的梦想，又不得不屈从现实。而今，不到走投无路之际，刘备再也不想走过去的老路了。然而，他的去与留又非个人意志所能左右。如果曹操继续追击，一万多人马是无法与之抗衡的。当曹操占据江陵之后，进攻的步伐停止了。突然间得到过去十多年拉锯战都没有得到的战略重地荆州，兴奋之余，曹操还得进行一些内部消化处理，比如收纳降众、安抚百姓、扩编整训等。这便给刘备有了一定的喘息之机。同时，他也幻想着曹操就此停止进攻；那么他就可以凭借自己的威望及皇叔身份的影响，以夏口为基地，恢复元气，东山再起。

经过三个月休整，曹操并未停止前进的步伐，而是亲率大军，顺江东下。他看透了刘备，不能让他继续东奔西窜制造麻烦，一定要将他置之死地而后快。东进之前，曹操再次征求谋士意见，贾诩劝他不必急躁冒进，先稳定荆州已占地区为上策。表面看来，曹操此次并未听从贾诩建议，而是挥师东进；可实际上，他采纳了其中关键性的内容。从诸多史料与证据分析，曹操此次出兵，目标并非东吴，而是消灭退至夏口安营扎寨的刘备以及荆州的残余势力刘琦。夏口是荆州东面的战略门户，地位实在是太重要了，进可顺江而下威胁江东，退可据守拱卫荆州。这将是荆州战役的最后一仗，他要将夏口及江夏郡纳入自己麾下。控制整个荆州之后，在曹操眼里，东吴便成了他统一天下的最后一个障碍；只要灭了孙权，其余几个小规模割据势力全都不在话下了。作为一名出色的战略家，曹操虽在具体战术上常常大胆弄险；而于总体战略方针，特别是攻打据险而守的东吴，他会慎之又慎。战争一旦打响，战线会在数千里的长江中下游及其流域拉得很长，在运输供给、进军路线、军力协调等方面都得有一番总揽全局的通盘考虑。而从江陵发起的这次战役，曹操只部署了两路兵力夹攻夏口。真要进占东吴，曹操至少会在扬州、合肥等地多方牵制、同时用兵，决不会连个最起码的多路出击、多方呼应都没有。对此，《三国志·武帝纪》明确写道："公自江陵征备。"

刘备停驻夏口也给曹操造成了一定的错觉，要是他没有观望，而是迅速进入东吴境内投奔孙权，曹操的军事策略肯定相应地会有所改变。曹操的失误在于没有认真考虑、对待孙权，忽略了孙、刘之间联手的可能性；更没想到东吴军队会像棋盘中的棋子"车"那样杀出自己地盘，越过界河，直入荆州之地与他决一死战。他很可能一厢情愿地认为除掉刘备、刘琦是为孙权报了不共戴天的杀父之仇，只要不进入东吴地盘"打草惊蛇"，奉汉献帝为正朔的孙权会按兵不动，甚至还幻想着孙权与他东西夹击或是替他将刘备、刘琦除掉并献上他们的首级呢。

曹操从江陵浩浩荡荡地率军东下，留在夏口观望犹豫的刘备再也沉不住气了，就连性格一向从容沉稳的诸葛亮也万分焦急地对刘备说："事急矣，请奉命求救于孙将军。"此时，鲁肃又不失时机地出现在刘备面前，劝他放弃夏口，进入东吴之地樊口（今鄂州西北）。鲁肃之所以一直待在夏口没有返回东吴复命，就是要将一件事情做到底，将刘备拉入孙权阵营，壮大反曹势力。鲁肃心头十分清楚，曹操灭掉荆州，下一个目标除了东吴，还是东吴。经过一番艰难斡旋，他终于取得了圆满成功，再次陷入绝境的刘备只好"从鲁肃计，进住鄂县之樊口"。面对风云突变、形势复杂的艰难局面，鲁肃的个人智慧与外交才能得到了充分展示。

其时，孙权"拥军在柴桑（今九江西南），观望成败"，他曾说过"非豫州莫与当曹操也"之类的激赏之语，深知刘备势力之重要。因此，当鲁肃带着诸葛亮一同回到柴桑不久，孙权即予重奖，任命他为赞军校尉。

四

赤壁之战的具体经过，譬如诸葛亮劝说孙权抗曹、黄盖诈降火烧曹营、曹操败走华容等，读者大多耳熟能详；笔者在此不再赘述，仅就相关重要的历史真相予以澄清说明。

　　孙权将曹操的死敌刘备及荆州的残余势力刘琦纳入东吴的保护伞下，让他们躲入自己的地盘樊口避难，便意味着与曹操翻脸，面临不可预测的战争风险。也就是说，在诸葛亮还没有面见孙权之时，东吴早就做好了抗曹迎战的思想准备。孙权不是刚刚即位的刘琮，他虽然没有一统天下的野心，但有谋略、有主见，"能屈身忍辱，任才尚贤，有勾践之奇，英人之杰矣"。他心里十分清楚，凭借东吴的地理格局，以己之长"限江自保"应该没有多大问题。因此，哪怕部将畏怯、众臣怂恿，他也不会轻易言降。诸葛亮前来柴桑，主要任务并非劝说孙权抗曹，而是为刘备争取更多、更好的地位与待遇，并商定具体的出兵方略。事实证明：诸葛亮不辱使命，刘备本是投奔孙权寻求庇护，却并未成为孙权部下；而是按刘备旨意，"结同盟誓"，争取到了平等抗曹的联盟地位。当然，这也是要付出代价的，那就是在战后利益的分配上做了重大让步。比如刘备、刘琦本是荆州主人，后来却不得不向孙权"借荆州"，就是一大明证。面对顺江东下、来势汹汹的曹军，孙权决定出其不意，于东吴境外主动迎敌，在荆州地盘展开决战。而这，又须刘备、刘琦让步方有可能做到，那就是放弃对夏口及荆州江夏郡的控制权，任凭东吴军队出入。当孙、刘结成同盟之后，周瑜便率东吴精锐水军逆流而上抵达樊口，正在那里"避风"的刘备有了东吴大军做后盾，也就随同周瑜一起返回夏口。然而，此后的夏口，就再也不是刘备、刘琦的地盘，而是高高飘扬着火红的"孙"字战旗了。自孙坚、孙策即开始梦寐以求，历经无数次血腥战争未能得到的战略要地夏口，就这样轻而易举地被孙权收入囊中。至于刘备、诸葛亮与东吴孙权到底有过什么样的秘密协议，是否形诸文字，今天已无从知晓；但从刘备做出的一系列重大让步可以得知，结盟双方有过一番反反复复的讨价还价，达成的协议于刘备方面来说，显然属于"不平等条约"。

曹操舳舻千里顺江而下，号称八十万大军；而实际兵力，综合各方面的历史资料，当为二十万左右。南征荆州时，曹操所率军队十五六万，在荆州收容降军七八万，加在一起约二十四万。二十四万军队，不可能随曹操一同出征，至少要在襄阳、江陵、夷陵等荆州重镇驻扎一些守城部队。

我们再看抗击曹操的孙、刘联军。就现有史料而言，孙、刘虽然结盟，但刘备、刘琦军队并未投入赤壁之战。并非刘备保存实力耍滑头做壁上观，而是心高气盛的周瑜不让刘备插手，他豪情满怀地对刘备说道："豫州但观瑜破之。"刘备曾任豫州刺史，故有刘豫州之称。此语不仅把曹操不放在眼里，对刘备也多少带点藐视的味道——您老人家尽管看我周瑜打败曹军，享受胜利果实得啦，就不必前来凑热闹添乱了！《三国志·周瑜传》及《江表传》都明确记载，周瑜所率东吴精锐水军计三万人，而实际用于赤壁之战的兵力只有两万。据《三国志·吴主传》所载："瑜、普为左右督，各领万人，与备俱进，遇于赤壁，大破曹公军。"也就是说，周瑜、程普各率一万水军在赤壁大败曹操。另外一万水军上哪去了？极有可能留守夏口了。夏口不仅地理位置重要，且刚刚被东吴拿到手中，周瑜不敢有半点疏忽大意，又因为曹操分兵两路夹击夏口，所以不得不严防死守。

二十万对二万，十比一的比例，表面上看，曹军占据绝对优势。可只要我们稍加分析，就会觉得，曹操的军力并非那么强大。曹军千里奔袭，尚未充分休整又顺江东下，已是疲惫至极，正所谓"强弓末弩，势不能穿鲁缟也"。加之北方士兵水土不服，疫病流行，战斗力大打折扣。而赤壁之战主要是双方的水军之战，曹操在邺城建造玄武湖训练的水军是用于对付荆州水军的，尚未训练成功就因情势所迫匆匆南下，因此不堪重用。刘琮

周瑜雕像（刘克强摄）

望风而降，曹操收纳荆州军士七八万人，其中水军不到三万。据有记载的孙权与刘表的六次水军交战结果来看，东吴全部获胜，没有一次失手。由此可见，荆州水军实力，也远远不及东吴。随曹操一同南下的水军没有实战经验，而荆州水军的作战能力又远逊于东吴，加之全是降卒，还来不及整训、融入曹军，人心不齐、士气不振在所难免。两相比照，可见周瑜军队虽少，但在斗志、实力等方面，却有相当的优势。

不少研究三国历史的专家认为，孙权之所以下定决心不惜一切地与曹军决一死战，是受到曹操对他的强烈刺激，其转折点与导火索就在于曹操写给他的一封不宣战书的信函。这封书信不见于《三国志》正文，而是收录在《三国志·吴主传》的裴松之注引《江表传》中："近者奉辞伐罪，旌麾南指，刘琮束手。今治水军八十万众，方与将军会猎于吴。"史料严谨的《三国志》为何不收录这封重要的书信？极有可能，曹操根本就没有写过这么一封信。即使写了，也不等于就是一封战书。曹操写得很明确，是与孙权一同"会猎"，而不是将孙权视为"猎物"。既与孙权一同打猎，自然就有捕猎对象，那么"猎物"到底是谁？当然是刘备了。刘备一听说曹操顺流东下，就在鲁肃的劝说下急速退至鄂州樊口。樊口属吴地，两人一同在吴地捕获他们的共同敌人，也就是猎物刘备，不是一件顺理成章的事情吗？如果将这封信视为战书，分量显然不够。当然，曹操号称水军八十万众，其虚夸得意之情溢于言表。这多少也体现了曹操骨子里的诗人情怀，可以看出他既是一位头脑清醒、逻辑严谨的政治家与军事家，也是一位激情充沛、思维跳跃的文学家，是一位性情中人。当然，这封信肯定会让孙权极不舒服，也许，这正是曹操所要达到的目的与本意。势头正旺、兴头正盛的曹操，有意恐吓、戏弄一下孙权，又何尝不可呢？说不定东吴也像荆州那样望风而降，也未可知呢！

当然，如果曹操真的写了这封信，从其内容可以看出，他对东吴与孙权并未真正"吃透"。刘备进驻鄂州樊口而孙权并未采取行动，明知东吴已经接纳刘备，也没有让他引起足够的重视。他一厢情愿的想法是：我只袭取全部荆州，不会向你东吴开刀，咱们井水不犯河水好啦。他没有想到，夏口于东吴来说，是一个多么敏感而关键的所在！一旦曹操占据，就意味着东吴将永远失去这一重要的战略宝地，况且唇亡齿寒，孙权岂能坐视不管？！

狭义的赤壁之战其实包括两次战役，一次是发生在赤壁江面的遭遇战，另一次便是人所共知的火烧赤壁。曹操大军顺流向东，周瑜水军逆流而西，两军在赤壁江面相遇。关于赤壁首战，《三国志·周瑜传》写道："时曹公军众已有疾病，初一交战，公军败退。"东吴已经主动迎敌参战了，且打得先头部队落荒而逃。令人不可思议的是，这一严峻的事实仍未引起曹操注意，没让他清醒过来。如果说曹操被胜利冲昏了头脑仍陶醉其中，显然与实情不符。合理的解释是，此次遭遇战虽然打了个措手不及，但曹军的损失并不大；并且败在疾病，水土一旦适应，病情慢慢好转，就可以打个翻身仗了。曹军浩浩荡荡，在数量上占绝对优势，也确实没有必要草木皆兵地将两万东吴水军格外放在眼里。也许，曹操还想着孙权主动来犯——无险可依、无民可恃，正好可以消灭对方的有生力量，为下一步荡平东吴奠定基础呢。善于打仗的曹操初一交锋，马上看出己方水军不如东吴，便采取了稳扎稳打、步步为营的策略，将大军引向江北的乌林并转入防御态势。其时已是12月，曹操就想在此过冬休整，等待明年开春再行进攻。结果疏于防范，让周瑜钻了空子，以火攻方式使得曹操功亏一篑。

再就火烧赤壁的规模及结果来看，史书及《三国演义》等文艺作品多有夸大之嫌。两万水军，哪怕精锐无比，要想一口吃掉二十万大军，无异于痴人说梦；况且曹操所率南下之军，也是久经沙场的精锐。于是，周瑜审时度势，认为只有速战速决，赶跑曹军，方为上策。周瑜部将黄盖也曾说道："寇众我寡，难与持久。然观操军船舰首尾相接，可烧而走也。"所谓"烧而走也"，就是利用曹军的弱点火攻，将其赶跑。因此，火攻既是前奏，也是战役的主要内容。曹操千艘军舰沿长江北岸用铁锁连成一串，对前来诈降的黄盖没有任何防范，风助火势，冲天大火迅速蔓延开来并延及岸上军营。各军舰一时间难以挣脱单独逃散，军士纷纷跳至岸上逃命。周瑜水军虽尾随黄盖擂鼓而进，也只是虚张声势、吓唬威胁而已，并未追到岸上与曹军展开大规模的殊死拼杀。火攻的主要作用与意义，不在于杀伤敌人，而是打乱敌人的阵脚，扰乱敌人的军心，动摇敌人的斗志。

敌我力量过于悬殊，孙权与刘备首先考虑的是保全实力，保证自己不被曹操吃掉。因此，在胜负未卜的情况下，他们就那么一点可以使用的兵力，实在无力考虑在曹操败退的路上预先设伏。实际情形是曹操主动撤退，孙刘联军水陆并进，尾随曹军，紧追不舍。曹操如惊弓之鸟，匆匆败退，逃得不快的残部与散兵，自然为孙刘联军所擒杀。

曹操经华容退回江陵，清点部队，损失相当惨重。但死于赤壁的军士为数并不多，只有一部分烧死者与溺死者，其余主要死于败退途中的饥饿、疾病与瘟疫。

赤壁一战，曹操水军船只全部被焚，但有相当一部分却是他主动烧毁的。据《资治通鉴》记载，黄盖仅以十艘装满火药的快船为先锋闯入曹军水寨，哪怕风势再大、火力再猛，一下子也难以烧尽排列江岸的千艘军舰。只是曹操受到冲击与惊吓，觉得此次东征经此一战，已无再战之力，遂决意全军引退。停靠岸边的军舰无法一同撤走，可又不能将这些船只、装备留给敌军；于是，曹操索性下令士兵四处放火，将余下船只一并烧毁，一艘也不留存。曹军撤退途中，因仍保有较强的步骑作战能力，也并非史书记载、文艺作品描写、后人想象的那么仓皇狼狈。为此，曹操后来在给孙权的一封信中为自己辩解道："赤壁之役，值有疾病，孤烧船自退，横使周瑜虚获此名。"信中虽有粉饰自己之嫌，却也道出了火烧赤壁的部分事实，就连《三国志·吴主传》也说"公烧其余船引退"。

五

历史的尘埃已经落定，赤壁之战的熊熊大火早就熄灭在遥远的岁月深处。无论我们怎么努力，也无法将这场发生在一千八百年前的战争还原它的原始本真状态，我们所能做的，只是尽可能地逼近客观与真实而已。

英雄成败论三国，三国关键在赤壁。赤壁之战的深远影响，既在于充满华夏智慧与文化的战争本身，也在于那改变历史走向的结果。

赤壁一战，使得曹操、孙权、刘备三大军事集团重新"洗牌"：刘备绝处逢生，终于逃脱了曹操欲置之死地而后快的追杀，有了荆州南方四郡的地盘，从此不再寄人篱下像丧家狗似的东逃西窜。孙权的势力更加强大，不仅江东之地稳如磐石，版图还向西迅速扩张；本属刘备与刘琦的荆州，孙刘一场联盟之后，主人却名正言顺地换成了孙权。刘备暂时驻扎其上，那是孙权借给他的，东吴一旦索要，就得乖乖地"物归原主"。受到严重挫折的曹操不得不退回北方，水军的覆灭使得他再也没有实力率军大举南下；要想攻克江南，没有强大的水军，显然只能停留于幻想与梦呓。赤壁之战搁他心头成了一个无法超越的隐痛与障碍，一把大火不仅烧毁了曹军的所有船只，也烧毁了他的勃勃雄心与冲天大志。终其有生之年，曹操的势力再也没有达到江南，仅局限于中原及北部。善于吸取教训、总结经验的曹操，清醒地认识到自己已无法完成统一大业，便在内部采取休养生息、开源固本、富兵强国的策略，使魏国长期处于有利的战略地位，为后继者征服蜀吴奠定坚实的基础。

赤壁之战不论其范围、规模、时间、经过、细节如何，总之是给中国历史大局突然间来了个关键性的停顿与转折，东汉末年群雄角逐、分裂混乱的局面就此走向相对稳定的三国鼎立之势。

赤壁之战随着时间的推移如陈酿老酒般越香越醇，闪射着一股经久不衰的神奇魅力，还在于它本身所具有的丰富、多元而敞开的广阔空间，以及由此而生发出的无数诠释与可能。

　　赤壁之战因战争的发生之地而得名，颇有意味的是，就连赤壁之地到底在哪里，很长一段时间都是一笔"糊涂账"。

　　自赤壁之战结束以来的历朝史籍，特别是记载三国历史的权威性著作如《三国志》《后汉书》等，在论及赤壁的具体地址时皆语焉不详。其实，陈寿出生时，正值三国对峙、战争频仍之际。他于280年，也即晋灭东吴、结束三国分裂这一年开始撰写《三国志》。那时离赤壁之战发生的时间只有七十多年，要想弄清详细地点并非难事，却被他有意无意间给忽略了。也许，在他眼里——以当时情形而言，战争的地点就在赤壁不是写得清清楚楚、明明白白吗，还有什么必要画蛇添足地详加记载论述呢？然而，就是这看似不成问题的问题，在后世却引出许许多多的大问题；以至于20世纪70年代后期，在学术界、旅游界引发了一场关于赤壁之战到底发生在何地的大论战，时间持续二十多年之久，被人戏称为"新赤壁大战"。

　　正因为没有详细记载，便为后世提供了发挥想象的广阔空间。时间一长，江河改道、人事变迁、沧海桑田，清晰的物事变得模糊，模糊的东西湮灭无迹。从唐朝开始，有关三国的各类文献里就出现了五个赤壁之说，后来又增加到七个、九个甚至十二个之多。这些赤壁之说，除开那些纯属子虚乌有、一看就是牵强附会、胡编乱造者外，有史料、传说、地形、地名等做依据，"有鼻子有眼睛"能够自圆其说的赤壁还有七个：蒲圻赤壁（今赤壁市）、黄州赤壁、汉阳赤壁、汉川赤壁、嘉鱼赤壁、武昌赤壁、钟祥赤壁。这些赤壁有的在长江边，有的在汉水边，有的干脆远离江水深入内陆。古时江与水不分，加之江河改道，仅凭是否临水已不足以辨析真伪；并且这些赤壁，都或远或近地与一个名叫乌林的地点相对应。

　　真理越辩越明，学术论争于赤壁之战遗址的明确与界定，无疑是一件好事。当这场"新赤壁大战"的硝烟散尽，1998年，经国务院批准，蒲圻市更名为赤壁市。尽管还有疑问，某些说法尚有待澄清或值得商榷，但赤壁之地的归属已成事实。

面对神奇得多少带点玄妙与迷幻色彩的赤壁之战，一直缠绕在我心头的一个重要问题，便是本篇文章的标题：谁的赤壁？

是的，赤壁到底是谁的呢？

这一疑问包括多重含义：赤壁之地由谁命名？赤壁之战的主角是谁？是谁将孙刘联军与曹操决战的地址不偏不倚地选在了赤壁？真正的，属于那场战争的唯一赤壁到底是谁？又是谁使得赤壁声名远播以至于穿越时空？

答案无疑相当丰富。

赤壁之名的由来，有的说自古有之，有的说出自传说，还有的说是当年的大火烧红或者说映红了江边山崖才有赤壁之名……说法多多，难以考证，唯一可以确定的是，此名不会存在署名权之争。

就战争的当事人而言，引来曹操紧追不舍的主角是刘备，促成孙刘联盟的主角是鲁肃，使孙刘达成具体协议的是诸葛亮，决意迎战的主角是孙权，指挥战斗的主角是周瑜，火烧赤壁的主角是黄盖……当然还少不了曹操这一主角的主角，没有他的失败相映衬，哪来各路英雄的豪气与伟岸？

那么，又是谁选择了赤壁之地，使其爆发一场大战，让古今中外的目光在此停留逡巡？是孙权的主动出击，是周瑜的具体决策，是曹操初战失利退得恰到好处……或许，最终还是那冥冥之中的作用，比如裴松之便将这场战争的结果归于天意与宿命："赤壁之败，盖有运数。实由疾疫大兴，以损凌厉之锋；凯风自南，用成焚如之势。天实为之，岂人事哉？"是的，没有爆发的瘟疫与突起的南风，孙刘联军怎么也奈何不了曹操。

　　战后涌出的多至十二处赤壁，严格而言，只有一处为真。然而，话也不能说得那么绝对。赤壁之战历经了几个阶段，时间与战线拉得那么长，其他几处赤壁虽然没有火攻，但曹操与孙刘联军在当地有过规模或大或小的争斗，这种情形应该是存在的。也就是说，可能有好几处与赤壁大战有缘。如此一来，赤壁之地的归属又当如何界定？

　　如果强调仅有一处为真，则蒲圻赤壁已成定论。赤壁市正加大力度投入建设，围绕三国文化大做文章，以将其打造为中外闻名的旅游胜地。其他赤壁多有不服，还在争论不已，还在自话自说；真可谓余音袅袅，不绝如缕。

　　就赤壁之战的宣传与传播而言，陈寿、范晔、罗贯中、李白、杜牧、司马光功不可没。特别是苏轼，人们干脆将黄州赤壁以他的号——东坡居士——命名，称为东坡赤壁。

．．．．．．．．．．．．

　　赤壁赤壁，到底是谁的赤壁？

六

　　广为人知的赤壁之地，一是蒲圻赤壁，二为黄州赤壁。

　　这两处赤壁，我都去过，且黄州赤壁还去过两次，另一处江夏赤壁也曾前往探访。综合诸多史料记载，结合实地寻访心得，我个人倾向于赤壁之战的发生地，当在蒲圻赤壁。

　　而黄州赤壁在某种程度上，名气还要超过蒲圻赤壁，这当然是苏东坡的功劳。

　　想当年，苏东坡因乌台诗案被贬谪黄州。四年多的底层生活，使得他看淡功名利禄，超越自我，成为具有道风仙骨、闲适自在的一代文豪。

　　黄州赤壁，于苏东坡的脱胎换骨起到了一定的酵母作用。他在《念奴娇·赤壁怀古》中写道："故垒西边，人道是，三国周郎赤壁。"一句"人道是"，可见他也不相信黄州赤壁就是赤壁之战的真正发生地。苏东坡不是考古学家，不以考据为凭，黄州赤壁只是他作品中的一个重要载体，借物以抒怀："故国神游，多情应笑我，早生华发。人生如梦，一樽还酹江月。"《赤壁赋》《后赤壁赋》也是写他游于赤壁之下，对天地人生的深刻感悟。

　　苏东坡于九百多年前为黄州赤壁争得了赫赫名声，在被后人称为东坡赤壁时，黄州赤壁还享有文赤壁之称。

　　那么真正的赤壁——蒲圻赤壁，当是武赤壁了。

　　武赤壁名气不如文赤壁，开发相对较晚，直到2007年11月下旬，我才借出差之机前往武赤壁。

　　不仅原蒲圻市改为赤壁市，就连武赤壁所在地也于1983年由原石头口更名为赤壁镇。有趣的是赤壁镇的更名比赤壁市还早了十五年，也就是说，当"新赤壁大战"正酣之时，赤壁镇就领到了"出生证"。

　　武赤壁遗址位于长江南岸，距赤壁市区约四十公里。它紧傍江边，与北岸的洪湖乌林镇，也就是曹操当年撤退后的水军营地隔江相望。

　　赤壁景区由金鸾山、南屏山、赤壁山组成。三座山头都不甚高，最高的赤壁山海拔高度仅六十米。三山一脉相连，由东南向西北迤逦绵延，构成一个相对完整的整体，整个赤壁园区占地面积一点二平方公里。

　　进入书有"赤壁古风"四个大字的山门，我们一行以金鸾山、南屏山、赤壁山为序，依次前行。

　　每座山头，似乎都有一个主题，围绕主题布置着相当丰富的

凤雏庵（戴富璟摄）

人文景观。

　　金鸾山古时名西山，山上建有西山草庵。据说号称凤雏的庞统先生为避害战乱，由襄阳来到赤壁，在此隐居、研读兵书。于是，金鸾山的景点便以庞统为中心展开了。这里有凤雏庵，庵内正殿供奉着庞统的全身塑像，两侧对联写道："造物多忌才，龙凤岂容归一室；先生如不死，江山未必许三分。"庵外不远处有一座庞统桥，一口庞统井，还有一棵据说是庞统亲手栽种的银杏树。庞统是否隐居此地，银杏是否是凤雏先生手植，这些问题都不重要；重要的是那棵有着一千八百多年历史的银杏，长得高大硕壮，茂盛的枝叶撑出一片巨大的绿荫，那倒垂的树瘤（树龄超过千年才会长瘤）让我真切地感到了一股历史的悲凉与沧桑。

　　翻过金鸾山，是以诸葛亮为主题打造出来的南屏山。诸葛亮死后被刘禅封为忠武侯，南屏山的主体建筑便是一座二进殿式的武侯宫。武侯宫建于宋代，传说当年诸葛亮的祭风台就建在

武 侯 宫

这里，所以后来又改名为拜风台。据说，赤壁道于1936年重建时从地底掘出一块残碑，"祭风台"三字历历在目。走近宫门，但见书有"武宫侯"字样的横幅及"拜风台"字样的竖匾一下一上地同时挂于门楣之上。于是，我眼前便浮出了诸葛亮按四方八位、二十八宿、六十四卦筑就的七星坛，以及他沐浴斋戒后立于坛顶、步罡踏斗、披发仗剑，念念有词地祭拜东风的情景……当然，"借东风"是艺术加工虚构出来的。真实的赤壁大战中诸葛亮基本隐居幕后，就连令人啧啧称道的"草船借箭"，本是孙权对付魏军的一次计谋，经罗贯中移花接木后便成了诸葛孔明的"专利"。

直到此时，我才明晰地感到，武赤壁景区的构建与打造并非遵循严格的历史事实。比如刚刚走过的金鸾山、凤雏庵便以《三国演义》中的庞统给曹操献上连环计，为火烧赤壁建立功勋这一故事为基础而建。其实，历史上并无庞统献计之事。曹操与

赤壁景区草船借箭

周瑜水军初战不利，他根据自己身边谋士建议，下令连接战船。自然也无蒋干夜闻读书之声，前往庵中拜访凤雏，一同携归曹操之事了。《三国演义》中描写的赤壁大战与真实的赤壁之战出入甚多，比如蒋干盗书、曹操赋诗、关羽义释曹操等，历史本无其事，全是罗贯中那支生花妙笔舞动的结果。不过，我们真得感谢罗贯中先生才是，经他鬼斧神工地创造，绘声绘色地描述，赤壁之战变得更加瑰丽神奇了：诸葛亮舌战群儒与智激周瑜，蒋干盗书周瑜使出反间计，庞统渡江与曹操再中连环计，黄盖受刑——使出苦肉计，诸葛亮筑坛拜借东风，黄盖诈降火烧连营……一环扣着一环，环环相套，缺一不可；且高潮迭起，将中华传统谋略以及个体生命的潜能智慧发挥得淋漓尽致，非让你一口气读完不可。

可以毫不夸张地说，罗贯中笔下的赤壁之战，是真实的赤壁之战的延伸，是诗与史的结合。在这里你分不清哪里是虚构、哪里是真实、哪里是艺术、哪里是历史，真真假假、虚虚实实，相互契合，融为一体。

我们无法更改赤壁之战的历史事实，同时也认可罗贯中的艺术创作，因此，我所面对的武赤壁景观与心中的想象并无二致。

于是，与《三国演义》有关的景点便在期待中一一出现了：东风阁，八卦阵，子敬塘，望江亭，以及赤壁大战陈列馆中的"舌战群儒""苦打黄盖""连环计""蒋干盗书""草船借箭""二乔绣屏""诸葛祭风"等七组蜡像……而赤壁山上的周瑜雕像，那睥睨的神情、飘动的战袍、英武的目光，则很好地再现了周瑜那气冲霄汉、勇冠三军的英雄气概与俯视孤傲、咄咄逼人的个性特征。面对这座八米多高的雕像，我不禁想起了苏轼《念奴娇·赤壁怀古》中的诗句："遥想公瑾当年，小乔初嫁了，雄姿英发，羽扇纶巾，谈笑间，樯橹灰飞烟灭。"作为孙刘联军的总指挥周瑜，当年只有三十三岁，真可谓"雄姿英发"呵！苏东坡不仅写活了周瑜，也写出了胸怀，写出了气势，写出了超迈千古的豪情。

望着周瑜的雕像，默念着苏东坡的词句，不知怎的，突然就想："要是当年的孙权决计投降曹操，那么一切的一切又会怎样呢？是否就没了赤壁大战？"果真如此，当然也就不会有周瑜的"雄姿英发"，不会有三国鼎立的局面，不会有东坡笔下的"三国周郎赤壁"了。然而，以南方强悍奇崛的风气，以孙权不甘人下的个性，迎降之事的可能性极小。最为关键的是：专制集权统治下的中国，人人都有称王称霸的潜在欲望，都有称孤道寡的内在野心；一有机会，野心与欲望就会喷薄而出……

终于到了江边，长江正值枯水季节，低落的江水与陡峭得近乎直立的赤壁相映照，突然间就有了一种高耸的感觉；赤壁的雄伟气势，如诸葛亮呼风唤雨般，一下子就凸显而出。

时至正午，初冬的阳光暖暖地照着。越过江面眺望对岸，于隐隐的轮廓之中想见当年驻扎着的曹操在不费吹灰之力吞并荆州的喜悦与陶醉中、于月夜之下，推杯换盏、横槊赋诗，不仅可能，简直就是一种享受与必然。一千八百年前的长江比今天的更为宽阔，常为大雾所笼罩，江水滔滔，千里长流、不舍昼夜。微醺的酒意下，曹操雄心勃发、激情豪迈，在一统江山的期待中，望着壮阔雄美、神秘莫测的长江。作为一个本真意义的诗人，不知怎的，他突然间就感到了个体的渺小与失落，人生的短暂与凄凉。于是，《短歌行》顿时奔涌而出："对酒当歌，人生几何？譬如朝露，去日苦多。慨当以慷，忧思难忘；何以解忧，唯有杜康……月明星稀，乌鹊南飞；绕树三匝，无枝可依。山不厌高，水不厌深；周公吐哺，天下归心。"

据古希腊历史学家希罗多德在其名著《历史》一书中所述，波斯国王亲率号称二百万的水陆大军讨伐希腊人，并进而征服整个欧洲。当他将所有军队集中在赫伦斯坪准备检阅，看到海滨及平原上全部挤满士兵之时，"他很高兴，认为自己是幸福的。随后却哭起来。他叔父问他为什么会这样。他回答道：'我想到人生的短促，想到这百万雄兵，同样地会化为尘土，我怎能不怆然动怀？'"曹操当年的情形，与波斯国王多少有些相似。

遗憾的是曹操不是周公，天下无法归心。于是，"时机一去不复返，赤壁千载空悠悠"。

于是，我们一行人免不了一番嗟叹，拍了几张照片后又望了望陡峭的石壁以及石壁上相传为周瑜大战后刻下的红色大字"赤壁"，还有"赤壁"二字之上传为八仙之一的唐代道人吕洞宾留下的类似"鸾"字的白色道教符号，也就结束了此次赤壁遗址的寻访。

赤壁市内与赤壁大战相关的遗址，除刚刚游览的赤壁园区外，还有陆口、陆城、吴城、周郎山、周郎桥、周郎嘴、晒骨台、司鼓台、太平城、黄盖湖、陆水湖、陆逊营寨、鲁肃粮城等。而在赤壁山周围出土的与"赤壁之战"有关的三国文物有两千余件，如弩机、刀、枪、剑、戟、箭镞等兵器，又如铜镜、碗、灶等生活器具，它们似乎都在证实着当年的一把大火就烧在蒲圻赤壁。

尽管如此，"谁的赤壁"这一问题仍在我脑中回旋不已。

车从赤壁镇向赤壁市区返回时，公路右边不远处的一座山头，突然冒出股股青烟，紧接着就是团团滚动的火球，火球连成一片火海，吞噬着山坡上的茂密树林。

一直为我们担任向导的赤壁网站站长姜洪先生见状，马上掏出手机报了火警。

世上有些事情真是说不清楚道不明白，一场罕见的山林大火，竟不迟不早、如此巧合地进入我们的视野，上演一出当代最新版本的"火烧赤壁"。

感慨之余，"谁的赤壁"似乎也找到了答案——

你可以说是东坡赤壁、周瑜赤壁、诸葛亮赤壁、刘备赤壁、孙权赤壁、曹操赤壁、鲁肃赤壁、黄盖赤壁、罗贯中赤壁、陈寿赤壁、陈晔赤壁、杜枚赤壁、李白赤壁，还可以说是蒲圻赤壁、黄州赤壁、汉阳赤壁、汉川赤壁、嘉鱼赤壁、武昌赤壁、钟祥赤壁……然而，赤壁又不是某一个人、某一群体的赤壁。今日之赤壁，是多重合力的产物，是参战的英雄豪杰、无名士卒以及后世无数史学家、文学家、艺术家合谋、操纵、创造的结果。一句话，赤壁是中国的赤壁，是广大民众的赤壁！

西塞山感怀

西塞山前白鹭飞，桃花流水鳜鱼肥。

青箬笠，绿蓑衣，斜风细雨不须归。

西塞山的千古闻名，很大程度上得益于唐代诗人张志和的这首《渔父》词。

当我背诵着这首著名的词作时，很自然地就联想到了柳宗元的绝句《江雪》：

千山鸟飞绝，万径人踪灭。

孤舟蓑笠翁，独钓寒江雪。

虽为一词一诗，但它们体裁接近，所绘意境都是那么清幽高雅，超拔绝俗：在一处山清水秀、风景如画的地方，有一个头戴斗笠、身披蓑衣的垂钓之人，手握一根富有弹性的钓竿，安详地坐在水边静静地等待鱼儿上钩……但比较而言，我更喜欢张志和的《渔父》。柳宗元的《江雪》曲折地反映了作者被贬柳州后的寂寞心情和不屈性格，透出的是一股凄厉之美，似乎少了点人间的烟火味道：在一片冰天雪地之中，凛冽的严寒使得飞鸟归隐，人踪灭迹。这等恶劣的气候，哪有多少鱼儿前来咬钩？何况，这垂钓之人又是一个年龄衰迈的老翁。与其说他是在垂钓，倒不如认为他是在抗争、参禅，与姜子牙的"宁向直中取，不向曲中求"似有异曲同工之妙。画面固然美好，意境虽然深远，但与我的现实、与我的心境自有着一段相当遥远的距离。而张志和的《渔父》则不然，读来使人感到异常亲切、贴近：飞翔的白鹭衔

西 塞 山

　　来了美丽的春天，盛开的桃花将它烘托得更加鲜艳灿烂，沉寂了一冬的鱼儿舒展身躯一抖漫长的寒梦，在一片热烈与喧闹的流水中相互嬉戏着追逐飘落的残红……静坐水边的钓人置身于这生机盎然的春天，感受温暖的"斜风"拂面，遥看漂洒的"细雨"润物，欣赏朦胧的诗情画意。面对一条条鳞光闪烁的猎获之物——鳜鱼，想想看，无论是谁，恐怕都有点流连忘返、不想归去了。

　　《渔父》将苍岩、白鹭、桃红与清澈的流水、黄褐色的鳜鱼、青色的斗笠、棕色的蓑衣别出心裁地融于同一画面，色彩鲜明，构思巧妙，意境优美。人们在诵读作品时，眼前分明出现了一幅有声有色的水乡春汛图。动与静、隐与出、雅与俗在这首词作中和谐一体，契合了中国广大民众的审美心理，无论文人雅士还是普通百姓，都能喜爱、接受。

　　《渔父》既为词牌名，想来当有悠扬婉转、美妙动人的曲谱可供人传唱，载歌载舞的。可惜传至今日的只有一个个墨写的汉字，那些跳跃的音符早已消失，与天籁融于一体了。

我对《渔父》词青睐有加，还在于它不时勾起我对故乡的亲切回忆——一个偏僻原始、有山有水的村落，少年的我常常光着脚丫、手持钓竿，坐在堰塘河边静静地垂钓。当然，那时的我垂钓的目的只有一个，钓到更多的鱼改善单调乏味的伙食，为清贫的生活注入一点难得的"口福之乐"。

长期以来，西塞山在我眼中不过是一座文学描写中的想象山峰，一道能激发我回忆、呼唤我亲情的心灵风景。

直至1988年9月，我来到位于黄石市的湖北师范学院（今湖北师范大学）历史系进修深造，才得以一睹真容，进入它那浓厚的历史、文化氛围之中。

二

择了一个秋高气爽的日子，几位高年级同乡陪我向西塞山进发。

半路上，他们告诉我：不久前，政治系1987级一位长得如花似玉的女老乡在西塞山绝壁之处攀缘，因手脚抓握不稳而突然摔入山底的江水之中并当场殒命，后来就埋在了那儿的苍松翠柏间。我听后心中不禁一震，心中一直充满诗情画意的西塞山，竟然如此狰狞恐怖，将一个柔弱女子的生命与美丽毁于一旦。它怎能如此残酷无情?!

其实，我早就知道西塞山是一座有名的古战场，战死在那儿的军人又何止千万?!然而，不知是有意，还是无意，我却将它与温柔美丽对立的另一面给遗忘在记忆的深处了。

在描写西塞山的优秀诗词中，与张志和的《渔父》齐名的，还有一首刘禹锡的《西塞山怀古》：

> 王浚楼船下益州，金陵王气黯然收。
> 千寻铁锁沉江底，一片降幡出石头。
> 人生几回伤往事，山形依旧枕寒流。
> 今逢四海为家日，故垒萧萧芦荻秋。

张志和的《渔父》借助西塞山美好的自然风光，抒发个人的志趣情怀；刘禹锡的《西塞山怀古》描写了晋太康元年（280年）正月，王浚统率水军自成都出发沿江东下攻伐孙吴，在西塞山遭遇吴军用铁链横锁长江的阻截，王浚水军成功地突破封锁直下金陵（即今南京市）的历史事实。该诗着重的是西塞山的人文历史——战争，表达了作者反对割据、反对战争、反思历史、慨叹人生的思想境界。

同一座山峰，竟将温柔恬静与金戈铁马巧妙地融为一体，西塞山，到底是一副怎样的面目啊？我在脑海里想象着，渴望一窥真容的心情不知不觉间更加迫切了。

乘车沿江东行，站在市内公共汽车的终点站道士袱抬头向上一望，西塞山就在眼前，没想到它与市区贴得如此之近。

放眼四周，逶迤起伏的黄荆山脉像一群骏马在辽阔的江南大地沿东西方向奔腾不息，而西塞山却像一匹脱缰的野马离群掉头北上。这时，洪波翻涌的长江拦住了它的去路。野马拼尽全身力气，凭空一跃，希望跨过江面，奔向对岸。然而，江面是那样的宽阔，它根本无法超越。只听得一声轰响，腾跃空中的野马猝然落入江心。一阵徒然的挣扎过后，野马慢慢地闭上了它那壮志未酬的双眼。临死之前，它将自己的满腔仇恨与悲愤凝成了一座山峰，横塞长江。

西塞山高仅一百七十多米，没有我想象中的那么高大雄伟。我们沿着一条铺了碎石块的简易公路缓缓上行，不一会儿就站在了山顶。向下望去，西塞山像揳入长江的一把利斧，拦遏江流。山被水断，水被山阻，山水相激，蔚为壮观。在长江中游沿岸，恐怕还没有其他任何一座山峰像西塞山这样倔强地与长江较劲。那刀削斧劈般陡峭的石壁便是千百年来与江水抗争所留下的证据，它也因了这些累累"伤痕"而在人们眼里变得更加神奇而顽强。所谓"山不在高，有仙则鸣"的"仙"于西塞山而言，就是它对长江顽强不屈的束缚阻遏及千锤百炼而留下的险峻峭拔。西塞山之所以成为历来兵家扼守长江中游的战略要地，除了江北的广畴沃野宜于筹饷和江南的"九十里地黄荆山"便于隐蔽外，更在于此地江面狭窄、山势突兀、崖陡水汇，易守难攻。古时，长江流域的交通运输以航运为主，"千寻铁锁沉江底"，一道粗大的锁链在狭窄的江面拦腰横截，西塞山就成了长江中游的咽喉与

西塞山脚

门户。不管顺流东下金陵扬州，还是逆流西行攻取武昌、江陵，谁也绕不开西塞山这把坚实牢固的铁锁。

俗话说，上山容易下山难，我在西塞山的攀行中感受得最为深刻。上山时，我们沿了山南缓缓起伏的山坡，走得轻松自如，并未消耗多大的体力。下山时，我们没按原路退回，而是选择了被千百年来的江水冲刷得陡峭如削的山北。一条蜿蜒崎岖的羊肠小道忽而直下，忽而斜刺；山坡时而是巨岩，时而是陡坡。你只有盯着脚下的小路，借助两旁的荆棘、藤条、树枝，有时甚至是手脚并用，才能缓步而下。

"势从千里奔，直入中流断。岚横秋塞雄，地束惊流满。"韦应物的这首《西塞山》便很好地描绘了它壮美而雄奇的自然风光。

西塞山自古以来成为兵家必争之地，还与它的所在地道士袱是一处绝妙的南北横渡之地有关。江面宽阔，水深流急，横渡自然费时艰难；如果江面狭窄，激流奔涌，就一般情况而言，横渡也会十分困难。但西塞山的实际情形并非如此。江水滚滚东去，西塞山横截而半，急流受挫，在此形成了一股特殊的回流。回流不激，横渡起来，既快且稳。故此，当地有民谣曰："走尽天下路，道士袱好过渡。两边回水流，中间夹一流。"不论进军江南，还是征伐江北，西塞山都是长江中游一处最佳的渡口。

快到山底了，道路折向左边。行不多远，便是人称"一步险""一线峡"的所在。左旁是千仞悬崖，右旁的江边是一道直立的长条形崖石，一条羊肠小径穿行其间，仅容一人侧身而过。

走过"一线峡"，便是后人修筑的一条几近垂直的下山石磴。石道两旁悬空，有铁链可做扶手。但每下一步，都是对意志的一种考验。举步向前，身体似乎悬在空中；陡峭的石崖压在头顶，脚底的江流汹涌澎湃，令人心惊胆战。此前，我登过泰山、上过神农架、攀过武当，以高大雄伟而言，西塞山自然不能与它们同日而语。但其险峻不仅可与之比肩，且显得更加独特，原因就在于脚底的那条长江！江水湍急，一片明晃晃的、炫目的耀眼白光刺激着、诱惑着你的目光。你抓握两边的铁链，尽管小心翼翼地轻移着脚步，却不得不时时望一眼脚下惊心动魄的长江；悬崖的奇险与长江的惊涛在你的胸底融汇着，激起阵阵远比江水更为宏阔的波涛。稍不留神，你就极有可能在这儿被山体的奇险、被激越的浪涛吸附而去。我那位大学校友兼老乡就是在此中断了宝贵的青春，年轻的生命与永恒的自然融为一体，留下了一个不该画上的句号。

于是，不少游人下行至此，不免望而生畏、裹足不前了。他们环顾四周，欣赏一番大自然的壮美、遥想一番风云激荡的历史、凭吊感慨一番，也就返身而归了。

无限风光在险峰，你只有下到山底，才能领略西塞山独有的风韵。下面，还有一个桃花古洞、一根曾经拴过沉江铁锁的铁钉。当然，要想见到这两处遗迹还得具备探险的勇气，贴身侧行走过一道一面绝壁、一面临江、宽仅尺许的小径，攀缘一段垂直而下的铁链。

桃花洞是一个只有六平方米的天然石洞，洞口刻有"桃花古洞"四个清晰可见的大字，洞内石壁留有一块块残缺漫漶、无法辨认的碑文。一块天然岩石又将内里分隔为一大一小两个洞穴，每洞上面都有一个顶洞，大洞的左壁还有一个向上的小洞。小洞的洞口极狭，可容一人勉强而入，里面神秘莫测。千百年来，长江激流向着阻遏它东下的西塞山不停地发动猛烈的"攻击"，长期的冲刷使得山体出现了无数溶洞。据说，这个小洞就与西塞山体那许许多多的溶洞相连，洞中有洞、洞洞相连、洞洞相通、洞洞相套，别有洞天。"桃花流水鳜鱼肥"，春汛来临、春水陡涨，澎湃的江水便从这个神秘的桃花古洞涌出，一条条肥美的鳜鱼顽童般的在此嬉戏游乐。这里存有一处被称为钓鱼台的名胜。当年，张志和就是稳坐此地，悠然临波，钓出一条条鲜活肥美的鳜鱼。由此可见，这里当是一处典型的回水窝。不然的话，江流湍急，不说鱼钩钓线被水冲走，就是鱼儿也难以停留片刻。回水窝不仅水流平缓，还有着各种丰富的食源，正是鱼类们栖身的"天堂"。遥想当年，张志和隐身在桃花古洞这处风景如画、鱼儿汇集、幽然恬静的地方修身养性、怡然垂钓；眼帘映入的是桃红柳绿，鼻里嗅闻的是花草芬芳，两耳充满的是鸟语潮声，心头感受的是勃勃生机。此情此景，真是比那世外桃源还要令人陶醉、神往，真个羡煞人也！

在桃花洞右侧上首，有块西塞矶头石，石上留有一根约三寸长的不锈铁钉。传说这就是刘禹锡《西塞山怀古》诗中所描写的那场战争的遗物，当年的横江铁索就是拴在这根茶杯口粗的铁钉上面。

桃花洞、钓鱼台与铁钉、铁索同存，宁静祥和、悠然怡悦与战火熊熊、血肉纷飞同在，这似乎有点不可思议。

三

其实，西塞山在古代历史中的重要性与辉煌，更多的还在于它是一处举足轻重的战略军事要塞、东南诸省的门户，正所谓"鼎足纷争地，雄分虎豹关"。只不过人们厌恶动乱、痛恨战争，渴望和平、向往宁静，便有意无意地遮掩了它的血雨腥风，彰显了它所具有的温馨祥和。

"至今西塞山头上，犹是当年征战痕。"据史籍所载，从东汉末年到1949年新中国成立前夕，西塞山经历了大大小小的战争共计一百多次。平均不到十年，这里就有一次相当惨烈的争夺战，人们将西塞山称为古战场，一点也不为过。

199年，庐江太守刘勋与孙策从兄孙贲于彭泽一战而败后便退据西塞山占据有利地势，筑垒自守并向荆州太守刘表告急，求救于江夏太守黄祖。黄祖派儿子黄射前往增援，两军在西塞山展开了一场激战。结果孙策大败刘勋与黄射联军，俘获兵员两千、战船千艘，势力大增，为九年后联手刘备、大破曹操的赤壁之战奠定了厚实的军事基础。

刘禹锡《西塞山怀古》所描写的那场战争，发生在三国末年晋灭蜀后。280年，晋武帝决计讨伐东吴、统一全国，任命益州刺史王浚为龙骧将军——建造大型战船、统率水师八万，沿长江而下袭取东吴。吴国在长江中游的咽喉之地西塞山早有部署，据《晋书·王浚传》载："吴人于江险碛要害之处，并以铁锁横截之，又作铁锥长丈余，暗置江中，以逆距船。"王浚大军至西塞山受到"铁索横江"之阻，只得命令军士制造大筏数十，上面扎着披甲执仗的草人，由极通水性的兵士引导向前。筏遇铁锥，锥着筏子顺流而去。然后又命制作火炬长十多丈、大数十围，灌以麻油，放置船前，烧熔铁索。铁索一断，天险无所凭依，王浚顺利地突破西塞封锁，大军势如破竹般直抵东吴首都。事已至此，局势无以挽回，吴王孙皓也只有"一片降幡出石头"的份儿了。

477年，南朝镇西将军沈攸之于江陵起兵反叛，宋顺帝率军讨伐。他兵分八路扼守西塞山，堵住沈攸之东下的去路，逼得他无功而返，回江陵后被杀。

此后，几乎每一朝代都在西塞山有过或大或小的战争。

东晋、南北朝时期，西塞山展开过与朝代更迭相关的几次激战。

784年，唐朝淮西节度使李希烈叛乱，占据西塞山下的重镇

桃花古洞

道士袄，唐军经过一番激战，才从叛军手中夺回道士袄。

宋朝时，西塞山下建有一座规模较大的兵库。元朝末年，农民起义军领袖徐寿辉与元军大将孛罗贴木儿在西塞山脚曾经大动干戈。

明朝末年，李自成率军东下拟攻宣州。船队行至黄石江面时突遇狂风暴雨，李自成便率少量部队在西塞山登岸，经大冶县转入咸宁，后在通山遇害。

清咸丰三年（1853年），太平军放弃武昌，大军蔽江东下拟攻南京。清兵急忙于西塞山设防阻截，两军在此相遇，太平军大破清军。

1938年，数万日军以海陆空三路大举进攻西塞山。国民党三个师的兵力在此明碉暗堡，高炮林立，重兵把守。经过五昼夜混战，双方死伤惨重，"尸体成堆，血流成河，腥臭气味弥漫巨野"。

············

千百年的争战不息，自然在西塞山留下了不少古代遗物。这里，曾出土过南宋殉葬，但更多的却是窖藏的大批金器、银锭与铜钱。从1598年至1967年间，此地发掘出土了六次窖藏。其中，金窖一座、银窖一座、钱窖四座［包括西汉初年（公元前180年）铸造的"半两钱"至宋理宗淳祐九年（1249年）铸造的"淳祐通宝"］，前后一千四百多年各个历史朝代的铜钱，总量数百万斤。

一处军事要塞，绝少兵器出土，也没有发现阵亡将士规模庞大的集体墓葬，却前前后后出土了这么多的金银铜钱。其原因何在？是谁把这么多的金钱埋在这里？为何要藏于西塞山这一兵家必争之地？如遇战争，难道不会首当其冲地遭到劫掠吗？……

面对这一连串的疑问，专家们做出了多种分析与推测。有的认为西塞山既是一处重要的军事战略要地，自然设有军库以利军费支出，而唯有国家的庞大军库，才能容纳得了历次发现的这么多铜钱。只是出于军事紧迫来不及撤走，便长埋此地了。那么，是否为三国时东吴孙权、孙皓的国库？还有的专家认为此地钱财为吕文德所藏。吕文德，南宋人，出身贫穷。他曾任过都统制、福州观察使、侍卫马军副都指挥使、四川总领财赋兼领马军行司、太尉、京湖安抚制置屯田使、湖广总领财赋兼四川宣抚使等多种职务，行使军事、行政、财政大权。他曾多次与蒙古军队较量，死后被追封为义郡王，入葬西塞山道士袱。从他一生的职务来看，已具备积聚、掌握、使用巨额钱财的条件。这些钱财，或是他的私产，或为他掌握使用的地方军资及负责征收的赋税。生前，吕文德就将家属安置在了西塞山。宋末元初时，西塞山一带却显得异常平静，未曾发生过战事。吕文德置身动荡之秋，加之征战频频、南宋岌岌可危，大量钱财难以选择一处安全转移之地，于是将其埋入地底以保无虞当是他选择的一个最佳方案。并且所有钱窖都出土于西塞山麓吕文德的旧宅基地，这也就更加证实了有关专家的这一推测。

不论何种情形，也不论各种推测是否正确、合理，钱币的发掘至少证明了这样一个基本事实，那就是：西塞山不仅是一座著名的军事要塞，还与经济有着不可分割的联系。

同时，这里的民族文化也独具特色，内容相当丰富。

道士洑镇因位于西塞山脚，也就成了一处驻军、设防的军事重镇。长期的军营设置自然刺激当地政治、经济与文化的发展。历朝统治者都在道士洑设有官府，此地还是全国有名的盐仓集中之地。镇内街道纵横、店铺毗连，十分繁华。明清之际，道士洑进入全盛时期，全镇居民七千多户，有七仓（盐仓）、八典（典当铺）、九庙（寺庙）、一观（道观）。道士洑吸引着南来北往的游客，各种盛会更是体现了此地吴头楚尾的民风民俗，其中最负盛名的有正月十五龙灯会、谷雨节的牡丹会、五月端阳神舟会……流风所及，西塞山乡民现在仍然一年一度地举行着规模空前的龙舟活动。

然而，日寇于1938年与国民党军队在这里发生的那场酷烈战争，致使道士洑成为一片焦土与废墟，元气大伤，渐渐衰落为一个萧条破败的村落。直至今日，道士洑也没有恢复昔日的繁华之景。

四

湖北师范学院毕业后，我调到黄石市工作，于是，对西塞山的了解与认识也就更多了。每当亲友前来，我必带他们前往，

西塞山牌坊

登临、讲解一番。即使平时，三两好友，也会约了一同郊游、爬山。

随着岁月的流逝、阅历的丰富和对历史、社会、人生的认识逐步加深，我对西塞山的透视也形成了自己独特的观感与把握。在我眼里，西塞山再也不是一座自然的山峰，它已凝成一种人格的化身。它的历史、发展与变化，活脱脱就是一个中国农民的缩影。憨厚、古朴的农民拘谨地守望着自己的家园，盘弄着一块斗大的田亩。他们日出而作，日落而息，安详宁静，十分知足地享受着田园之乐与天伦之乐。他们爱好和平，与世无争，知足常乐，恬淡安谧。然而，这只是他们性格中的一个表面。如果遭遇天灾、人祸、兵燹，生存不下去了，或是在外力的推动与裹挟之下，他们性格中的另一面就会立时凸显；长期的压抑一旦遇到突破口被释放出来，将会使他们内心有如烈火焚烧般变得狂暴不安，在仇恨与毁灭的渴望中揭竿而起，在不计后果的横扫中获得一种难以言喻的快感与满足。这股力量往往具有不可阻挡的摧枯拉朽之势，历代王朝就是在一次次农民的起义浪潮中灰飞烟灭而退出历史舞台的。

中国农民的这种两面性也为西塞山所拥有。

过去，我们所批判、镇压的对象之一——地主，其实他们就是中国农民的典型与代表。中国的农民没有严格意义上的宗教追求，他们的希望所在也即所谓的远大目标吧，不过就是勤勉耕作以积攒钱币——或埋于地底，或购置田产，当一名新的地主。同时，在对先辈传统的承续及自我的创造中，也发展、形成了自己一套大同小异的独特文化。这些文化的精神平时隐藏在他们细微而精的一举一动之中，在一些重大的节日，便显现为婚丧嫁娶的仪式与各种各样的集会、活动等民风民俗之中。而西塞山及它脚下的道士袱，也十分明显地具有这些特征。

在现代化的今天，西塞山作为军事要塞的功能已不复存在。但是，它分明又在发生着一些重大而突出的变化，进行着自我结构的调整与转型。山的西面是张之洞创建的已有百年历史、沿江绵延十多公里的大冶钢厂，这里生产的钢铁源源不断地输向全国乃至世界各地，为机械化、现代化的发展进程起到了不可估量的推动作用，功不可没。山的东南，是建于20世纪90年代的一七〇钢厂，这是从原西德引进的先进设备而建成的一座公园式、现代化的大型无缝钢管生产厂家。站在西塞山巅，放眼眺望，它已被四周的机械化、工业化的浪潮所包围。从另一角度而言，西塞山就是今日这些厂矿企业的象征，它摇身一变，由一个具有两面性的古朴农民变成了头戴钢盔、身穿制服的产业工人。

置身世纪之交，经受现代化、信息化的强烈冲击，对于西塞山脚下的百年老厂——大冶钢厂来说，又面临着一场新的挑战：生产设备的更新、知识结构的调整、管理模式的改革、各种信息的吸收……它们都在催着一种新的工业与新的文明。那么，西塞山在这一改革创新的氛围浸润中，又得重新塑造自己崭新的形象了。

独特的西塞山浓缩了中国历史的发展与变化，活脱脱就是从古代到近代又到现代的国民艰难蜕变与转型的一个颇具形象的化身。

博大恢宏的唐朝，距今已有一千多年，在我们眼里自然是一个遥远而陌生的历史时期。可是那时的刘禹锡，面对兀然耸立的西塞山，就在吟哦慨叹、抒发感怀，展开了既富浪漫诗意又具沉重之笔的"怀古"之韵。那么，西塞山对于生活在今天的我们来说，真的是太古老了！其历史、文化、军事、政治、经济的长期沉积，本身就是一座新的令人仰止的挺拔高山。古人长逝，包括他们创造的历史与文明已一去不复返，不论后人如何凭吊、怎样感怀，面对的都是一段厚重的历史与无法更改的沧桑。

西塞山是古老的，又是常新的。它千百年来无言地耸立着，包容一切、涵盖一切、吞吐一切，依然那么年轻、风姿绰约。

◎

明代倭患真相

一

倭寇，是中国人、朝鲜人对劫掠、侵扰中国及朝鲜沿海一带的日本海盗的称谓。

"倭寇"一词，最早出现在404年高句丽开土王的碑铭之上，做主谓短语使用，"倭"指日本，"寇"指"侵略"，意谓"日本人入侵"。"倭寇"作为名词使用，最早也见于朝鲜史料。1350年日本人侵扰固城、竹林、巨济等地，《高丽史》《高丽史节要》等记为"倭寇之侵，始地此"，或"倭寇之兴，始于此"。中国史籍使用"倭寇"一词，比朝鲜稍晚，最早见于《明太祖实录》卷四十一洪武二年（1369年）四月所记："戊子，升太仓卫指挥佥事翁德为指挥副使。先是，倭寇出没海岛中，数侵掠苏州、崇明，杀伤居民，劫夺财货，沿海之地皆患之。德时守太仓，率官军出海捕之，遂败其众，获寇九十二人，得其兵器、海艘……"但倭寇入侵中国沿海一带，绝非始于洪武二年四月。据《元史》记载：武宗至大元年（1308年），"日本商船焚掠庆元（今宁波），官军不能敌"；延祐三年（1316年），"浙东倭奴商舶贸易致乱"；至正二十三年（1363年），"倭人寇蓬州（今广东汕头市西北），守将刘暹击败之"……只是《元史》称"日本商船""倭奴""倭人"而已，其实质与"倭寇"没有什么区别。

就广义的倭寇而言，但凡对外侵略的日本人，统统都被称为倭寇，如清末中日甲午战争、20世纪三四十年代的抗日战争可通称为抗倭战争或御倭战争。本书所指倭寇，则指13世纪至16世纪侵扰、劫掠中国及朝鲜沿海的日本海盗集团，他们由富于冒险、杀人越货的日本武士、名主、浪人、奸商、海盗及裹挟、附从的

戚　家　军

"小民"构成。

　　倭寇作乱，与日本国内发生战争，形成南北朝对峙的混乱局面有着极大关系。战争自1335年开始，至1392年南朝被北朝灭亡结束。在半个多世纪的内战中，失去生产手段的普通民众为了生存不得不沦为盗贼，从战场上逃亡的溃兵、败将以及南朝灭亡后不愿归顺的旧臣、将士等，也相继下海成为倭寇。而昔日亦商亦盗的海盗商人，则将这些武士、败将、浪人、流民等组织起来，形成规模与势力进行掠夺。没有统一的政府机构对他们进行规范约束，不少领主反而怂恿、支持其抢劫行为，将范围扩展至朝鲜与中国。自1350年开始，倭寇对高丽的劫掠活动十分猖獗。倭寇对中国沿海一带的侵扰，元朝中晚期就有记载，但其规模不大，次数不多。明朝建立，入侵倭寇不仅规模扩大，且日益频繁。这种情形的出现，与元末大规模农民战争有关，朱元璋除驱逐蒙古铁骑外，还与陈友谅、张士诚、方国珍等其他农民起义军争夺天下。朱元璋将其一一剪除，战败的张士诚、方国珍余部逃亡下海，与倭寇合流，相互利用。据《明史纪事本末》卷五十五《沿海倭乱》所记："元末濒海盗起，张士诚、方国珍党导倭寇出没海上，焚民居，掠货财，北自辽海、山东，南抵闽、浙、东粤，滨海之区，无岁不被其害。"明朝初立，百废待举，沿海防守力量薄弱，也为倭寇的得势提供了可乘之机。"倭寇出没海岛中，乘间辄傅岸剽掠，沿海居民患苦之。"（《明史》）

倭寇劫掠获利多多，更加刺激了他们的胃口与野心。一时间，山东、辽东、南直隶（相当于今江苏、安徽、上海）、浙江、福建、广东倭患频频，其中尤以山东、浙江为甚。倭寇杀人劫物、焚烧房屋，守军及当地民众虽奋起还击，但仍不敌倭寇，损失惨重。倭寇中的主体即武士、浪人、败兵等，既为职业军人，又经过几十年的战争，作战经验丰富。此外，从西方传入的火器——铁铳，也使倭寇气焰更加嚣张。嘉靖二十二年（1543年），葡萄牙商船抵达日本开展贸易，他们刚到就将西方的铳药制造法传授给日本人，然后又将铁铳传入。日本正值内战激烈之时，铁铳的使用在很大程度上提高了军士的作战效率，受到领主的欢迎。倭寇入侵东南沿海，铁铳便成为劫掠、屠杀中国人的利器。

明初倭患加剧，但与后来相比不算十分严重。据史料记载，从洪武元年（1368年）至洪武三十一年（1398年），三十一年间，倭寇入侵共计四十四次；主要集中在沿海一带，并未深入内地，规模也不是很大。这主要得力于明初朱元璋对东南沿海防务的重视及对倭寇的沉重打击，有效地遏制了倭寇蔓延的势头。

朱元璋在群雄逐鹿中脱颖而出，以武力平定、统一天下。明朝建立之初，军事实力相当强盛，不仅有一支克敌制胜的陆军，还有一支屡建奇功的水军。朱元璋消灭陈友谅的汉政权，主要得益于三次舟师大捷。因此，当东南沿海告急之时，朱元璋出动这支能征善战的水陆大军，很快就让倭寇尝到了损兵折将的苦头。《明太祖实录》曾多次予以记载，如：明洪武四年（1371年），"倭寇海晏、下川，指挥杨景讨平之"；自洪武七年（1374年）始，靖海侯吴桢"每春以舟师出海，分路防倭，迄秋乃还"……

纵观历史，入侵中华之敌，皆来自陆上的北方及西北方。故此，朱元璋将胡戎（蒙古）视为必防之敌，随时谨慎应对；而认为来自海上的敌人不足虑，不过疥癣之疾耳，其来骚扰属自取灭亡，如果兴兵远征则属不祥。明朝建立，本着睦邻友好的原则，朱元璋想通过派遣使者的和平外交方式解决倭寇之患，但其努力最终归于失败，于是彻底断绝与日本的外交往来。鉴于元朝多次渡海远征劳民伤财，特别是两次攻打日本惨败的教训；朱元璋决定不再派兵远征，重在加强防御，并将"以守代攻"的策略写入《皇明祖训》，要求继承者严格遵循：

> 四方诸夷，皆限山隔海，僻在一隅，得其地不足以供给，得其民不足以使令。若其自不揣量，来挠我边，由彼为不祥。彼既不为中国患，而我兴兵轻伐，亦不祥也。吾恐后世子孙倚中国富强，贪一时战功，无故兴兵，致伤人命，切记不可。但东北与西北边境密迩，累世战争，必选将练兵，时谨备之。
>
> 今将不征诸夷国名列于后：
>
> 东北：朝鲜国。
>
> 正东偏北：日本国。

正南偏东：大琉球国、小琉球国。

西南：安南国、真腊国、暹罗国、占城国、苏门答喇国、西洋国、爪哇国、彭亨国、百花国、三佛齐国、淳泥国。

朱元璋明确将日本等十五个国家列为不征之国。因此，哪怕倭患愈演愈烈，明廷也从未出兵日本；以求一劳永逸地从根本上解决问题，恐怕连这种念头也不曾有过，只是绝其进贡、限制贸易、加强防御而已。

朱元璋采取的防御之策，主要有两点：一是建立严密的海防体系，二是严格实行海禁。

为防御倭寇入侵，明初不得不加强东南沿海的军事防备力量。

中国古代的沿海防务起源很早，南北朝时就已萌芽，唐天宝元年（742年）就在山东设置海防官吏；但直到宋朝以前，海防并非对外，针对的主要是本国敌对势力及其他民族。元朝虽在沿海设立了较多防卫设施，有的就是对付外敌倭寇的，但没有形成海防体系。这种情形到了明朝，因倭寇入侵，发生了极大改观。

朱元璋采纳谋士刘基的建议，"革元旧制"，创立新的军队编制法——卫所法，"自京师达郡县，皆立卫所"。按军卫法规定，中央设前、后、中、左、右五军都督府，作为最高军事机关；在地方，设都指挥使，简称都司，之下的府、县设卫、所。朱元璋又将沿海地区分为辽东、山东、直隶、浙江、福建、广东、北平（今河北）七大战略地区，各设都指挥使一名，尤以福建、浙江及渤海地区为重点设防地区。为此，他诏谕各沿海行省，按朝廷统一部署，构建严密的海防体系。

于是，成千上万军民应召，纷纷投入沿海海防工程建设之

俞戚诗壁

中，与卫所配套的城寨、巡检司、烽堠墩台逐步建立起来。洪武元年（1368年），朱元璋就在浙江设置温州卫；在福建泉州、漳州、兴化三府建立卫所，修筑城垣，编配兵力，训练士卒；在广东设置雷州卫、潮州卫。此后，卫所不断增加，配备更加完善。即以福建为例，洪武八年（1375年），在福州城郊兴建左卫、右卫；洪武二十年（1387年）四月，朱元璋令江夏侯周德兴前往福建筑建卫所，调"福、兴、漳、泉四府三丁之一为海戍兵，得万五千人移置卫所"。周德兴到达福建后在要害处增设城堡，置巡检司、建造烽堠，工程之浩大、分布之绵密，前所未有。在三年多的时间里，周德兴共"筑城一十六，增置巡检司四十有五，分隶诸卫，以为防御"（《明太祖实录》卷一百八十一），另外还有烽堠约二百个。至今保存完好的崇武古城（崇武千户所）便建于这一时期。这座城池周长两千四百多米，城基高五米、城墙高七米，四面设城门，东、西、北门各有月城；筑有两层跑马道，共有城垛一千三百零四个、箭窗一千三百个、窝铺二十六座，耗费砖石近十万立方米。崇武古城从城墙、窗铺、门楼、月城、墩台到捍寨、演武厅等，结构严谨，布局完整，构成我国古代完整的战略防御工程体系。对此，《崇武所城志》以相当自豪的笔调写道："雄峙海上，所以制险御侮非常也。凡沿海列戍，不啻星罗台布，而全城居民之多，滨海扼要之重，无过于崇武。"

　　至洪武末年，沿海防卫设施已基本完备。据有关资料不完全统计，洪武一朝，从辽东到广东一万八千多公里的漫长海防线上共设立军事设施一千多处，包括四十九卫、八十五所、约三百处巡检司、约九百个烽堠——大小相间、绵延相续、错落有致。上面列举的福建崇武古城，不过沿海八十五个千户所中的一座而已，明朝海防体系之严密坚固，由此可见一斑。卫所用于作战，按四十五卫、八十五所计算，正规军力为三十七万人左右；巡检司用于盘查，不属正规军，主要由民壮担任；烽堠则用于报警。

朱元璋加强海防力量，还包括加强水军、建造战舰、设置水寨等。陆军负责海岸守卫，水军担负海上巡逻防范。

有着如此严密完备并有一定纵深层次的海防系统，一旦倭寇来袭，海上有水师出击、近岸有烽堠报警、登岸有巡检司盘查，入侵则有城寨防御、正规军队出击将其歼灭或击溃。

另一防御之策——海禁，也是朱元璋巩固海防、抵御倭寇的一项重要措施，对后世影响深远。

明朝刚一建立，朱元璋就开始海禁。洪武四年（1371年）十二月，他诏谕大都督府臣说："朕以海道可通外邦，故尝禁其往来。"就在同一月，明廷再次重申："禁濒海民不得私出海。"据《明太祖实录》记载，朱元璋在世之时，一直都在强调海禁，如：洪武十四年（1381年）十月，"禁濒海民私通海外诸国"；洪武十七年（1384）正月，"命信国公汤和巡视浙江、福建沿海城池，禁民入海捕鱼，以防倭故也"；洪武二十三年（1390年）十月，"诏户部申严交通外番之禁"；洪武二十七年（1394年）正月，"禁民间用番香、番货"；洪武三十年（1397年）四月，"申禁人民，无得擅出海与外国互市"……

由此可见：朱元璋的海禁政策不仅禁止私自出海捕鱼、禁止私自贸易互市、禁止私通外国，"走泄事情者，斩"，就连海外诸国生产的香料、货物等也严禁使用，"违者罪之"。

朱元璋海禁的目的，是防倭、御倭。不准私自下海，日本海商无法交易，倭寇来袭没有水米供应，无法立足。明初倭寇入侵，常与张士诚、方国珍余部勾结有关。因此，海禁不仅对外防倭，还可对内防范不甘失败的异己力量。

朱元璋的海禁政策也如《皇明祖训》一样，为后代所继承。有明一代，长期施行海禁之策，只是有时松弛，有时严厉而已。海禁政策对抵御倭寇、巩固海防可收一时之效，但作为一项长期国策，难免因噎废食，其弊端显而易见。海禁之禁，不仅对外，也对内："即本处鱼虾之利与广东贩米之商，漳州白糖诸货，皆一切禁罢。"（谭纶《谭襄敏公奏议》卷二）海禁之策，不仅禁来犯的倭寇、勾结的"内鬼"，更禁所有沿海居民，商人不能贸易、水手不能上船、渔民不能捕捞。比如福建多山，沿海居民以海为生，"海者，闽人之田也"，不出海，就不能活命；只要下海采集捕捞，就属违禁，会遭到处罚。为了生存，他们不得不铤而走险，给社会带来许多难以预料的因素。"禁之愈严，则其值愈厚，而趋之者愈众。私通不得，则攘夺随之。"（谭纶《谭襄敏公奏议》卷二）对此，《漳州简史》有过具体而生动的描述，沿海百姓为了生存，"私造违式大船，有的避开官防，偷偷地出海走私；有的买通官员守将，在他们的庇护下走私；有的假冒朝廷的官吏，打着官府的旗号出海；有的巧立下海名目，竞走远夷；还有的结伙走私，组成武装走私集团……在走私失败的情况下，往往转而掠劫，具有亦商亦盗的性质"。

如果说海禁政策在明朝初年利大于弊，那么越往后去越是弊大于利，若从长远角度来看，更是有弊无利。而要命的是，朱元璋的海禁政策不仅在明朝长期被奉为圭臬，乃至影响清朝，甚至对中华民族的制约与伤害不可估量。

二

明永乐至宣德年间（1403—1435年），倭寇入侵次数比洪武年间略有减少。沿海防卫有所完善并在永乐十七年（1419年）六月取得了著名的望海埚大捷，将来犯的两千多名倭寇歼灭，除生擒一百一十三人外，其余全部斩首。《明史·兵志》对此写道："自是倭大惧，百余年间，海上无大侵犯。朝廷阅数岁一令大臣巡警而已。"胜利带来的自信，使得海洋战略比过去有所开放，一个显著的标志，就是郑和七次出使西洋。

永乐时，都城由南京迁往北京，北方防务得到进一步加强与完善；而沿海一带因望海埚大捷对倭寇的沉重打击，使其不敢来犯，则显得比较平静。如此一来，不仅朝廷忘了海防，就连沿海军民也因承平日久，海防制度、设施逐渐废弛。

正统至正德年间（1436—1521年），明廷的海防松弛主要表现在军伍空缺、军官懈怠、装备设施破损等三个方面。比如兵员问题，沿海卫所因官兵七分守城、三分屯种而形成自给自足的武装集团且不向民间征兵，无论军官还是士卒均实行世袭制，父死子承、代代相传。据《明英宗实录》卷五十六所记："管军头目及各卫指挥、千百户，多不用心抚恤军士，或克减月粮，或占据私役，或纵容在外办纳月钱，或横加虐害，骗要财物，以致军士逃窜，队伍空缺……"由于军官的贪婪，导致军士大量出逃，卫所员严重空缺。如正统五年（1440年），福建各寨共缺少兵员六千多人。而那些仍然在岗的官兵，有的被调去运粮、有的被派到百里之外的地方屯田，加之平时疏于训练，战斗力之差可想而知。

军官指挥不力、战船破损、城堡颓圮、士兵奇缺，剩下的或武艺不精，或贪生怕死，一旦遭遇敌情，卫所形同虚设；倭寇如入无人之境，长驱直入，烧杀掳抢，暴掠而归。无须付出，却收益甚多，这在一定程度上大大地刺激了倭寇的胃口。于是，越是海防凋敝之地，倭寇入侵的规模就越大，次数越频繁；以致嘉靖皇帝登极之时（1522年），沿海外患达到了前所未有的剧烈程度。先是在广东抗击来袭的葡萄牙舰队，进行了屯门之战与西草湾之战，击退葡人进攻。不久又发生了日本两贡使在浙江的争贡事件。

　　明朝与周边国家的政治关系表现形式，主要是贡赐制度。洪武十九年（1386年），朱元璋拒绝日本怀良亲王所派使者，中日双方再无往来。随着朱元璋去世，两国政局发生变化，中日关系有所恢复，施行一种以勘合为凭证的贸易制度。这种勘合贸易，于日方来说，即以称臣进贡的方式，获取他们所需的中国货物。对明廷而言，薄来厚往算是一种羁縻手段，以抑制倭寇、巩固海防。明廷将勘合直接发给日本幕府将军，但幕府仅在最初能够控制勘合船，后来的实际控制权转入打着幕府旗号的地方封建领主大名手中。到了后来，勘合贸易非但没有起到抑制倭寇的目的，反而成为明廷的沉重负担：财政耗费巨大不说，日本使臣还在朝贡途中骚扰勒索、非礼非法，酿成祸害。宣德年间，中日勘合贸易实权主要为大内氏与细川氏两大封建领主把持。嘉靖二年（1523年）四月，日本西海道大内氏贡使宗设谦道率船三艘持正德年间勘合抵达宁波。几天后，日本细川氏贡使鸾冈瑞佐、宋素卿乘船一艘持弘治年间勘合也来到宁波。宋素卿本为华人，幼年流落日本，他贿赂市舶司太监赖恩，事事占得先机。两大领主的贡使为座次上下及验货先后等发生矛盾，宗设谦道等人烧毁细川贡使船只，追杀宋素卿至绍兴城下，返回时沿途焚掠且到宁波后夺船出海逃窜。

　　争贡事件虽然短暂，但其影响十分深远，"倭奴自此惧罪，通诛不敢款关者十余年"。日本与明朝通商贸易的正常渠道中断，走私活动日益加剧。明廷除派员督查、巡视海防外，多次下诏严加海禁——主要禁双桅大船，"一切违禁大船，尽数毁之"；再禁窝藏番货，"违者，一体重治"。

　　严厉海禁不外乎导致两种结果，一是禁止部分守法商人的出海贸易及百姓与外人的相互往来，二是不法商人为了高额利润不计后果疯狂走私。商人为了维护经济利益，贸易走私往往与武力相伴。遇到盘问、搜查的明朝官兵，能逃则逃，逃不脱便死命相拼。因此，沿海一带海盗丛生。而这些亦商亦盗的走私者一旦与葡萄牙、日本商人特别是倭寇相互勾结，为虎作伥，祸患无穷。《明史·朱纨传》对此有所记载："初，明祖定制，片板不许入海。承平久，奸民阑出入，勾倭人及佛郎机诸国入互市。"比如浙江双屿岛，就是海盗、倭寇盘踞的一处重要据点。发展到嘉靖中后期，酿成一场严重倭患，沿海几无宁土，百姓几无宁日。

三

嘉靖中期之后的倭患，可分为三个阶段。

第一阶段，嘉靖十九年（1540年）至嘉靖三十年（1551年），属倭患零星发生时期。

"倭寇"这一名词虽源自日本人入侵，但有时也泛指入侵沿海的所有贼寇，不仅特指日本海盗，也包括西方的葡萄牙海盗以及中国海盗。这一时期的倭患，一个最为突出的特点便是葡萄牙海盗、日本海盗、中国海盗三者合流。他们侵犯沿海，仅针对个别地区；且多在海上，并未深入内陆，也没有形成规模。

第二阶段，嘉靖三十一年（1552年）至嘉靖三十六年（1557年），属倭患最严重时期。

与早期相比，这一时期的倭患呈现出两个特点：

第一，倭寇的构成成分有所不同。

葡萄牙人消失了，倭寇成员主要为日本海盗与中国海盗。中国人中，既有名噪一时的海盗大头目，也有受裹挟依附的"小民"。并且在来犯的倭寇之中，中国人反超日本人，占十分之七以上，与明初多为日本人形成鲜明的对比。这一阶段的倭寇大头目如王直、邓文俊、林碧川、沈南山、郑宗兴、何亚八、萧显、徐海、陈东、麻叶、徐铨、方武等，也多为中国人，见诸史料有名有姓的日本人少之又少。

这种情形，并不能说明真倭寇不多，只是明廷以天朝大国的心态，对所谓的东夷、西戎、北狄、南蛮等不屑于考察、研究而已。对日本的情况了解不多，姓名知道的也少，记载就更少了。比如前期的望海埚大捷，来犯的两千多名贼寇全是真倭寇，但在史书中却找不到其中任何一个倭寇的名字。明代史料记载，倭寇往往用"二大王""倭酋""船主"之类的模糊指称。具体姓名也有，但出现的极少，如郑若曾在《筹海图编》中记载，海盗王直"倾赀勾引倭奴门多郎、次郎、四助、四郎等"，其他记载还有辛五郎、和泉细屋、稽天新四郎、日向彦太郎等。万历初年，在林凤海盗集团中，有一个名叫庄公的副将，便是日本人。

即使是真倭寇，也来自日本多地，据谢杰《虔台倭纂》上卷《倭原》记载："前此入寇者，多萨摩、肥后、长门三州之人，其次则大隅、竺前、竺后、博多、日向、摄摩、津州、纪伊、种岛，而丰前、丰后、和泉之人亦间有之。"当时的日本人，大多有名无姓。全国少有的几个姓氏如源氏、平氏等都属士族或皇族阶层。日本人的名字多以排行相称，长子称太郎，二子称次郎或二郎，依此类推。最后一个字，常用郎、夫、雄、男等字，多有雷同。直到明治八年（1875年），日本才颁布《苗字必称令》："凡国民，必须起姓。"于是日人姓氏暴增。而此时，明朝已覆亡二百多年，中国已是清光绪年间了。

日本人特有的姓名现象，导致明史记载过于简略。另外，倭人"细作用吾人，故盘诘难"，用汉人做奸细打探消息与虚实，审问不出什么名堂；倭人崇奉武士道精神（宁可战死，决不投降），即使被活捉"赴官司讯问"也要么什么都不说，要么叽里哇啦说上一通却没有人能翻译，"言如鸟语，莫能辨也"。

打扫战场时，对那些战死或负伤的倭寇，区别真倭寇与假倭寇、附寇，主要根据其穿着、相貌及语言。据顾炎武《天下郡国利病书》卷一百零四《广东八》所记，假倭寇"顶前剪发而椎髻向后以从之，然发根下断，与真倭素秃者自有异，战虽同行，退各宿食，此其异也"。再如嘉靖三十五年（1556年），一股倭寇夜袭上海地区，遇大潮淹死不少，据地方资料记载："得六十七尸，皆受重创，头颅肿大如斗，口圆而小，色黝黑，知道都是真倭。"这六十七名淹死的真倭寇，自然也没有一个留下姓名。

因倭寇构成成分的变化，"大抵真倭十之三，从倭者十之七"，"倭寇的主力是中国人"。于是，学界出现了一种新的论调，认为嘉靖年间的倭患并非外敌日本海盗入侵，而是内乱，是中国东南沿海的一场内部战争。如戴裔煊在《倭寇与中国》一文中认为："嘉靖年间的倭寇运动，实质上是中国封建社会内部资本主义萌芽时期，东南沿海地区以农民为主力，包括手工业者、市民和商人在内的被剥削压迫的各阶层人民，反对封建地主阶级及其海禁政策的斗争，是中国历史上资本主义萌芽的时代标志之一。这场斗争主要是中国封建社会内部的阶级斗争，不是外族入寇。"

其实，倭寇哪怕成员结构发生了变化，但性质没变，是元末明初倭寇入侵的一种延续。

嘉靖年间的倭寇，虽然比例不一，但主要由真倭寇、海盗及"小民"这三种成分组成。

真倭寇有专以劫掠为生的海盗，有由商人转化的海盗，还有伺机抢掠的进贡之人。这些商人、浪人、武士，与日本国王、名主都有密切关系，他们的目的就是要在中国获取最大利益；至于手段，可以是通商、通贡，软的不行，就强抢蛮夺。据井上清《日本历史》所言："杀人、劫财、强盗为武士的习性。"郑晓

《吾学编·四夷考》认为日本武士"其喜盗、轻生、好杀，天性然也"。嘉靖年间，正值日本战国时期，国王威信丧失，大名之间互相争夺、内战不休；涌现出大批武士、浪人、残兵、败将，在大名的支持、怂恿下，侵犯中国沿海，无恶不作。

倭寇每次入侵，都与海盗勾引有关。中国沿海常有海盗出没，但其规模与危害，只有与真倭寇合流之后，才达到前所未有的程度。郑晓在《今言》中说："倭奴借华人为耳目，华人借倭奴为爪牙，彼此依附，出没海岛，倏忽千里，莫可踪迹。"华人海盗，不过是真倭寇的"爪牙"而已。

当然，也有听命于海盗的真倭寇，受王直、陈东、徐海、萧显等人指挥。但这些海盗头目，并非真正的倭寇首领，他们还受日本大名的管辖与约束。比如王直的"老巢"就在日本，虽是一个"夷人大信服"的人物，但他也得寄人篱下，受平户岛主管束。陈东曾率真倭寇肥前、筑前、丰后、和泉、博多、纪伊等人入寇，但他只是"萨摩州君之弟掌书记酋也，其部下多萨摩人"。徐海受萨摩王弟约束。再如善战多谋的海盗头目萧显率领一群真倭寇在华亭泾人杨元祥的引导下掠夺大量金银珠宝之后，杨元祥请求放他回家，萧显先带他去见"船主"，才予放行。对此，《西园闻见录》卷五十六写道："船主，日本人，不知何名也。显见叩头，陈元祥之功，杀牛羊以祭海，因厚遗之，将遣三十倭人，送至其家。"萧显势力强大，连王直都有所忌惮甚至畏惧，而他也有日本主子并且还得叩头下跪，可见地位之低、依附程度之深。

而依附的"小民"，数量庞大，处于最底层。就某种程度而言，他们不仅无法获利，反而是一群受害者。郑晓《吾学编·四夷考》上卷《日本》言："小民迫于贪酷，苦于徭役，困于饥寒，相率入海从之。"而有的则是被掳掠来的人口，他们受制

于倭寇，无以解
脱。这些归附倭
寇的沿海居民，
因熟悉当地情
形，真倭寇逼
迫他们充当向
导；打起仗来，
"贼以掳民为先
锋"，将其放在
队伍最前面作为
"炮灰"。他们
思念家乡，不愿
为虎作伥，"但
已剃发，从其号
衣，与贼无异，

俞大猷像

欲自逃去，反为州县所杀，以此只得依违，苟延性命"。哪怕是
自愿附从的"小民"，也有阶段性，只依附海盗。因此，当王
直、陈东、徐海等海盗头目及其势力被消灭之后，从倭及被胁从
者极少。

倭寇的三种结构成分呈金字塔状，顶层是真倭寇，中间是
海盗，底层为"小民"。海盗、"小民"虽为华人，但他们也得
剃发、着号衣、配倭刀，装束打扮及作战方式，全部日本化、武
士化……

因此，我们只要稍加分析，就可得知，嘉靖年间的沿海动
乱并非内争，仍属外敌入寇。给这场战争定性，不能仅以倭寇成
分、人员比例而论，应从最高指挥者、利益获得者、战争的延续
与发展等多重因素加以分析，然后做出结论。

再则，日本古称倭国，唐咸亨初年（670年），才因近东海日出，改称日本。但国人仍称日人为倭人，连久居日本的中国人也称其为"倭"。据李百恭、郝杰《日本考》卷二《商船所聚》记载，日本博多"有一街名大唐街，而有唐人留恋于彼，生男育女者有之。昔虽唐人，今为倭也"。海盗头目王直、徐海、陈东、麻叶等虽为中国人，因其长期居住于日本，也可称为倭人。他们在中国沿海一带烧杀掳抢，所劫财物运至日本，自然可以视为倭贼。这一当时人们认可的"倭寇"称谓，随着时代变迁，今日之理解，便产生了歧义。

第二，规模大，次数多，时间长，地域广。

倭寇此前入侵，人数仅几十数百，上千就是最多的了；而这一时期动辄成千上万，多时有好几万。嘉靖三十二年（1553年），"倭寇连舰数百，蔽海而至。一时浙东西，江南北，滨海数千里，同时告警"。

倭寇与海盗合于一处，相互勾结、狼狈为奸，"倭奴非内逆无以逞狼贪之志，内逆非倭奴无以遂鼠窃之谋"（郑若曾《筹海图编》），故此规模大、气焰炽、难剿灭。

倭寇侵犯的地域范围重点在浙江、南直隶、福建，向北蔓延至山东，向南则扩展到广东。

次数相当频繁，每年多达几十次。明初从洪武元年（1368年）到洪武三十一年（1398年）的三十一年间，倭寇入侵共四十四次，每年约一点四次。而嘉靖三十一年（1552年）至嘉靖三十六年（1557年）这六年间，倭寇入侵直隶八十九次、浙江六十一次、福建十四次、山东三次、广东两次，共计一百六十九次，每年约二十八次。

此时倭寇入侵并非像以前那样，登岸暴掠一阵后很快离去，而是在陆地或岛上建立据点并长期盘踞，随时劫掠。

俞 家 军

　　倭寇出击没有规律，以抢劫夺利为目的。他们人多势众、势不可当，常常深入内陆剽掠，凶残无比、无恶不作。东南沿海仿佛沦陷一般，百姓不得安宁，财产随时被毁，生命悬于一线。

　　开国皇帝朱元璋于明初构建的海防体系，因承平日久、管理不善、战舰朽坏、寨堡倾圮，军队不堪一击。普通民众势单力薄，更是难以抵御，倭寇一来，唯有四散逃命。东南沿海，全线告警，自古以来，从未有过。倭寇如此猖獗，直接威胁明廷的统治与威权，岂能坐视不管？

　　其实，就当时中国与日本的综合国力比较而言，明朝完全有力量跨海攻打日本，而日本对中国的安全尚不能构成威胁。只有倭寇与海盗合流，实力大增，动辄数万且气势汹汹，明廷才切切实实地感到了来自东南沿海的压力。

　　于是，一批才华出众、勇于任事的文臣武将被调往东南沿海抗倭前线，朱纨、王忬、张经、胡宗宪、谭纶、俞大猷、汤克宽、卢镗、戚继光、刘显等，便是其中的佼佼者。

第三阶段，嘉靖三十七年（1558年）至嘉靖四十四年（1565年），倭寇由衰弱走向覆亡。

这一时期的倭患逐渐南移，福建成为重灾区，其他地区依次为广东、浙江、南直隶，山东已无倭患。这种情形的出现主要在于王直、徐海、陈东、麻叶等海盗头目被浙直总督胡宗宪消灭之后，倭寇失去内应，加之浙江、南直隶的防卫得到空前加强，倭寇不得不转移劫掠方向。与此同时，倭寇中的"小民"大为减少。他们以前依附的主要是中国海盗，海盗头目大多被歼，"小民"不论生活多么艰难，也不愿跟着真倭寇狼狈为奸去屠杀自己的同胞。

据《明史》记载："直（王直）初诱倭入犯，倭获大利，各岛由此日至，既而多杀伤，有全岛无一归者，死者家怨直。"对倭寇的围剿与聚歼，使得日本有的地方竟无一人归返，新倭寇一时难以产生，残余倭寇或逐渐被消灭或转向台湾鸡笼等地。

查阅相关统计资料，嘉靖中期之后第三阶段的倭患计有八年，倭寇共入侵九十一次，其中福建六十五次、广东十二次、浙江八次、直隶六次。到了这一阶段的最后一年——嘉靖四十四年（1565年），倭寇入侵东南沿海仅三次，福建、浙江、南直隶各一次。由此可见，经过俞大猷、戚继光、谭纶、汤克宽、刘显等抗倭名将的沉重打击，倭寇已基本绝迹。

◎

崇武古城

一

明朝嘉靖三十四年（1555年）六月，百余名倭寇在浙江上虞县境登陆侵犯，一路抢劫。横贯浙江后，剩下的六十多人继续深入内陆。他们西进安徽，再犯明朝陪都南京，不克；又穿越无锡奔袭苏州，至太湖附近才遭围歼。区区几十个倭寇竟深入国境三省二十几县，杀掠数千里，打死打伤中国军民四千多人，历经八十余天才被彻底剿灭。而在倭寇奔袭的地带，军民人数之多实难统计，仅南京一地驻军就达十二万，却令数十名倭寇如入无人之境。

梳理变因，探究根由，并非本文主旨。既然引出了这样的话题，也就提纲挈领地稍作勾勒。

北宋为一大变，开国皇帝赵匡胤因"黄袍加身"登上九五之尊的宝座，为防止类似事件出现，倡导重文轻武。他不仅以文官主管州事，还用文官控制武将。当重文轻武成为时尚，柔弱之风也就从上到下侵入社会底里，改变民族的气质、素质乃至本质。

当然，哪怕是在积贫积弱、萎靡涣散之中，我们中国人，也有崇尚阳刚、振兴武备、克敌制胜的闪光与辉煌。

崇武古城就是进入我视野的一个亮点。

崇武，崇尚武备。仅"崇武"二字，就让我的精神为之一振，一种久违的亲切在心中涌动不已。

崇武古城没有我们想象的那么久远，它建于明洪武二十年（1387年），只有六百多年的历史。然而，它却是我国仅存的一座比较完整的石头古城。在中国古代历史上，有气势磅礴的万里长城，更有不可计数、如星辰般散落各地的城池城堡，迄今保存较好的有陕西西安城、湖北江陵城、山西平遥城、辽宁兴城、山

崇武古城内关帝庙

东蓬莱水城等。这些古城的城墙皆为砖块建筑或泥土夯筑，唯有福建崇武古城的城墙全部采用花岗岩石砌筑而成。

崇武古城位于福建泉州市惠安县东南崇武半岛南端，西连陆地、三面环海，东临台湾海峡，夹在湄洲湾与泉州湾之间。崇武近处海域遍布礁石岛屿，地形复杂，易守难攻，是一处战略地位十分突出的军事要塞。

我国古代国防史上，历来以剽悍的北方少数游牧民族为患。他们不时南窥，掳掠中原，来去如风。万里长城，便是对付北敌威胁、入侵南下的一项庞大而系统的防御工程。到了明朝，前期要抵御北方内犯的蒙古鞑靼、瓦剌骑兵，后期得防备东北新兴的后金军队，而东南沿海一带也燃起了战争的烽火即愈演愈烈的倭寇侵扰。

明朝的国防，除了历朝历代延续不已的北虏之患，又增添了南倭之虞。

崇武古城，便在这样的国防背景下应运而生。

为防御倭寇侵袭，朱元璋下令海禁，并于洪武初年（1368年）开始在东南沿海设置卫所，建立水军。洪武十七年（1384年），朱元璋派大将汤和在山东、江苏、浙江沿海地带修筑了五十九个军事据点，洪武二十年（1387年），又派江夏侯周德兴在福建沿海增建十六个军事据点：北起崇武、中经永宁、金门、厦门，南至铜山（今东山）。于是，短短的四年间，朱元璋便在东南沿海新筑了七十多个军事城池。它们互相呼应，筑起了一道蔚为壮观的"海防长城"。

崇武古城建造之初，不过是这逶迤绵延的七十多个军事据点中的一个，是朱元璋与刘基共同构想施行的海防长城的一个有机组成部分。然而，随着其他海防城池的衰落与毁弃，作为当年硕果仅存的唯一历史见证，享有"抗倭名城""英雄古城"之誉的崇武卫城，也就显得格外突出了。

二

所谓的倭患，并非日本与明朝两国政府间的敌对与征战。明朝建立之初，正是日本分裂为南朝与北朝的内乱之际，也不可能与明廷形成对抗之势。而在明朝眼里，日本不过是四方蛮夷中的一个而已，是天朝的一个附属岛国。于是，明朝统治者在不了解日本国内已有天皇的情况下，就糊里糊涂地册封当时执掌实权的幕府足利义满为日本国王。

从古至今，我们总是以一种文明古国、地大物博、人口众多的优越感，对日本抱着一副不以为然的蔑视态度，将其称为小日本、小鬼子、蕞尔岛国。其实，日本这个强悍凶残而时时怀有恶意的邻居应是我们第一关注、重视与警惕的对象。如果说过去是不甚了解，而饱经倭寇与日寇侵略的深重苦难之后，我们还不觉醒，也就真的愧对那些惨死在日本人手下的同胞了。

因为处于分裂割据状态，日本幕府控制不了手下的封建诸侯与封建领主；而诸侯与领主手下的武士因国内战争频仍，土地荒废、食物奇缺、生活无着，便流亡海上变成"浪人"，进行抢劫。这便是倭寇的来源。日本历史上的"战国时期"延续了一百多年，民众不能进行正常的生产与生活，加入倭寇队伍的人员也就越来越多。他们先是入侵高丽，尔后南下骚扰中国沿海各地，从辽东半岛至山东半岛而后至江苏、浙江、福建、广东，到处留下了倭寇侵犯的足迹与罪恶。

于是明朝与日本间一种相当奇特的情形出现了，两国政府处于和平与友好状态，而幕府手下无法制约的诸侯领主、封建武士却不断破坏这种友好，与明廷为敌。

明代之初，王朝处于上升时期，尚能有效地防御倭寇的侵扰。如永乐年间的1419年，倭寇大举进攻山东沿海地区，明军前往进剿，很快就将这批倭寇全部消灭。随着明朝政治的日益腐败、军事设施的日趋废弛，倭寇也就变得愈加猖獗，尤以明朝中期的嘉靖年间最为严重。

由武士组成的倭寇，是一批相当好战的职业军人。日本对武士的培养教育，苛刻而严酷。他们从小习武，且每人备有一长一短两柄利刃——长刀进攻敌人、短刀对付自己，一旦失败，武士便毫不犹豫地用短刀结束自己的生命。明人对日本武士的教育、性格等情况不甚了解，以为是一种与生俱来的天性，"其喜盗、轻生、好杀，天性然也"。尽管认识有误，但在与倭寇的战斗中了解这种"天性"相当重要，可认识战斗的残酷性，对其施以针锋相对的打击。抗倭名将俞大猷就曾说过："倭人之桀骜、剽悍、嗜货、轻生，非西南诸番之比。"倭寇除好战、轻生外，因

崇武古城墙

日本剑道非常发达且他们又从小习武，均会剑道技术，战斗力相当强。倭寇使用的长刀在日本称剑，长约五尺，挥舞起来一片刀光，"上下四方尽白，不见其人"并可以在一丈八尺的方圆内有效地杀伤对方。中国原无此种兵器，对付起来也就相当困难。戚继光在《纪效新书》中对敌我兵器及优劣有过精辟的描述，倭寇手持长刀，"彼以此跳舞，光闪而前，我兵已夺气矣。倭喜跃，一进足则丈余，刀长五尺，则丈五尺矣。我兵短器难接，长器不捷，遭之者身多两断……"明军的短小兵器及传统阵法在倭寇挥舞的长刀及善于跳跃的进攻面前，实难取胜，常被敌人挥刀斩为两段。倭寇还随身佩带强弓利箭，这种弓箭射程不远，但强劲有力，"不轻发，发必中人，中者必毙"。而明军的弓箭则"弓软、矢轻"，哪怕射中，也构不成威胁。因此，被射中的倭夷"常拍其臀，以为我辱"。此外，倭寇的蝴蝶阵及一种独特的长蛇阵，也为中国人闻所未闻、见所未见。

　　在武器装备、个人技法及战术特点等方面稍作比较，便可发现明军的严重不足。而在勇气斗志、精神气质、内在素质等方面，更是远不如人，不堪一击。明朝的军事制度——卫所制将军队与百姓、军户与民户严格区分开来。实行之初，由职业军人组成的明朝军队，作战能力相当强。再往后，就弊病丛生了。明朝的卫所制度是一种耕战结合性质的军队编制法，军户与民户分开，军人的服装、武器也要自己筹备。又因为明朝的卫所是军人世袭，军人的后代良莠不分、参差不齐，世世代代为兵，一代比一代不重训练；武艺荒疏、武备松弛，不愿当兵的逃跑者越来越多，情况最严重时，逃亡的比例达十分之七八。这也就是说，明朝的不少卫所剩下的兵员只有定额的百分之二三十。军队长期减员，数量愈来愈少，明廷只好采取顶替的办法，将逃跑者的家人如弟弟、侄子等抓去顶替，实在无人可替时就将逃亡者的邻居抓去补充。于是，明军的武艺越来越荒疏，斗志越来越衰弱，质量愈来愈低下。以这样的衰疲之师对付生性凶残、装备优良、武艺娴熟、组织严密的倭寇，会出现怎样的场面与结局也就可想而知。因此，明军与倭寇对阵常常是一触即溃，一溃便不可收拾，也就难怪倭寇得以长驱而进、四处劫掠如入无人之境了。

　　这种情形，直到俞大猷、戚继光等著名的抗倭军事将领出现，才有所改观。

　　戚继光出身将门，十七岁时就因父亲病逝而世袭山东登州卫指挥佥事一职。他中过武举，除精通武艺外还用功读书，哪怕在戎马倥偬的战争岁月，也从未放弃这一良好习惯。于是，在戚继光身上，也就具有了不同于普通军人的优秀素质。特别值得称道的是，戚继光的人生追求与目的并不在于当官封侯，而是拱卫海疆、护国安民。袭职不久，稚嫩的肩头担负着重要使命的戚继光，就写过"封侯非我意，但愿海波平"这样难能可贵的明志诗句。

在早期军事生涯中，戚继光管理屯田、保卫京师、戍守蓟门。他在二十六岁时便被破格升为署都指挥金事，督山东备倭事，率领一支四千多人的队伍，肩负起整个山东沿海的抗倭重任。戚继光二十八岁时被调往倭寇最为猖獗的浙江任浙江都司金书，不久后升任宁绍台参将，镇守宁波、绍兴、台州三府。在与倭寇的多次对垒与拼杀中，戚继光积累了不少宝贵的战斗经验。同时，他也深深地认识到，要想战胜倭寇，靠现有的明朝军队几乎是不可能的。于是，戚继光决心训练一支新兵。当他以自己的想法征求同僚们的意见时，他们不仅不为所动，反而嘲笑他的迂腐，说"从来没有听过倭寇是可以消灭的，只有等他们劫掠够了退走时，跟在后面追赶一下或许可以将功赎罪，说不定还能够获得一些意想不到的意外之财"。

在明朝时，要办成一点事情可真不容易，更不用说训练一支战斗力强盛的军队了，戚继光为此付出的努力可能比抗击倭寇更感力绌。明朝军职世袭，募兵只是短暂的应急措施，首先要取得上司的理解与支持。浙直总督胡宗宪看过戚继光的练兵建议，当即扔在地上说："浙江人如果能够训练的话，我自己早就练出来了，还用得着你来？"过后转而一想：戚继光要练兵的建议已是众人皆知，如果不允，将来有什么责任推在自己身上可就吃不了兜着走，这样才勉强同意。胡宗宪同意了又迟迟不肯拨兵，直到大半年后，才将三千名绍兴籍士卒交到戚继光手上。

经过一番训练，这支绍兴籍军队与倭寇对阵，也打了一些胜仗，但总不令戚继光满意。他发现绍兴军卒行动敏捷、军容可观，但懦弱狡猾、内心畏惧敌人，将生死看得很重，与敌不能短兵相接。于是，戚继光决定招募一支全新的兵士进行训练。听说义乌地方发生了一场大规模械斗，双方多为农民与矿徒，每方均有几千人参加，以致斗争激烈、死伤颇多。戚继光对这种械斗十分反感，却欣赏械斗中表现出来的剽悍与勇敢。嘉靖三十八年（1559年）九月，戚继光罢去所练绍兴籍军卒，前往义乌招募新兵。脸面白白、行动伶俐、毫无顾忌的城市油滑之人不要，戚继光挑选的全是一些黑大粗壮、皮肉坚实的乡野老实之人。这些人虽然从未上过战场，也不懂武艺阵法，但这种情状对戚继光来说，则是再好不过的了。这些人就好比一张张没有任何墨迹的白纸，可以按照他的想法与意愿，书写新而美的理想文字。

戚继光募得一支四千多人的队伍后，便开始了紧锣密鼓的训练。这种训练不仅全面，而且非常严格；不仅吸取了古代练兵之精华，更针对倭寇的战术特点以求克敌制胜。总括起来，戚继光练兵的主要内容为练耳目、练手足、练营阵、练心。练耳目，使士兵绝对听从指挥，令行禁止。练手足，使士兵体格健壮，武艺精强。练营阵，使士兵协同作战，共同对敌。戚继光根据南方地形及倭寇特点，创造了一种新的阵法——鸳鸯阵：以藤牌、长枪、狼筅、镗钯为武器，两两相对，类似鸳鸯，防卫与击杀相互配合。练心，使士兵亲附将领，士气高昂，勇敢作战。经过一番强化训练，戚继光招募的这支四千多人的队伍，很快就成为一支武艺精、战术强、守纪律、听指挥的勇敢善战的军队。

我之所以花上一定的篇幅描写戚继光的募兵练军，是因为如果没有这支精锐之师，戚继光的抗倭事业不过是一座空中楼阁而已，戚家军是他战胜倭寇的根基与"法宝"。

戚继光不仅懂得军事实践，还深谙军事心理学。每次作战之前，他都要训话，进行战前动员，使得全军上下万众一心、同仇敌忾。于是，戚家军凭借过硬的军事本领、挟慷慨激昂之气、持雷霆万钧之势，真可谓所向披靡，攻无不克、战无不胜。在历时整整一个月的台州大战中，戚继光的军队可以空腹奔跑七十里投入战斗、可以以寡击众、可以水陆密切配合、可以全歼敌人而自己每战只损失二三人，创造了中国古代战争史上的奇迹。

戚继光从嘉靖三十四年（1555年）至隆庆元年（1567年）的十二年间，率军转战浙江、福建、广东三省，由署指挥佥事升任署都督同知、参将、总兵官。他在抗倭中历经大大小小八十多次战斗，从未打过一次败仗。他像一颗耀眼的星辰，出现在倭患愈演愈烈、明军溃不成军的灰暗背景下，显得格外耀眼夺目。

另一著名抗倭英雄俞大猷则是一员典型的儒将，可谓文武双全。他不仅有高屋建瓴的战略指导思想，在具体战役、战斗中也能采取灵活机动的战术，嘉靖年间所取得的几次具有决定意义的重大胜利，都离不开他谋定后动的正确指挥与身先士卒的勇猛顽强。可以毫不夸张地说，俞大猷是剿灭倭寇的关键性人物，堪与戚继光媲美，就某种程度而言，甚至超乎其上。在当年抗击倭寇的东南沿海一带，"俞龙戚虎，杀人如土"的民谣一直传颂至

崇武古城内民居

今，《福建通志·列传》中也有"世言继光如虎，大猷如龙"之语。龙与虎，是威武勇猛的象征，但在国人眼中，龙显然要比虎高出一筹。

纵观俞大猷的抗倭历程，可以分为两个阶段：第一阶段从嘉靖三十一年至三十八年（1552—1559年），俞大猷在浙江、南直隶抗击倭寇；第二阶段从嘉靖四十一年（1562年）任福建总兵官起，直至倭患基本平息。

第一阶段的倭患，主要是王直、徐海、麻叶、陈东等与倭寇合流的海盗为非作歹，七年之间，俞大猷几乎参与了所有消灭他们的战役且功勋卓著。

第二阶段，福建总兵俞大猷、副总兵戚继光与广东总兵刘显相互配合，取得了著名的平海卫大捷；然后转战广东，破倭于邹堂、海丰等地；南澳之战与戚继光再度联手，大败广东势力最强的从倭海盗吴平；嘉靖四十五年（1566年），吴平率残部逃入安南，被追踪而至的明军彻底歼灭。

东南沿海为害剧烈的倭患，就此基本平息。

三

崇武古城的地盘，在宋朝时称崇武乡守节里。也就是说，崇武古城之名，乃由过去的地名沿袭而来。颇有意味的是，当年七十多座不同城名的军事据点，唯有这座名为崇武的古城得以留存至今。莫非是老天冥冥之中留下这么一座名实相副的军事古城，用以激励国人，重振武备，兴旺强盛？

在崇武古城建立之前，这里就与军事有了一定的联系。宋太平兴国六年（981年），统治者在惠安置县并在这里设小兜巡检寨，调拨一百名禁军守卫，后增至三百一十人。元沿宋制，改巡检寨为巡检司，并加强了守军防卫。周德兴奉命经略福建，作为军事工程专家的他，在巡视泉州沿海曲折的海岸线时，一眼就看中了这里易守难攻的险要地势及突出的战略位置。

据《读史方舆纪要》及《福建通志》所载，崇武全城周长七百三十七丈，在福建沿海最初建成的所有城池中规模最大。此后，明清两代在原初基础上，又进行过十八次修茸增筑。今天我们所见到的崇武古城，周长二千四百五十七米，四面设城门，东、西、北城门各有月城；城基高五米，墙高七米，设有两层跑马道，共有城垛一千三百零四个、箭窗一千三百个、窝铺二十六座……从城墙、窗铺、门楼、月城、墩台到捍寨、演武厅等，结构严谨，布局完整，构成我国古代一套完整的战略防御工程体系。崇武卫所建成之初，周德兴根据整个福建沿海的战略形势及特殊地位，在这里驻扎军队一千二百二十四名，其中旗军一千名、屯军二百二十四名。对此，《崇武所城志》以相当自豪的笔调写道："雄峙海上，所以制险御侮非常也。凡沿海列戍，不啻星罗台布，而全城居民之多，滨海扼要之重，无过于崇武。"

然而，就是这样一项守疆卫土、利国利民的军事工程，却没有得到当地百姓的理解。人们对周德兴贬大于褒、毁甚于誉，不仅流传着一些贬损他的故事与传说，还有意雕刻他的塑像置于公共尿桶旁，任人撒尿侮辱。

崇武古城坐落的地基被人视为风水宝地，古城耸立其上，被认为破坏了当地风水；置卫所时居民大量内移，安土重迁的民众自然心怀不满；明朝实行严厉的海禁政策，崇武古城在担负着保家卫国功能的同时，也产生了监视民众、查禁沿海民众出海捕鱼及对外贸易的负面效应……正因为这种种原因与不满，周德兴成了他们编排与贬斥的对象，就连他因为儿子的"乱宫"之罪受到牵连而惨遭诛杀，也演变成被朱元璋赐葬绝穴的传说。

这种情形，固然反映了当地民众的迷信与愚昧，也与千百年的专制政体密不可分，是封建统治下的必然产物。百姓长期在强迫、压抑与愚弄的状况下生活，缺乏主体意识，哪怕与自己生存、生活息息相关的大事，也变得不甚理解或者麻木不仁。由此可见，唤醒民众真正当家做主的主人翁精神，是加强国防、提高国力的一项重要内容。

倭寇为害福建时，闽南是其重点侵犯劫掠之地。据有关资料记载，仅明朝嘉靖年间（1522—1566年），倭寇直接进犯崇武及附近诸村就有七次。崇武卫城的建立，确实发挥了进攻与防御兼而有之的重要功能，起到了"赖以成边，实以保民"的重要作用。明永乐二十二年（1424年），一千多名倭寇从大岞登陆，"焚掠居民"。崇武卫所指挥官张荣率领军队主动出击，迎战倭寇。张荣力战身死，倭寇损失惨重，不得不败退而去。然而，在有记载的十七次倭寇侵袭骚扰中，崇武古城也曾痛失敌手。虽然是唯一的一次，但给当地军民带来了无尽的灾难与悲痛。明嘉靖三十九年（1560年）四月初一，倭寇大量集结，"乘夜雨密蒙，潜梯城而上"，偷袭崇武。全城军民虽浴血奋战，死伤枕藉，最终因孤立无援而沦陷敌手。直至五月十日，兴泉道黄育吾率领军队反击，派人混入城内，夜间在倭寇食用的水中投毒。大批倭寇中毒而亡，黄育吾于第二天挥兵进攻，古城才得以收复。倭寇据城四十二日，杀害无辜、焚烧军民居所，无恶不作，致使崇武尸横遍野、财物被掳掠一空当时，崇武古城的损失相当惨重。

戚继光也曾亲临崇武指导抗倭。那是明嘉靖四十二年（1563年）春，一股倭寇突袭崇武。在戚继光的指挥反击下，他们很快就尝到了"戚老虎"的厉害，不由得仓皇败退。

针对崇武的地理环境及抗倭需要，戚继光还亲自部署。他在城内制高点建立中军台，加强墩堠管理，并在原有基础上建立

戚继光塑像

陆路军、城操军、征操军、兵马司等，进一步提高崇武所的军事防御能力。

经过无数次战斗洗礼，在吸取胜利的经验与失败的教训后，崇武古城的防御体系更加完善，真正成了一座固若金汤的海防军事重城。城内有军营、民居、粮仓、军器库、水井、下水道等生活设施与军事贮备，有公署、谯楼、庵堂、寺庙等社会管理、人文资源配套系统，由单一的军事城池发展为功能齐备的"小社会"。崇武城墙全用花岗岩砌筑，坚不可摧。城门分内门与外门，全部包以铁皮，涂以桐油。内门、外门之间设有一道板函重闸，形成三道坚固的门障。东西南北四座城门近处，全部筑有防御敌军靠近城门的敌台，台内砌有穴孔、安有铳炮，可容数十人。每有倭寇而至，台内铳炮弓弩齐发，"彼贼立毙"。城墙跑道分上下两级，守城将士可环城跑马，调动自如，呼应灵便。城外四周，则掘有防城壕沟。经过戚继光的亲临指导部署后，军队不以城池画地为牢，而是拓展到城外乃至海上。通往崇武古城的各重要路口都布有暗哨，海上常年有一支巡逻队伍……城池的建筑设施与军队守卫密切配合，构成了崇武古城相对完善、坚不可摧的军事卫所一体化防御系统。

四

明代是我国古代国防的转折与过渡时期，除了历朝历代延续下来的北虏，还有兴起的南倭，抗虏与御倭并重。此后，中国国防的重点就逐渐转移了：北虏的侵犯与威胁减弱，"天朝"闻所未闻的"外夷"则连续不断地自遥远的天边奔向从未设防的东南海疆，蜂拥而至。这些所谓的外夷远非古代北方那些没有开化的游牧民族所能比拟，他们不仅在军事、技术、经济等方面构成了强势侵略，即使在政治文化等方面，也对自成体系的中华文明形成了一种从未有过的严峻挑战。

国防形势变了，可封建王朝的观念没变。中国的封建统治者还陶醉在往昔的荣光中沉睡不醒，以至近代外寇频频入侵而中国军队却屡战屡败，清政府签订了一个又一个丧权辱国的条约却总也满足不了侵略者越来越大的胃口，中国不得不沦为半殖民地半封建社会的可悲境地。

落后就要挨打，似乎是一条人人自明的道理，可我们真的能够吸取历史上的惨痛教训，从落后中振兴、从退败中崛起、从衰弱中强大吗？

抗倭历史给我们最大的启示：一要掌握制海权，建立一支强大的海军，中国的边防不仅仅只有陆地，也包括浩瀚的海洋；二要变消极防御为主动出击，才能克敌制胜；三要崇尚武备，增强实力。

朱元璋开天辟地第一遭以一个地地道道的农民身份登上皇帝宝座，他将国家视为一个庞大的农村加以治理，使得整个社会封闭内敛、凝固不变、停滞不前。他对世界的认识，仅仅局限于周边及邻近的东南亚国家及地区，出于对外部世界的陌生恐惧与短视自足，推行以守代攻的外交政策。他下达过六次禁海令，"严通番禁，不放寸板下海"，取消了历代曾经有过的中外民间自由贸易。作为开国皇帝，朱元璋的一系列政策措施几乎与整个明朝相始终。因此，当倭寇渡海而来时，大海不仅没有成为他们的障碍，反而成为畅通无阻、进退自如的"坦途"。

俞大猷生长于闽南沿海，又在海岛、海滨长期任职，对大海及水战、海战颇为熟悉。因此，抗倭之初，他就独具慧眼，针对倭船矮小、倭寇不习水战等特点提出了水战歼敌的方略：在海洋、港湾、内河设置三道战线，层层防御、步步围堵，以长制短，同时注重陆兵的守卫。其防御战略可概括为"大洋虽哨，而内港必防；内港虽防，而陆兵必练；水陆俱备，内外互援"。然而，俞大猷命运不济，时常遭到阉宦、权贵的排挤打击，甚至遭受冤狱之苦。他那多层次、有纵深的抗倭防御思想自然得不到应有的重视。于是，在严厉海禁的"国策"主导下，沿海国防从御敌于远海到近海、由海防逐渐转变为岸防，并将某些沿海岛屿居民迁居内地。这不仅缩小了防御的纵深线，反而使得这些岛屿成为倭寇进攻内陆的基地、巢穴与跳板，为倭寇的入侵提供了有利的"方便"。

朱元璋的海禁，其主要是为了抗倭及防御逃亡海上的反明残余势力。在他的想象中，只要禁止沿海居民出海，海上势力便失去了联系与接济，将难以生存、不攻自破。朱元璋的一厢情愿，的确达到了禁止国内民众出海之效，却导致了海防空虚、海疆尽失的严重后果。此后的清政府也继承了明朝衣钵，依旧执行实际意义上的海禁。我国古代的水师，也算不得独立的、严格意义上的海军，只不过是陆军的附庸罢了。因此，一旦遭遇真正的海军——鸦片战争中的英军舰队时，中国古代水师那不堪一击的结

俞大猷塑像

局早已"命中注定"。

除了防御，还是防御。在这种一味防御的战略思想指导下，哪怕戚继光这样卓越优异的军事将领，也难有大的作为。他在崇武古城部署的延伸城池防御功能的措施，在当时就多少显得有些另类，特别是那支海上巡逻队，更是有违朝廷战略思想。东南沿海倭患基本肃清后，戚继光奉调北疆抗虏，也曾提出过训练一支车步骑混合编成的十万精锐之师主动出塞打击蒙古骑兵，却遭到了一批因循守旧的老朽官员的强烈反对。于是，戚继光除了将长城修得更加坚固外，他的军事才能再也无从发挥。当然，重文轻武、防范武将也是其中一个重要的因素。戚家军从当初的四千人，发展为六千人，戚继光在抗倭战争中统率的军队最多时为三万。调防北疆后，戚继光可控制的军队数量按规定的编制计算，士兵八万，战马二万二千匹。作为一个重兵在握、足以震撼京师并能动摇国基的军事大将，戚继光除了忠心报国外，从未有过二心。他写过既是表达对皇上的忠心，又是自己戎马生涯写照的诗歌《马上作》："南北驱驰报主情，江花边月笑平生。一年三百六十日，多是横戈马上行。"然而，帝王的防范之心并不是几句表达忠诚的话语就能打消得了的，因此，朝廷对他的时时制约、处处掣肘也就不足为怪。尽管忠诚谨慎、勤于治兵、严于律己，戚继光仍不能见容于最高当权者，最终被革职罢官。戚继光晚年郁郁寡欢，一贫如洗，临终前连治病的药费也没有。这种凄凉结局与他当年的叱咤风云形成鲜明而强烈的反差，后人不由得生出一种英雄末路的苍凉与悲怆。

其实，就当时的综合国力而言，应该是明军进攻日本才是，却反而遭受前所未有的严重侵扰。当然，我们并不是要求朱元璋及其后继者们去侵略他人、占领别国的领土，我们没有这样的传统。但是，我们应该时刻提防并能有效地抵御他人的侵略才是。就防御的实质而言，固守一隅只能消极、被动地挨打，起不到真正的抗敌之效。长达几个世纪的匈奴之患，并非依靠越修越长、越修越宽、越修越高的长城得以解决，如果没有汉武帝那气吞万里的主动出击、大漠征战，怎么也达不到一劳永逸的良好防御之效。

中国作为一个有着几千年农业传统的国度，农耕文化是我们的辉煌与骄傲，同时也是我们的沉重包袱与衰落之源。如果一味固守根深蒂固的传统，不能与时俱进，就会成为前进的羁绊与障碍。人人固守着一块狭小的地盘，日出而作、日落而息、自得其乐地生活着，这就是我们的传统文化中所提倡、推崇、向往的美好田园生活。这种恬静、和谐固然是一种难得的境界，然而，也形成了国民与世无争的柔弱性和一盘散沙的结构性、逆来顺受的国民性。这种特性一旦遭遇强悍凶残的日本岛国及物竞天择的西方文明，"人为刀俎，我为鱼肉"的惨痛局面也就在所难免。

　　戚继光组织训练的戚家军，就其实质而言也是一支地地道道的农民军，不仅成员由农民组成，其作战武器也是藤牌、毛竹、铁叉之类的农具。戚继光所能做的，就是将一粒粒"散沙"用水搅和，形成一股强大的协同作战凝聚力量，成为一支一以当十、攻无不克、所向披靡的强大军队。这不仅对中国古代军人单纯强调个人技能武艺是一种创举，即使对今天，也有借鉴与现实意义。今日的现代化战争，再也不是过去的单兵作战，而是海陆空及信息、导弹等部队的多兵种、多渠道、立体化协同作战。

五

　　保存完整的崇武古城依旧威武磅礴地耸立在崇武半岛南端的大海边，城墙东南角最高处还设有一座可照临十五海里的国际航标灯，我曾多次前往游览。古城墙那一块块青色的花岗岩石头，它们的坚硬与刚性曾以无声的呐喊顽强地抗击来犯的侵略者，保护一个个鲜活的生命。城墙默默地挺立着、修炼着，积聚那内在的能量，时刻准备着关键时刻的殊死搏斗。敌军败退、邪恶消隐，而古老的城墙依然保持着过去的姿态，以一种见惯不惊的刚毅默默地经受风雨侵蚀、默默地包容一切，百年如斯、亘古如斯……

　　沿海蜿蜒的海岸线、绵延的山岭与江河湖泊交错而构成的独特地理环境，使得东南海防不同于历代的北方抗虏，不同于那种布阵于大漠荒野的两军对垒，不同于金戈铁马的迅疾横扫。东南海防，既有大规模的两军进退，也有个体间的生死拼搏，还有武器技术的较量。不屈的生命与灵魂可以凭借每一块礁石、每一个岛屿、每一座城堡、每一口堰塘、每一条河流、每一处掩体、每一座山头等有利的地形地貌，将它们变成消灭入侵者的战场、埋葬入侵者的坟墓。

　　崇武古城因抗倭而兴，气吞山河的崇武精神让那些侵略成性的敌人见识了它的刚强与伟岸。这里最初只有一千二百二十四名驻军，至今已发展为两万多人口的具有现代化功能的繁华集镇，并由过去的海防城池发展为现在的"历史文化古城""滨海工贸旅游城市"。古城风貌，是崇武的内在底蕴，惠安女那奇特的服饰与习俗，是崇武的亮丽风景，精美的石雕艺术为崇武的旅游、贸易、文化开启了一道独特的兴盛之门，南面滨海景观区便建有一片占地九万多平方米的石雕博览园。只是博览园设立的二十五个景区，置放的五百多件石雕作品，全是一些与抗倭及古城历史无甚关联的题材内容。这些雕刻灵动，也有某种神韵，但给我的印象，却是阴柔有余，阳刚不足。难道说崇武后人那内在的崇武精神与素质也在一步步退化？那种阳刚与抗争、奋发与激情也在时间的长河中衰落难觅？

崇武古城墙

这并非杞人忧天，明代的崇武古城是一座坚固的军事堡垒、海防重镇，清朝时这里的武备就开始松弛了。而抗日战争时期，崇武古城基本处于不设防状态，没有正规军驻守，只有十几名保安队员。1940年7月15日，两百多名日寇在四架飞机的配合下从獭窟登陆，未经战斗便轻而易举地占领了崇武，焚毁房屋五百多间、民船五百多艘并打死、打伤民众一百三十多人……崇武百姓，又一次饱受战争的摧残与蹂躏。

当然，此乃国民党政府所为，与当地民众并无多大关联。其实，崇武百姓作为军人的后代，内里仍保存着先祖的遗风，性格粗犷勇猛甚至带着一点野蛮的味道。崇武半岛基石裸露，土质贫瘠，特殊的自然环境决定了崇武人顽强不屈与彪悍尚武的民风。崇武人的习俗与游戏中，也含有武备、战争的内容。如"掷石战"，这是一种以石块为武器的分阵拼搏，一种货真价实的打斗厮杀，极富攻击性与刺激欲。崇武城内的妇女，至今仍被城外人称为"军婆"。崇武人不论男女老少，说话总要带一些骂人的口头语，于是就有了"崇武人骂人就是说话，打招呼也是骂人"之说……

然而，这种精神如果不激荡、不发挥，就会转为柔弱萎靡。人类具有开拓进取的天性，也有贪图享乐的本性与惰性。

由此，不由得想到了在莆田湄洲岛见到的一副相当别致的对联，艳红的条幅上端现出一条窄而刺眼的白色。经了解，这种"白额春联"，原来藏着一段倭寇入侵的惨痛历史与浓郁悲情。

莆田原名兴化府，不仅十分富庶，晚唐以来更是福建著名的文教之乡，名儒辈出。明朝科举，每科及第四人左右，而正德、嘉靖年间则猛增至九人，呈现出"莆文献领袖全闽"的局面。然而，莆田的富庶引来了倭寇的垂涎与入侵，繁盛的人文优势使得莆田百姓不识兵革，多次遭到倭寇洗劫。最严重的一次，便是嘉靖四十一年（1562年）十一月二十八日，一股六千人的精锐倭寇攻陷了兴化府城。两个月后，满城财物被夺尽，倭寇弃城退走。此次沦陷使城中百姓十之七八死于倭寇之手，以致哭声连门、死尸塞路，孤城之外，千里为墟。斯文与柔弱，竟成为侵略者首当其冲的蹂躏对象！

得知倭寇撤走，侥幸逃脱的百姓纷纷返城，掩埋亲友尸骨。他们回到家中先贴白纸对联办丧事，再贴红纸对联补过新年，红联贴在白联之上。这一习俗流传下来，也就衍化成了今天的"白额春联"。

走出石雕博览园，我的眼前不觉一亮，一座巨型戚继光雕像高高耸立。郁闷的心情涣然冰释，顿时涌起了一股少有的激动与冲动，几乎是跑步来到十米高的雕像旁。戚继光左手握刀的英武、右手捋须的自信及全身洋溢的豪迈之情，不由得深深感染了我。同样的汉人、同样的冷兵器，经过戚继光的"点化"，生命潜力便得到充分发挥，创造出惊天地、泣鬼神的伟大奇迹。戚家军的百战百胜，几乎创造了汉族新的神话，是近几百年来抵御外侮中少有的光环与亮点。

受到阳刚之气的感染与鼓荡，我缓步走向大海。当我背向海滩石壁那"天风海涛"四个红色大字的崖刻，面对辽阔而蔚蓝的海疆，看那渐远的船帆与渐近的潮水时，更加深切地感到"崇武精神"对中华民族的必要。

日本为害中国，自倭寇始，倭寇的侵袭至少使中国社会发展延缓了二十年之久。倭寇入侵，还只是日本国民的"民间行为"，或者说是一种个体与少数人的所作所为；因为当时的两国政府——朱家朝廷与日本幕府是友好的，还有着一定的外交往来。倭寇相互间缺少联系，没有政治目的、没有领土要求、没有统一的作战指挥，各自成股、分散流窜，旨在剽劫。然而，当日

崇武古城墙

本的扩张与入侵由民间行为变成一种以征服、占领为主旨的政府行为时，其猖獗可恶更是令人发指。中国近现代所面临的所有外敌侵略中，唯有日本带来的灾难最为深重。1874年，日本侵略台湾，强迫清政府赔偿白银五十万两；1894年，甲午海战，又强迫清廷赔偿白银二亿三千万两，相当于日本四年的国库总收入；1900年，八国联军侵华，日本再次强迫中国赔偿五千万日元，折合白银三千四百七十九万两……正是中国的大量赔款养肥了日本，使得日本的军国主义达到了疯狂的程度。1931年，日军入侵东北，进而发动侵略中国的全面战争，差点使中国陷入灭顶之灾。仅1937—1945年，就有三千多万军民惨死敌手，数千亿美元的物资财产化为灰烬。尽管日本曾经一而再、再而三地逼迫中国赔偿，而我们却以德报怨地放弃了对战败国日本的战争索赔。

日本有限的国土面积、匮乏的自然资源及独特的精神文化传统，决定了它长期以来成为东亚世界的一个"异数"。日本对周边国家的统治与侵略欲望一直非常强烈，还不自量力地做过征服朝鲜、中国乃至整个世界的可悲复可笑的梦想。不仅日本政府不愿看到东亚其他国家超过它，即使日本的普通国民也是如此。1886年，当北洋海军提督丁汝昌率领"定远""镇远""济远""威远"号四艘军舰经日本政府同意进入长崎港检修时，日本国民见到近代强大的清朝北洋海军后心生不平，大批警察无故挑衅上岸的中国水兵，并大打出手、拔刀杀人。日本居民也投入其中，男人拿出菜刀、棍棒追杀，女人则烧滚开水从临街楼上的窗口泼向中国水军头顶。由此造成五名中国水兵当场死亡，六人重伤，三十多人轻伤，另有五人下落不明。

过去与现实，都在不断地提醒我们，一定要崇尚武备。当然，这种武备，并非单一的军事与战争。今日之"武备"，包蕴着政治、经济、文化、军事、科技等方方面面的内容，是整个综合国力的激发与提高。

◎ 踏访龙山所遗址

一

深秋的太阳挂在一碧如洗的蓝天，亮丽而明媚。中午刚过，阳光斜照，一丝风儿也没有，一股少有的静谧与温馨、安宁与祥和，笼罩着身边的村庄与大地，也弥漫着我的身与心。

村庄名龙山所位于浙江省宁波市慈溪市龙山镇，常人怎么也想不到六百多年前这儿却是一处著名的古战场，明军与倭寇在此展开过无数次惨烈的搏杀，鲜血浸透了脚下的土地、染红了环绕的护城河。

护城河？浙东的一个村子，怎么会有保护城池的河流？

原来，这不是一座普通的村庄，其前身，是一处抵御倭寇的军事城堡——龙山所城。

明朝建立之初，明太祖朱元璋采纳谋士刘基建议，创立新的军队编制卫所法：中央设五军都督府，地方设都指挥使，府、县设卫、所、旗，以此构成严密的海防体系。洪武一朝，共建四十九卫、八十五所及巡检司、烽堠等军事设施一千多处，遍布北起辽东、南至广东的一万八千多公里的漫长海防线上，它们大小相间、绵延相续、错落有致。

龙山所便属八十五座所城之一，是明代严密海防体系的一个组成部分，是观海卫、临山卫的门户及杭州府城的外围屏障，战略地位十分重要。

我与地方文史专家童银舫先生在一位村干部的引导下，沿当年的古城墙缓缓而行。

走了一程后稍稍歇息，我不禁四周眺望，但见龙山所三面皆山、一面朝海，是一处进可攻、退可守的风水宝地。当年选址于此，可谓独具慧眼，定有高人勘查指点。据《慈溪县志》

龙山所古城墙遗址

《镇海县志》记载，龙山守御千户所由明朝开国功臣信国公汤和于洪武二十年（1387年）选址建筑，周长三里，驻扎明军一千一百二十人。

这些官兵，常年驻守于此，七分守城，三分屯种，形成自给自足的武装集团。无论军官还是士兵，实行世袭制，父死子承，代代相传。几百年光阴转瞬即逝，龙山所城的军事地位逐渐衰落，也就演变成了与江南其他农村并无二致的普通村庄。

严格说来，昔日的城墙如今只是一道环村而绕的土堤而已，只是比一般的土堤显得更为宽厚。堤上种着蔬菜，有大蒜、芋头、大白菜、小白菜等，长得翠绿而旺盛。间或有一丛翠竹、几棵树木、一片枯萎的玉米秆和一茎茎枯黄的野草。右边是龙山所村，左边是广袤的田野，铺向远方，被连绵起伏的山岭所阻。

汤和建城之前，龙山所西门外还是一片海滩，不远处的龙头场、凤浦岙是晒盐场。汤和于洪武二十年（1387年）春开始

石砌古城墙

督造，据说请来了京城的土木规划官员设计，由温州、象山一带的能工巧匠牵头并发动、组织当地大批民众填地基、挖河道、筑城墙、建房屋，可谓浩浩荡荡、轰轰烈烈。尽管加班加点昼夜不停，仍花了四年时间，才于洪武二十四年（1391年）秋建成。

据明嘉靖《观海卫志》记载，拔地而起的龙山所城拥有东、西、南三道城门，城门各横架吊桥一座，北面近海设水门。一横一纵两条街道在城中心交叉，四座城门到十字街口的距离皆为二百四十米。龙山所呈四方形，城池周长约一点五公里。城墙外的护城河分正河与备河，正河周长约一点七公里，宽约四点七米，深约七点三米；备河与正河周长、宽度基本相当，但水深五米，比备河要浅。城墙高约八点三米，宽约六点七米，上设敌楼十五座，巡铺十座，雉堞五百六十八个，并加固木栅、石柱，可谓固若金汤。

二

汤和奉旨在浙江沿海一带选丁五万八千七百多人筑城,共建卫所五十九座。面对繁重的劳役、赋税,浙人苦不堪言。有人向他进言:"民众怨声载道,奈何?"汤和回道:"成远算者不恤近怨,任大事者不顾细谨,复有抱怨者,齿吾剑!"汤和以霹雳手段严厉推行卫所制度看似冷酷,但等到一百三十多年后的嘉靖年间浙东倭患频仍之时,当年所筑城池构成了一道坚不可摧的立体防线,有力地保护了当地民众的生命财产。于是,百姓对汤和称颂、怀念不已,并立庙宇祭祀汤和。

仅以嘉靖三十五年(1556年)为例,倭寇便多次攻打龙山所城。

这年四月,二十三艘倭船载着一千六百多名倭寇乘东北季风而来,在鸣鹤场登陆。不久,又有八艘倭船载着千余倭寇在临山、三山一带登陆。数日后,两股倭寇合于一处烧杀掠抢并攻打观海卫与龙山所城,被驻军击溃,于是转攻慈溪县治。县城没有修筑城郭,不如军事卫所壁垒森严,很快就被倭寇攻破,百姓惨遭涂炭。

五月,倭寇再攻龙山所。城内守军奋勇反击,倭寇几次强攻,皆被击退。

八月,倭寇头目徐海被浙直总督胡宗宪诱歼,部下八百多人脱逃,窜至慈溪,以邱王村为据点攻打龙山所。参将卢镗,副使许东望、王公询,把总卢锜各率兵二千,游击尹秉衡率兵三千,前来救援。宁、绍、台地方参将刚一得报,赶紧驰军前往高家楼拒敌。明军会合后,兵力一万多人,是倭寇的十多倍,在数量上占据绝对优势。而倭寇非但没有撤退,反而组织力量进攻。他们兵分三路，每路由一头目率领，挥舞倭刀，杀入明军各部。明军稍作抵抗，便溃不成军，各自逃命。这时，二十九岁的年轻将领戚继光临危不惧、沉着应战，他站在一块高大的石头上挽弓搭箭，瞄准其中一名倭寇首领。"嗖"的一声响，正在激战的倭酋根本没有防备，箭矢直中其胸窝，当即毙命。紧接着，戚继光射出第二支、第三支利箭，又有两名倭酋应声倒地。倭酋被歼，攻势受阻，明军这才缓过气来，重新集结。倭寇见攻城无望，引军退去，龙山所之围方解。于是，就有了当地传说甚广的"戚继光三箭定龙山"。

九月，又有大股倭寇趁季风而至，再次攻打龙山所。倭寇人多势众，十分猖獗，龙山所岌岌可危。在这紧急关头，浙江巡抚阮鄂督率浙直总兵俞大猷、参将戚继光、知府谭纶，带领大军赶赴龙山所增援。明军声势浩大，刚一赶到便与倭寇展开激战，且三战三捷。倭寇难以占据上风，当晚从龙山所悄悄撤退。明军得知，一鼓作气，乘胜追击。追至缙云，与倭接战，大获全胜；再追至桐岭，倭寇又败。明军被接二连三的胜利冲昏了头脑，没有半点戒备，只是一个劲地咬着逃窜的倭寇穷追不舍。倭寇退至雁门岭奇兵突出，前后夹击明军。倭寇武功高强，既能列阵布兵互相配合统一进军也能各自为战，哪怕大败也能镇定自若，在逃窜途中埋伏下来回身突击。明军没有半点防备，被打得措手不及，阵脚大乱。前锋溃败，中军动摇，后卫遇袭，众多士兵在狭窄的山路上叫喊着、拥挤着，四处逃窜。幸亏这支大军中有谭纶训练的军队，还有俞大猷、戚继光所部尚能保持作战队形、拼死抵抗，终于遏住倭寇的反攻势头，这才没有出现不可收拾的溃败局面。倭寇得势，停止反击，一边抢劫，一边撤退。惊魂未定的明军再也不敢追击，赶紧稳住阵脚、收拾残局，听任倭寇由乐清出海，从容离去。

龙山所古城墙遗址

　　嘉靖三十五年（1556年）九月的龙山所之战，虽然功败垂成，但意义重大，在抗倭史上值得大书特书。这是历史上最著名的抗倭将领俞大猷、谭纶、戚继光的初次相识，也是他们之间首次配合。经此一战，他们深深地认识到依靠腐朽的明军无法战胜倭寇，只有训练战斗力强大的新军，才有可能将其消灭。谭纶台州练兵，为训练新军提供了宝贵经验。不久，俞大猷在胡宗宪、谭纶的支持下，从当地卫所、百姓中挑选一千多名精壮男子并经过数月训练，终于练成了一支威武之师——俞家军。此后，戚继光又在谭纶、俞大猷练兵的基础上，训练出威名赫赫的戚家军，为剿灭倭寇奠定了坚实的基础。

龙山所护城河

三

几百年过去，龙山所变了——这种变，不仅有外在的变迁，更有骨子里的内在变化。

当年选择此地作为防御城堡，背山临海的地理条件当是其主要因素。龙山所城北面一里处的金墩浦，北通大海，西接凤浦渔市泊船之地。倭寇于春秋之际趁季风自东北而来，便在此停泊，然后侵犯龙山、慈溪、定海（今镇海）等地。不唯嘉靖三十五年（1556年）的龙山所数次战斗，此后的诸多抵抗，如嘉靖三十八年（1559年）倭寇围攻龙山，也在金墩浦登陆。

沧海变桑田，大海渐渐远去，已在十里之外。龙山所再也看不到潮水涨落，听不到海涛拍岸，唯见房舍井然、庄稼茂盛、树木青翠，但闻鸡鸣犬吠牛哞之声。硝烟散尽，百姓安居乐业，尽享太平富庶之乐。

永乐十六年（1418年），都指挥谷祥扩修城池，将城墙增高八尺，重建东南西三门；"上冠以楼，外罗月城，浚子池于城之外"，防御功能大大提高。尽管如此，随着倭寇的剿灭与时代的变迁，靠八旗起家夺取天下的清廷裁撤卫所，龙山所城的军事功能彻底消失。当年那些建筑在风雨的侵蚀中日渐衰老、破败。

四座高大的城门皆已不存。北城门于1944年遭日军轰炸倒塌，龙山所城在艰难的抗倭中巍然屹立，没有想到的是，却在抗日战争中惨遭践踏。西城门于1965年遭暴雨冲袭而毁，南城门、东城门分别于20世纪50年代、1979年被拆除。

城门消失，如果不是环村而绕的土墙使得城郭依然，龙山所城当年的威风勇武将无处可寻。而这些高约二至四米、宽约八至十米的昔日城墙，已与普通土丘并无二致。那些垒砌的石头、石条、石块呢？据村干部与银舫兄介绍，已被运走另作他用了。令我感到惊讶的是，竟然一块不存，半点石头的痕迹都没有了。

唯有护城河，在秋阳的斜照下静静地躺着。两军对垒，倭寇进攻龙山所城，首先得越过这条人工开挖的河流。眼前的护城河经过淤积萎缩之后犹如一条大溪，河面较窄，河水深绿，微微泛起波澜。激战中，双方官兵的鲜血流向护城河，染红了水面。恍惚中，河水由绿变红，越来越红，我浸润在一片惨红的血色之中……好一会儿，我才定下神来。我揉揉双眼，定睛一看，并非眼光昏花，河水真的现出缕缕血色。抬眼望天，太阳西下，一道血色的光芒映照水面，既真实又虚幻地撩开了当年鏖战时那惊心动魄的帷幕一角……

走走停停，下得城墙来到村中，部分明清建筑保存完好、民居错落有致，在约两平方公里的地盘上形成一横一纵的格局。西面的城墙旁是一条水泥路，墙脚砌着一块块石头，上面树木葱

救 火 会

笼。昔日的龙山所内，筑有所署、将台、演武场、镇武殿、关爷殿、旗纛庙、城隍庙、永乐寺、保宁庵、三官堂、龙山海庙等建筑。岁月流逝，原有建筑虽已毁圮，仍留着不少古时遗韵。我见到了红柱青瓦、保存完好的大雄宝殿；西南角有一座深宅大院，房梁、柱子、门窗全是结实的木料，显得古色古香；一间低矮平房上的巨型花瓣装饰，写着"救火会"三个大字，联想到座座老宅高大的防火墙，应是当年的重中之重。漫步村子，房前屋后，到处都是溪流、池塘、方井。一块"龙山镇龙山所村村级河长公示牌"令我驻足，所管河流名"廿八间河"，村内密集的沟塘河渠、四通八达的水系可使村外护城河水量更为丰沛，当属军事设施的一个有机组成部分……

随着龙山所城军事功能的消失，经济民生逐渐占居主导地位。城内的军事设施，要么被拆除，要么另作他用。街道两旁，过渡为民房与店铺，设有白米行、水果行、珠宝行、绸缎庄、古铜店、茶馆坊等。昔日用于战备的护城河成为重要的航运水道，城内水系汇成城南、城北两条内河，呈S形流向护城河并与外界相通，可运送粮草、货物等。

这时，一座旧民居的山墙窗引起了我的注意：关闭的窗口木板上写有"借书时间"四字，下面的上午、下午借书时间，字迹模糊，难以辨识。由此不禁想到龙山所的转型，除了建筑及其功能，还有这儿的居民，其变化更为深刻。

龙山所初驻士兵来自温州，"铁打的营盘，流水的兵"，后与其他军事驻地多次轮戍、调防。因此，龙山所的驻兵地域不同、姓氏不一，杂居一处，相互影响。无论来去，他们都是明初军人之后，常年习武、以武为业，民风强悍。而承平日久，慢慢地武备松弛，也就开始诵读诗书了。加之浙东文化发达，"地界慈溪，渐染成俗；弦诵之声，达乎四境；而贤哲之士，亦彬彬辈出矣"。龙山所城西门外，曾建有一座高耸的文昌阁，这，可视

写有"借书时间"的山墙窗

为文武更替、文风昌盛的一种象征。

当然，村民尚武的基因犹存，那可是他们世代相传的本色啊！1929年出生于龙山所的丁永泉将军（原名朱贻瑾）便是其中的典型代表，2015年9月3日纪念抗战胜利七十周年大阅兵，这位老人受邀站在天安门观礼台参加了纪念大会及阅兵典礼。

几百年光阴不论对个体，还是对种族、群体而言，无疑是十分漫长的，可在悠久的历史长河中不过短暂的一瞬而已。倭乱远去，龙山所的军事设施、功能消失了。世纪翻过新的一页，近代那些行庄、店铺、作坊也不见了，唯有残垣、断壁、碑刻等在默默地叙说着当年宁波商帮的传奇与辉煌。取而代之的，是与现代文明同步的新型商贸——超市、盛发铜业、慈溪市国丰电子有限公司、大型特种立式注塑机商行等，还有全国各地无处不在的沙县小吃。

据带路的村干部介绍，全村现有耕地一千二百多亩，山地六百七十亩，常住人口两千五百多人。龙山所村是浙东沿海保存最为完好的抗倭古城之一，既有古城风韵，又在旧村改造工程的推动下，村容村貌焕然一新……

太阳西沉，天色向晚，相机拍出的照片都有点模糊了。这时，银舫兄的电话响了，是当地友人励双杰先生打来的。几日前他去了上海，知我前来便匆匆赶回，已泊车于村旁。而我们的龙山所城之行也接近尾声，漫步着与他迎面会合。

与龙山所结缘，当由抗倭名将俞大猷而起。2015年，我应约创作、出版了《大明雄风·俞大猷传》一书，给任职于慈溪市方志办的童银舫先生寄了一本。俞大猷抗击倭寇的历程可分为两个阶段，第一阶段便在浙江、南直隶抗倭。嘉靖三十一年（1552年）七月，俞大猷被任命为温、台、宁、绍等处参将，后升任浙直总兵，七年时间几乎参与了所有消灭倭寇海盗集团的战斗。

大雄宝殿

"浙人设生祠祀之,至今颂猷之德不衰。"龙山所城是其管辖之地,他多次率军在此与倭寇进行殊死血战。于是,银舫兄于2016年2月向我约稿,专写一篇龙山所的文章。我不敢怠慢,在搜集、阅读大量相关资料的基础上,撰成《龙山所之战》一文,刊于《慈溪史志》2016年第2期。

我每写一地,必先行造访,心有所感方形诸文字,写龙山所城却是例外。于是,心中便存了有朝一日实地探访的念想。借新版《抗倭名将俞大猷》在宁波参加第六届浙江书展之际,终于了却此愿。

在苍茫的暮色中与龙山所依依惜别,驱车前往位于慈溪市新城区的思绥草堂,这儿也是我向往已久的一处所在。励双杰享有"中国民间收藏家谱魁首"之誉,他的思绥草堂藏有1949年前的家谱原件近两万册,共一千多种、三百多个姓氏,其中百分之八十是孤本。最值得称道的是他不仅珍藏家谱、族谱,还善于利

新型商贸

用、研究这些珍贵的家谱、族谱，著有《思绥草堂藏稀见名人家谱汇刊》《名人家谱撷谈》《中国家谱藏谈》等相关专著，可谓藏研结合。

途中与银舫兄聊天，方知如今慈溪境内，便有观海卫、龙山所、浒山所（又称三山所）三座明代军事卫所、城堡。慈溪人文历史之丰富，由此可见一斑。

◎

走进四堡

一

提及四堡，一般读者可能不甚了了，而我的脑海里却总是固执地闪过这样一幅序幕般的图景：

一星如豆的油灯下，一位憔悴的书生手握笔管，正凝神聚气、一丝不苟地伏案书写。端正的字迹出现在略显粗糙的纸页上，他稍稍停笔，以一种欣赏而满意的姿态认真地看了看自己留下的"墨宝"。他伸笔在书桌右端的砚台里蘸了浓稠的墨汁，依着一旁的古籍，又开始"照葫芦画瓢"般往下抄写。不知不觉间，油灯出现了小小的灯花。灯花慢慢变大，灯光在闪烁中变得黯淡起来，模糊了书生的目光。他叹一口气，凑近油灯，将凝结的灯花挑落在地，屋子陡然亮堂了许多。书生揉揉模糊的双眼，又默默地低下头颅，将一个个沉甸甸的汉字一笔一画地涂抹、写将开来。摇曳的灯光将他的身影怪异而夸张地映射在身后的墙壁上，端庄的字迹如水流般断断续续地流淌在书生笔端，他抄完一张纸，又铺开了另一张新纸……手抄的纸张在一天天地积累，在不知不觉中变厚。也不知过了多少时间，一本新书终于在这艰难的抄写中装订成册，脱颖而出。

墙壁与身影、时间与生命、寂寥与复制、抄写与古籍，它们构成一块特殊的纪念碑，穿越茫茫时空，赫然矗立在我的眼前！

然而，四堡的出现很快就以一种毋庸置疑的强势话语挤占了这块纪念碑的地盘，它不得不迅速退居幕后，让出曾经占据的历史舞台。

四堡的地位一旦奠定与稳固，也就变成了一块新的纪念碑。新碑的诞生与存在，建立在对前一块旧碑的颠覆、解构与破碎之上。

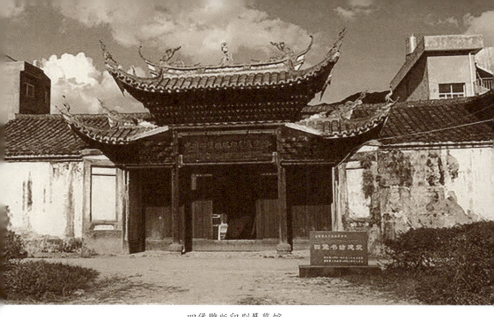

四堡雕版印刷展览馆

　　走笔至此，哪怕对四堡毫不知情的读者，也该多多少少知道一点藏在这一名词背后的意义与内涵了——四堡肯定与传统书业有关。

　　是的，在明清时期，四堡曾与北京、汉口、浒湾齐名，并列为我国四大雕版印刷基地。

　　尤为重要的是，当北京、汉口、浒湾三地的辉煌随着时代的推进烟消云散，找不到昔日的半点留存与遗迹时，四堡作为全国目前唯一保存较为完整的雕版印刷遗址就更显得珍贵与突出了。

　　说实话，此前我对四堡知之甚少，少到连"四堡"二字也是在调到厦门后才知道的。不过四堡一旦进入视野，我便通过相关资料及与知情者的交谈，特别是吴尔芬先生描写四堡雕版印刷的长篇小说《雕版》一书中，感到了它的分量与厚重。

　　然而，中华大地上一个再普通不过的乡村、一处位于大山深处的边缘所在，由它来见证一段延续了一千多年的中国雕版印刷文化，那看似单薄而柔弱的肩头承载如此深厚的历史是否显得过于艰难而沉重？

　　疑问与困惑弥漫心头，以刨根究底为乐的我终于寻到一个机会，踏进了四堡的"领地"。

　　2004年5月，我应邀参加闽西作家协会、厦门文学杂志社、闽西日报社等单位在上杭县古田会议纪念馆举办的参加第九届"红土地·蓝海洋"笔会。会议结束后本应随厦门市文联副主席陈元麟、《厦门文学》副主编谢春池等人返回厦门，适逢一同参加笔会的《闽西日报》副总编马卡丹、福建省新闻出版局编审吴世灯等人前往四堡，我便临时改变行程，加入他们的行列之中。

　　四堡原为四保，位于福建西部连城县北端。昔日的四堡乡，是一个比较宽泛的地域概念，数十个村落分属于闽西长汀、连城、清流、宁化等四个不同的县份。当初名为四保，便有四县共保之意。今日，人们所说的四堡专指明清时期长汀县所辖的四保里，于1951年后被划归连城县。四保与四堡，仅地名一望而知，它不仅位于四县交界之处的偏僻边远地带，而且时时面临侵扰与动乱之苦。

　　进入福建，便走进了山山岭岭的怀抱，占全省面积百分之九十以上的山地与丘陵将八闽大地切割成一条条峡谷与一块块盆地。闽西红土地的山岭高低起伏、绵延不绝，显得格外峻峭挺拔，小车便在无数零零碎碎的夹缝间由一条飘带般的公路牵引着朝西北方向疾驰，绿色山岭在车窗外如屏风般一扇接一扇地展示着它们独有的美丽与风骚。

　　依傍苍翠的青山，间或出现散落的村庄，自然的山水注入生命的灵动与鲜活，精神不由得为之一振。恍惚中，我听得欢歌笑语随袅袅炊烟自一栋栋农舍飘逸而出。

　　小车沿西北继续曲曲折折地蜿蜒前行，进入位于福建三大河流闽江、汀江、九龙江三江源头的客家连城县。出了县城，一块硕大的伞状峡谷平原仿佛上帝手中滑落人间的闪亮玉片，奇迹般地出现在我们眼前。村庄与村庄连成一体、村庄与城镇一体相连，汽车在平坦的公路上行驶，如果不是两旁不远处的山岭提醒，我还以为自己正置身故乡坦荡无垠的江汉平原呢。

四堡乡，便坐落于这块面积约两百平方公里的狭长地带，距县城莲峰镇二十六公里。

二

古代人类文明成果的传播与赓续，除了上下辈及师徒间的口授心传，其主要形式与媒体就是书籍。

书的原始形态以甲骨、青铜器、石头、木简、竹简、布帛、羊皮等为材料与载体，直至具有划时代意义的纸张发明后才于东汉中后期出现了后人认可的书——纸写书。

印刷术发明之前，书籍的流传以手抄笔写的复制方式为主。每一种书在短时间内难以抄出无数复本，于是，不少文明成果的命运便维系于为数不多的抄本之上。在水、火、虫等自然灾害或人为破坏面前，稍有不慎，某种书便成孤本珍本，而其一旦失传便是某项文明成果的断裂。特别是那些只有凭借天才、灵感与偶然才能诞生的文明成果，它们的失传与断裂，便意味着无法回归与永远失落。此外，手工抄写不仅费时费力、数量稀少，还容易出现纰漏舛误、以讹传讹，贻误读者。

而印刷术的发明使用，则完全克服了手工抄写的弊端，一本书只需经过一套早已设定的生产程序的运转，便可衍生出许许多多的复本。书籍的成本降低了，时间缩短了，数量增多了，质量提高了。复本一多，图书不仅难以亡佚，知识也会迅速得到传播与普及。

谁也不会将手工抄写与书籍出版连在一起，只有大批量地印刷与复制，才谈得上真正意义的出版。因此，印刷术于书籍而言，不啻一根点石成金的魔棒。马克思将其称为"最伟大的发明"，是"科学复兴的手段"，是"创造精神发展必要前提的最伟大的推动力"，法国著名作家雨果则视印刷术的发明为"一切革命的胚胎"。

谈及印刷术的发明，不可避免地要涉及发明的时间、人物及技术等方面的内容。

关于时间，历来虽然争执不一，但多数学者认可"唐代发明说"，唐代文献的多处记载及唐朝印刷品实物的不断发现也为"唐代发明说"提供了有力的证据。

至于发明人，据有关研究资料分析推测，既非世俗百姓也非政府官员，极有可能是佛门中的睿智之人。隋唐时期为我国佛教发展的鼎盛阶段，除开为数众多的国内信徒，朝鲜、日本等东南亚邻国也常来人怀着一颗虔诚之心朝拜学习。如此一来，佛经的需求量大得惊人。手写有限，跻身佛门的高明之人为光大佛门，不得不绞尽脑汁、耗费心智，独辟蹊径。他们师承印章之法在木板上刻字，依照当时的捶拓技术，终于发明了一门新型的雕版印刷术，以满足不断传播的佛教需求。一个无法抹杀的事实是，历年发现的唐朝印刷品，全是一些与佛教有关的佛经、佛像、咒语等。

印刷术发明后，还在不断发展、提升与更新：从雕版印刷到活字印刷，再过渡为近现代的铅字机械印刷，一直发展到20世纪的激光照排印刷。

那么，四堡雕版印书，在中国印刷史中又占据着一种怎样的地位呢？

我手头的几份介绍性资料皆大同小异地写道：明清时期，四堡是我国南方重要的坊刻中心之一，中国四大雕版印刷基地之一。

应该说，这样的概括与定位，还是颇为客观而贴切的。

四堡印刷业"起源于宋，发展于明，鼎盛于清"，也就是说，当印刷术最初在唐代发明与被推广、应用之时，四堡根本与之无缘。不唯四堡，即使整个福建当时也还是一块"化外之地"，要到五代时期，福建才有刻印书籍的记载。而两宋则是闽刻的发展兴盛时期，其中心地一为福州，一为建阳。延至明代，福建的刻书数量跃居全国第一，对此，明人胡应麟在《少室山房笔丛》中写道："凡刻书之地有三：吴、越、闽。其精，吴为最；其多，闽为最；越皆次之。"

从五代到明初，当福建蛮荒的阴影被刻书的文明之花覆盖与驱除之时，四堡，还是与之无缘。

四堡实在是太偏远、太闭塞了，它静静地躲在一个毫不起眼的角落，不可能参与印刷术的发明创造，也不可能"得风气之先"。它必须等待，耐心地等待，等到种子落入湿润的土壤、因缘际会，才会萌芽生长。

四堡居民，多为客家移民。为避战乱、为了人格与尊严，这些"另类"的中原先民背着祖先的骨殖，也就是背着一段无法割弃的传统与历史，在无尽的颠沛漂泊中来到了四堡。他们在大山的闭塞中找到了安全，在土壤的肥沃中找到了温饱，在环境的适宜中找到了归宿。"时时为客时时家，处处为客处处家。"在与土著的磨合交融中，他们反客为主，成为四堡的主要居民，形成马姓与邹姓两个庞大的家族。

在流离辗转中，尽管食不果腹，但客家人始终保持着耕读的传统之风，也就为刻书业在四堡的兴起提供了坚实的基础。如果与书绝缘，四堡的刻书"种子"将无处"落脚"。

与此同时，客家人过于浓烈的宗族传统也造成了他们心胸的某种褊狭。四堡的马姓居马屋村、邹姓聚雾阁村，两村相距约一公里，阡陌相连、鸡犬之声相闻，世代联姻往来不绝。然而，马姓与邹姓之间的大规模械斗却时有发生。

于是，关于四堡印书的起源，也就形成了两种不同的说法。

马姓人说，四堡的雕版印刷业开先河者为原籍四堡马屋村的马驯。马驯曾宦游各地，巡抚湖广，官至二品。其随行亲戚故旧中，多有经销书籍者，是他们将汉口等地的印刷业带回了故乡。

邹姓人说，四堡的刻书业由邹学圣首倡。明万历八年（1580年），时任浙江杭州税课仓大使的邹学圣辞官返乡，在雾阁里首开书坊，"镌经史以利后人"。

到底是谁将雕版印刷技术带到四堡并不重要，就连印刷术由谁发明也无法确定，为一个传播与赓续的名分进行争执又有多大意义呢？重要的是，一直要等到明朝中叶，雕版印刷术才在四堡人的牵引下来到这块虽闭塞但肥沃的土地。

晚是晚了一点，但种子一旦萌芽，就开始茁壮成长了。四堡的自然资源与人文传统，为印书业的扎根、发展与兴盛提供了有利条件。

四堡周围高耸的山岭森林茂密，生长着取之不尽的小叶樟、山梨、梓木、枣木、毛竹、松柏，为雕版印刷提供了必不可少的生产原料。枣木质地坚硬，梓木硬度适中，小叶樟、山梨纹理细密、松软轻便，都是雕镂镌刻的上好板材。而毛竹造纸，质量上乘，当时印书用得最多的便是毛竹制造的土产毛边纸与连史纸；而由松柏制成的松烟墨不仅是优良的书写材料，也是印刷的上好着色原料，所印之书字迹清晰均匀，绝少模糊漫漶。

由耕读传统形成的人文基础，与印刷所需的丰富资源相互联手，使得飘落四堡的印刷种子萌芽生根，生长为一棵参天大树。当然，印书所带来的丰厚利润也对四堡印刷业的繁荣起到了极其

四堡马氏家庙

重要的刺激与催生作用，"书业甚盛，致富者累累相望"。时至今日，马屋、雾阁两村保存下来的先辈因从事刻书业获利后所建的高大屋宇仍比比皆是。

四堡印书业从萌芽发展，到取代闽北建阳达至顶峰，跃居为我国南方的坊刻中心，具体时间为清代中叶的乾隆、嘉庆、道光年间。

载着我们的两辆小车在简易公路上疾驰，一同前往四堡的除司机外，还有参加参加第九届"红土地·蓝海洋"笔会的另两位作家，以及连城县广播电视局局长吴尧生及海峡文艺出版社编辑室主任陈小培。

四堡越来越近，关于它的历史与想象，也就越来越真切了。

属长汀县时的四堡乡共有四十四个村庄，但从事印书业的主要是居于马屋村与雾阁村的马、邹两大家族。据有关资料统计，仅马、邹两姓便有百分之七十二的居民，一千二百多人从事刻书印刷。印书坊在一百家以上，著名的大书坊有马氏万竹楼、林兰堂、五美轩、文萃楼、经纶堂、邹氏敬业堂、文海楼、翰宝楼、碧清堂、万卷楼、素位山堂等四十多家。

印刷与出版，在四堡形成了"一条龙"的生产销售机制。

高山密林中砍伐声此起彼伏，马氏、邹氏居民就地取材，以毛竹造纸、松柏制作松烟墨，用樟树、枣木、梨木、梓木雕刻书版。而村中书坊则是另一番动人的繁忙景象，压模工、印工、调墨工、裁纸工、装订工、针线工都在紧张而有序地忙碌着，即使那些看似不怎么起眼的管灯火、守仓库工人，他们也恪守岗位、各尽其责。书印好了，装订成册。一个个挑工将它们放入担子，又将沉甸甸的担子压在肩头，然后默默地踏上通往外界的山间小路。书籍的初始运载中不仅有挑工，应该也有古代农村独享风骚的木轮手推小车的身影，那吱吱作响的叫声与乡间天籁交融，会是一种怎样的超世绝响呵！然而，四堡的周遭是大山，穿越乡村后，蜿蜒崎岖的山间小路排拒了独轮小车的参与。是的，在穿越包围四堡的深山密林中，只有挑工前行的成排身影，不可能出现一串串小车的踪迹。那山外的世界流淌不息的汀江、闽江岸边，早已停泊着一艘艘船只，经由一个个"足迹几遍天下"的四堡书商操纵，将一册册古籍销往四面八方。

四堡书籍的运销线路主要有三条：北线经清流，入沙溪，下闽江，或经宁化进入南昌、九江、武汉、长沙、重庆等地；西线，水路沿汀江乘舟南下，入广东、广西、云南，乃至越南北部，陆路则入赣南、湖南；南线，经连城，入龙岩、漳州、厦门、泉州等地。当时经销四堡古籍有记载的书商为六百二十九人，书籍远销十三个省份一百五十个县市。对此，《汀州府志》写道：明清两代，四堡木刻雕版印刷业极其繁荣昌盛，五百户人家设有书坊三百间，出版物垄断江南、行销全国、远播海外且出版总量仅次于北京、汉口而位列全国第三。

而四堡马氏、邹氏也以刻书为乐，雾阁邹氏的墨香书屋曾题诗曰："数亩书田世守长，富储千卷号书仓。年年不用输王税，留作传家翰墨香。"于世传刻书之业，诗中弥漫着一股难以抑制的喜悦之情。

三

进入四堡，三里古街热闹非凡，川流不息的人群摩肩接踵。鸣笛声被喧腾的市嚣所淹没，小车被密集的人流裹挟着蜗牛般向前爬行。当地风俗，逢农历三、六、九赶集，我们正碰上了初六这一圩日。

与赶圩的喧腾热闹形成鲜明对比的，便是雕版印刷的衰亡与断裂、落寞与寂寥。

雕版印刷早已成为只可追忆的过去，今日的四堡不可能一以贯之地固守一段辉煌的历史，让时光凝滞。那么，他们的身上，总该刻印着先辈留下的某种标记吧？

然而，今日的四堡却多多少少地让我失望。

雕版印书固然不存，而祖先的血脉还在后人身上流淌，那种开拓精神、进取之风当永存不灭。我所说的标记，也是对四堡的一种期望。四堡，应该在雕版以后的时光中出现另一种创新与事业，田园里将长出某种与时俱进的新兴产业。可是没有，似乎半点也没有。雕版印刷衰亡后，四堡又退回到地地道道的传统农耕社会。

今日四堡，真的与中国大地上其他普普通通的乡村没有多大区别。雕版印书不过是一场没有留下多少痕迹的风暴，一番席卷过后，一切的一切也就归于平静，回到了男耕女织那怪圈般的传

雕 版

统轨道。

古街依旧，赶圩依旧，当然，还有那些曾经红火过的刻坊建筑也依旧高高耸立。

四堡坊刻，曾遭受过三次大的冲击。

以横扫儒教、推翻清朝为使命的太平天国，曾将战火烧到了闭塞的四堡。而四堡印制的书籍又多为儒学典籍，于是，四堡也就在劫难逃了，毁于兵燹的书籍、版刻不计其数。好在四堡利用旧有技术，很快就恢复了元气。

清咸丰、同治年间，上海出现了石印。石印印刷快捷、装帧美丽，与雕版印刷相比，占据明显优势，对四堡书业构成潜在而有力的威胁。尽管如此，四堡并未感到多大危机，印书业仍在过去的轨道上照常运转。

清朝末年，致命的竞争与打击出现了，国外铅印新工艺传入中国，很快垄断市场。四堡无法抗衡，遂一蹶不振：书坊大多

停业倒闭，只有残存的几家苦苦支撑，惨淡经营至民国三十一年
（1942年），终于落下了最后的帷幕。

雕版印刷的衰亡，是时代发展的必然。可稍加反省，便知四
堡的衰落又与其自身有关。

当四堡的印书业如日中天之时，外地书商往来云集。江西浒
湾的书商在雾阁买了一块地皮，搭房盖屋，坐地采购转运，大发
书财。这本是一桩进一步促进四堡印书业更加繁荣的好事，可四
堡人却眼红了，寻找各种借口刁难排挤。浒湾书商一气之下购走
四堡刻版，回到故乡经营自己的印书坊去了。如果没有四堡的刺
激与嫉妒，明清时期的中国雕版印刷基地中，很可能只有三地，
不会出现浒湾之地这一强大的竞争对手。

有着如此心态，四堡在石印、铅印的侵袭下没有转型获得新
生而直趋衰亡，也就不难理解了。

我以为新的转型不外两个方面：其一，利用旧有的生产供
销一体化资源，像先人那样，引进、采用新的印刷技术；其二，
科举被废除后，印书内容应有所扬弃，从大量应试需用的儒学经
典，转到时尚课本、自然科学与社会科学读物。然而，四堡人没
有这样做，也许连想也没有这样想过，只是一味地躺在祖宗的遗
产上故步自封。

不唯四堡，即使整个民族，在新技术面前也表现出相当的守
旧与顽固。早在九百多年前的北宋庆历年间，毕昇就发明了效率
大为提高的活字印刷术，可这一被国人自豪地称为中国古代四大
发明之一的先进技术却长期没有得到推广。直到鸦片战争前夕，
活字印刷不仅没有取代雕版印刷，就连相应的发展也微乎其微。
对此，有人做过专门统计：清末版本目录《增订四库简明目录标
注》共著录历代书籍七千七百四十八种，不同版本计两万部，其
中活字印本只有二百二十部，仅占总数的百分之一强。

寿终正寝后的四堡，到处都是积压的书籍、长霉的雕版、废弃不用的房舍以及各种杂物。即使风光不再，利用这些旧物还原、再现当年的辉煌与风采，也不过是一件举手之劳的事情。可是，虫蛀、霉变、朽烂，特别是人为毁弃，对四堡的雕版遗存构成种种破坏与威胁。

"文化大革命"结束后，中华民族终于变得理性起来，逐渐认识到保护传统文化的重要性。然而，面对一片废墟，保护该从何入手？一切只有从零做起。

同行的马卡丹曾任连城县文化局局长。20世纪90年代初，他利用当时下拨的五百元人民币作为启动经费，一元一块，向当地居民征集私藏的残存雕版。一元钱，即使在那个年代又能够做些什么呢？费用只是一种象征，主要还是捐献。四堡，是卡丹的祖居之地，也是他的第二故乡。从十五岁到十九岁，他在四堡度过了将近五年的青春岁月，对这里的一草一木都倾注着难以割舍的深厚情谊。在他的感召下，五百元经费，竟征得了五百块雕版，这不能不说是一个奇迹。当然，这也充分体现了当地民众的责任与情怀。

有了良好的开端，那些劫后余生的残存遗物在众多有识之士的努力下，开始一点一点地汇集到文化工作者及当地政府手中。

2001年7月，四堡被国务院颁布为全国第四批重点文物保护单位。

2001年国庆期间，"中国四堡古雕版印刷基地展览馆"终于诞生了。

展览馆建于雾阁邹氏祖祠——定敷公祠内。除必要的图片文字说明外，展览馆内陈列有印书、裁纸、装订的各种生产工具，还有一块块古牌匾额，自然也少不了那些珍贵的木刻雕版与线装古书。展出的物品虽然不是特别丰富，但足以勾勒出整个雕版印刷的流程与原貌。

观看中，我对当年的印书品种之多及已然萌生的版权意识尤感兴趣。

四堡刻书种类可分为启蒙读物、经史子典籍、课艺应试用书、医药书、日常实用读本、堪舆占卜星算、小说故事戏剧、诗词及个人文集等八大类，有确切记载及留存实物的九百多种。什么书畅销就刻印什么，读者熟悉的《三字经》《百家姓》《千字文》《千家诗》《四书》《药性赋》《神农本草》《康熙字典》《奇门遁甲》《唐诗三百首》《荡寇志》《牡丹亭》《西厢记》《桃花扇》《拍案惊奇》及四大名著等，这里都有印刷。被列为淫书、禁书的《金瓶梅》，在专制统治者的严密监控下，北京、汉口、杭州等通都大邑难以出版；而天高皇帝远的四堡，却"明目张胆"地大量刊印。此外，他们还根据市场需求自编书籍，最著名的要数邹圣脉增补的《幼学故事琼林》。此书刚一问世，便风行天下，历经数百年不衰，成为一本家喻户晓的蒙学读物。

遗憾的是，搜集陈列的书版中，大多残缺不全，只有一部完整的书版。

为避免恶性竞争，四堡的马氏与邹氏宗族内部采取了一系列保护族人利益的措施。每年春节，马、邹二族各书坊都要张贴公布一年来新刻书籍的封面，表示"版板所有"，其他书坊不得擅自刻印同类书板。如现存《四书典要辨讹》雕版封面，便赫然印有"本斋藏板，翻刻必究"字样。其他书坊实在要印，也只能租借书版，所印之书，也须沿袭原书坊的堂号、封面、颜色及装订式样。

版权意识，是出版业走向规范有序的必由之路。可惜的是，由这一意识所引发的相关活动与秩序并未在四堡出现。

讲解员解说一番后拿过一块雕版，涂上黑墨，为我们每人在备好的宣纸上印制了一幅别致的古画，并盖上刻有"中国四堡古雕版印刷基地"字样的大印。我接过一瞧，但见两位身着古装的男女相对而立，仿佛在深情地诉说着什么，画面上部的文字说明则写着"梁山伯祝英台全本"。由此可以推测我们手中拿着的是曾经风靡一时的《梁山伯与祝英台》封面，至于"全本"内容，可能是小说、故事，也有可能是戏曲。

同行的吴世灯先生兴致更浓，他拿过雕版，在解说员的指导下，又亲手涂墨，亲手印制了一张《梁山伯与祝英台全本》封面。吴世灯心中，有着一股浓浓的"四堡情结"。1992年，为挽救、挖掘、整理、研究四堡雕版印刷遗产，作为省新闻出版行业的研究人员，他曾三进四堡。白天，他与当地百姓交谈，挨家挨户寻找雕版、旧书、契约文书、族谱等相关资料；晚上则翻阅材料，摘录记载，认真研究。在驻扎四堡的一个多月时间里，他积累、掌握了大量珍贵的一手材料，写下了《清代四堡刻书业调查报告》等颇有分量的论文，发表在《出版史研究》等国家级刊物上。作为四堡的有功之臣，他的大名被写入展览馆前言。

挖掘、宣传四堡的有功之臣中，还有一位不得不提及的外国友人——美国俄勒刚州大学历史系副教授包筠雅女士。1993年8月，她曾不远万里来到四堡"安营扎寨"，刻苦研究，在四堡雕版文化与海外世界之间架设了一道传播的金色桥梁。

四

也许是对四堡有着过高期望的缘故，我产生了对其现状不甚满意的心态。其实，只要稍稍冷静一些，客观一些，就会觉得：一个名不见经传的偏僻乡村在统治当局没有任何扶植与奖励，还曾不断抽厘加税的情况下，将雕版印刷进行得如火如荼、轰轰烈烈并在中国文明发展史上留下浓墨重彩的一笔，实在是太不容易了！四堡先民，可以说曾将生命的活力与生活的激情发挥到了少有的极致。

书坊是文化发展的晴雨表，欲紧跟时代步伐、超越雕版印刷，采用西方先进的铅印技术，必须建立在对中国传统文化的整体转型之上。而中国近代前行的蹒跚步伐，足以证明历史的包袱之重、积淀之沉与转型之艰。

四堡，仅凭一个小小的乡村之力，是怎么也不可能完成这种转型与超越的。

明乎于此，打量四堡的目光中也就多了几分欣赏与赞美。

出了展览馆，又去马屋古书坊。

马屋距展览馆约一公里路行程，一座座耸立的房舍显得十分宏大。建房之初，房主要考虑到两方面的功用与实效：既是印刷场所，又是生活民居。这便决定了每座房舍的格局与规模，作为数十乃至上百雕印工人、部分书商的工作之地及家庭所有成员的生活所在，建筑面积少则上千平方米，多达上万。而业主的财大气粗、印书的特殊氛围又决定了它的富贵与高雅，门楼泥塑石雕、屋脊飞檐彩陶、梁檩木刻雕花、窗屏彩绘漆画……建筑工艺与室内布置颇为讲究，精美的雕刻与书画文墨比比皆是。

每走进一座古旧的书坊，虽是大同小异的厅堂、天井、回廊、上房、横屋，但其搭配、格局、朝向又各自有别。大多房间现已被弃之不用，满地都是堆置的杂品旧物，木制构件在蛀蚀、朽坏，许多院墙在倾斜坍塌且不时有浓浓的霉味扑向鼻端。穿行在这些老迈而破败的廊坊间，心中不禁发问："那个石盆，该是当年贮墨用过的吧？那间宽敞的厢房，是否是当年的雕印场所？那座横屋，恐怕是一间藏板房吧？还有那成排低矮的房舍，是否是当年堆放古书的仓库？"在我的推测与揣想中，四堡昔日那热火朝天的一幕幕场景也就穿越时光的隧道，一一复活，历历在目了。

陪同的四堡前文化站站长老包及新站长小邹告诉我们，当地政府准备投资开发，将马屋保存得较为完好的林兰堂辟为四堡雕版印刷流程馆。届时，游客不必推测想象，即可实实在在地观赏到古代雕版印刷从刻版、上墨，到印刷、装订、裁切的整个操作过程了。我说，还可印刷一些具有代表性的古籍如《论语》《三字经》《百家姓》等向游客出售，这不仅复活了雕版印刷业、带来一定的经济效益，还可传播中国传统文化。

走出林兰堂院落，门前的空地上铺晒着一摊摊地瓜粉条。太阳当空高悬，四周静静的，空气中似有唑唑微响，一种淡淡的馨香在隐约浮动。当年这里排列的则是一些刚刚用过的雕版或散发着油墨味道的线装古书。

马屋村的每座书坊，都别有洞天，自成一体。而当它们错落有致地排在一起时，又构成了一处鳞次栉比的建筑群落与引人注目的独特景观。最让我感到惊叹的是，建筑者当年所具有的防火意识，书坊与书坊的外墙间，都砌有防火砖。是遭过火灾后的补救，还是建房之初就具有了这样的防御意识？不论何种情况，我以为都是一种少有的忧患与创举。

一条名为花溪的小河沿马屋书坊缓缓流向远方。河道狭窄而水量丰富，虽不能行船航运，却是马屋的生命之源，印刷及生活用水无疑要依赖这条浅浅的溪流。

马屋村头横卧一座进入四堡的古廊桥——玉砂桥。玉砂桥以石为墩，上架枕木，顶张伞篷；桥面铺设鹅卵石，两旁以栏杆为栅。作为四堡辉煌历史的一个有机组成部分，玉砂桥虽经三百多年风雨侵蚀，仍显得精巧美观，楚楚动人。

四堡印书业主要由马氏与邹氏支撑，因此，除马屋外，邹姓雾阁村也留下了相对完好的古书坊群落。那里的敬业堂、文海楼、素位山房皆颇负盛名。因行程匆忙，下午还要赶往连城著名的国家重点风景名胜区冠豸山，此次也就只好与雾阁古书坊失之交臂了。

四堡，在明清时期曾以一己之力，独自支撑起中国南方印书业的广袤天空。多重合力的作用，使得一个偏远闭塞的乡村爆发出一股威力巨大的核能，在中国印刷史乃至中国文明史上，都称得上是一个伟大的奇迹。

惊叹之余，我更加看重的是它今天拥有的地位。当一处处印刷古迹在岁月的流逝中化为青烟与云雾一道飘散、变成灰烬与历史一同尘封之时，四堡却挣脱了云烟与灰烬的吞噬，卓然独立，遗存于世。雕版印刷，曾是中国古代印刷业的主宰，而四堡又是硕果仅存的雕版印刷古遗存。由此可见，四堡在中国印刷史、考古史、传播史、文明发展史中，占据着怎样重要的位置。我不知道国外是否还有如此规模庞大的雕版印刷文化遗迹，即使有，四堡也称得上世界人类文明的宝贵遗产。

是四堡的自然环境造就了它的今天。偏远闭塞于文明而言有着一种天然的排拒与阻隔，然而，当文明的春风一旦吹入，闭塞的环境又会成为保护文明绿地的有力屏障。"文化大革命"的破坏虽然惊扰了四堡的雕版文化之梦，但时间短暂，未构成毁灭性灾难，民间至今仍保存着的大量木刻雕版与线装古书便是一个有力的明证。

历经兵燹战乱、新型技术、"文化大革命"等多次冲击，坚强的四堡在每一次侵袭之后，总要舔舔伤口，开始一种发自生命本能的自我修复。或恢复如初，或尽可能地留住往昔的荣光，或在无可奈何花落去的慨叹中挣扎……今日四堡留存下来的是一种没有装饰的原生态雕版印刷文化，虽有着许多不尽如人意之处，不是那么完善美好，然而，正是这样一种状态、给曾经拥有一百多幢高堂书坊、二十座古祠、六家书院、两道跨街牌坊及一条三里古街的四堡留下了发挥与改造的空间。空间过大显得散漫无章，过于狭小则无回旋余地，四堡的地盘正适宜于保护、开发与利用。适宜的空间与原生态现状，加上现代文物保护观念的指导，可以预见的是：一条具有古朴意蕴、原汁原味的中国雕版印刷文化长廊，将重现于四堡那狭长的谷地，让游客充分领略、感受、浸润中华传统文明之风。

四堡，赓续过雕版印刷技术，传承过中华文明薪火，却在西方文明的冲击下凋敝衰落。它是辉煌的见证，是转型的祭奠，也是连接过去与未来的一块纪念碑。因此，我眼中的四堡，不仅仅是一处有待开发完善的中国雕版文化之乡，更是一段历史、一个符号、一种象征。四堡承载着许多超越雕版印刷并能促人思考、警醒与启迪的深厚内涵。

◎

茶马古驿那柯里

笔者在那柯里

那柯里位于云南省宁洱县同心乡。傣语"那柯里",意指桥边肥沃的土地。从普洱市出发,沿昆曼公路(昆明—曼谷)北行约二十五公里便是那柯里村。村头真的有桥,桥下山涧,流水潺潺。一棵造型逼真的"魁梧"榕树,伸出硕壮的树枝,一根粗粗的铁链向上挂着树枝,向下连着一块造型别致、上书"连心桥"的石碑。树干居左,石碑立右,树枝横逸当空,三者构成一座略显长方形的"口"形大门。穿"门"而入,便是茶马古驿那柯里。

那柯里既为茶马古道上的一处驿站,自然与茶有着不可分割的历史渊源——这茶不是绿茶,也不是乌龙茶,而是风行一时的普洱茶。

作为世界三大主要饮料之一的茶叶,主要分为不发酵的绿茶、半发酵的乌龙茶以及全发酵的红茶。其中,绿茶又有西湖龙井、洞庭碧螺春、庐山云雾、信阳毛尖,乌龙茶有铁观音、黄金桂、武夷岩茶、白芽奇兰，红茶有闽红、祁红、滇红、粤红等之分。

普洱茶属全发酵茶，严格说来，也可纳入红茶系列。但它与普通红茶在制作工艺方面又有所不同，是一种后发酵茶——自然陈化发酵或人工渥堆发酵。因此，也有专家将普洱茶单独归为一类，与绿茶、乌龙茶、红茶并列。

茶饮是我的至爱，每日所饮多为绿茶。2003年，我从武汉调到厦门，自然也喝起当地的乌龙茶来，几个有名的品种都曾品过。这种称为"功夫茶"的半发酵茶饮，其茶具的精致、冲泡的复杂、品饮的讲究，虽颇费功夫，倒也有一股悠悠的茶韵直入心脾。而对红茶，则喝得极少，于普洱茶更是不甚了了。

大学同学袁升平毕业后经过一番辗转，最后回到了他的出生之地——云南思茅，也就是2007年改名的普洱市。一座城市因茶而更名，可见普洱茶的积淀之深、魅力之强与影响之巨。因为同学所置身的城市之故，对普洱茶就有了一份难得的亲切感，虽有赶时髦之嫌，却也像模像样地品过几回。这种发酵后的熟茶，茶色红艳透亮、入口温和甘滑，饮后有一股醇厚绵长的舒坦，令人回味不已。

等到有机会来到普洱市，喜欢刨根究底的我免不了要对普洱茶相关的一些物事来一番"巡礼"，而茶马古道，则是一个无法绕开的关节：普洱茶之所以成为今日如此特性的茶饮，实与茶马古道密不可分。

"普洱茶"之名，早在1664年的《物理小识》一书中就已出现，但那时的普洱茶仅具地理意义，强调的只是原料所属地。"夏喝龙井，冬喝普洱。"当这种产于普洱的茶叶受到清廷皇室推崇，成为中华名茶之后，需求量顿时大增。于是，普洱茶便通过漫长的茶马古道，送达不同地区、不同层次的广大消费者手中。

云南多山，天远地偏，与外界的经贸交易、沟通联系主要依靠茶马古道。自唐朝就已兴起的茶马古道源于古代西南边疆的茶马互市，线路主要有三条——青藏线（也称唐蕃古道）、滇藏线与川藏线。茶马古道的运输范围主要包括云南、西藏、四川三大区域，可通往西安、北京、拉萨、广州、香港等地，向外延伸则可抵达印度、尼泊尔、锡金、不丹、越南、缅甸、泰国、老挝等国。据有关资料统计，云南境内的茶马古道有两千多公里，几乎贯穿省内所有地区。想想看，仅靠人背马驮行走在蜿蜒崎岖的山间小径，不仅负重难行、充满艰辛坎坷，更得耗时费日。因此，云南境内的茶马古道，单程一般要走三四个月。而出了云南，还得继续颠簸前行，等到茶叶送交消费者手中之时，大半年时光已悄然逝去。

在茶马古道的运行途中，茶叶不得不经受气候、季节、环境的影响，太阳的暴晒、阴天的潮湿、雨水的浇淋自不可免，春夏秋冬四季的更替乃至山地、高原、河谷等不同地形的变化也不知不觉地影响着运行中的茶叶并改变着它们的性能与品质。一个最奇妙的变化，就是发酵：原来的生茶经过自然发酵，变成了汤色红浓、陈香弥漫的熟茶，也就是广大消费者认可、流行的普洱茶。与绿茶不同的是：普洱茶越陈越好，经由时间的积淀，打磨出内在的力度、质量与品位，普洱茶方显其"英雄本色"。

当自然发酵的普洱茶供不应求，当交通工具改变、运行时间缩短、自然发酵无法完成之时，聪明的茶商自然会利用人工技术，加速其发酵过程。于是，自20世纪三四十年代开始，就出现了干仓陈化法、湿仓陈化法等传统制作工艺。尽管如此，普洱茶仍满足不了需求量日增的广大市场。直到1975年，昆明茶厂厂长吴启英女士发明了现代人工渥堆技术，将发酵时间由传统工艺的

那柯里入口处

十几年、几年缩短到四十五天左右。普洱茶由此进入现代化大规模生产时期，长期存在的供需矛盾才得以解决。

在自然与加工、传统与现代、生茶与熟茶之间，茶马古道扮演了一个不可缺少的重要角色。它是容器，是酵母，是普洱茶的一道关键"工序"。毫不夸张地说，没有茶马古道的"升华"，就不可能有普洱茶的声名远播，更不可能产生现代意义的普洱熟茶。

为一睹茶马古道的风姿，我的目光聚焦在了那柯里。

北上京城，南下缅甸、老挝，那柯里乃马帮必经之地。驿站于道光十年（1830年）由当地一位赵姓农民开设，一栋两层楼的庭院便是当年的荣发马店，二楼一块匾额，书有"茶马古驿"四字。

"关山难越谁为主，萍水相逢我做东。"挂于荣发马店入口处的一副木刻对联如是写道。南来北往、络绎不绝的马帮经过一

荣发马店

番艰难跋涉，来到这一专供休息调整的中转站，大有宾至如归之
感。暮色苍茫中，马铃叮当、脚步杂沓、人声喧嚷，荣发马店迎
来了一批又批客人。伙计乃至店主顿时开始忙碌，给马喂水、添
加饲料，为客人准备可口饭菜，安顿他们休息。

　　行走在茶马古道的马帮，运送的茶叶、盐巴、毛皮、药材、
布匹、器皿等货物相当贵重，有的甚至运送大量金银钱钞。巨额

财富必然引起不法之徒的垂涎，因此，茶马古道不仅荆棘丛生、道路崎岖，还会有无数人为的险阻——盗贼横生。劫匪出没无时无刻不威胁着马帮的生命，他们不得不武装自卫，时时警戒，以确保自身安全。据那柯里石碑记载，清光绪时期，这里便设兵六名，归中营左哨头司把总管辖。有士兵把守，于是，马帮到了荣发马店就可以好好放松放松——尝尝这儿的佳肴、喝喝驿站酒坊酿制的美酒，安心落意地睡上一觉了。

当然，这儿毕竟只是一处驿站。第二天不等天亮，他们就得起床，经过一番收拾，又得迈开脚步，匆匆启程。他们跨高山，越激流，一步一步丈量漫漫古道，将货物送达目的地。正如立于马店庭园一块巨大的卵石上所写："地为琵琶道作弦，听马蹄狂弹奏调；天是棋盘星当子，看仙指轻移出着。"

一批批马帮来了又走了，斗转星移，赵氏家族就在这样的迎来送往中血脉赓续，两百多年时光一晃而过。直到1954年，一条公路从那柯里经过，拖拉机、卡车、轿车逐渐取代传统运输工具，荣发马店也无可挽回地走到了它的终点。

马帮装运货物的麻袋

　　随着文化遗产保护的日益重视，已然衰落的荣发马店又焕发出新的魅力，凸显出另一种新的风采。"古道西风瘦马，断肠人在天涯。"这一意象蕴含着古老中国几千年的历史与文化密码，而"古道西风"中的一处处驿站，则给骑着"瘦马"的"断肠人"以无限温情、动力与支撑。颇有意思的是，荣发马店接待的客人中，除了不同民族的国人，还有漂洋过海而来的西方人。据说曾有一位美国女子，拿着一张一百多年前的老照片前来马店，寻找她祖父的足迹。原来，她祖父在荣发马店住过，照片所拍便是当年情景。她在祖父遗物中发现这张珍贵照片后，便一路追寻着找到了这里。

　　从唐朝开始，普洱府（宁洱县）就因出产普洱茶与磨黑盐而成为商贾云集、马帮络绎的一处重镇。作为茶马古道上独具优势的货物出产地及中转集散地，如今，宁洱县的茶马古道只剩三处；而驿站犹存者，怕是只有荣发马店这"仅此一家"了。

当年的荣发马店较大，可容纳一百匹马左右。如今的庭院显然经过修葺，一楼房间摆放着三排马帮使用的麻袋，麻袋装得鼓鼓囊囊的，里面也许是盐巴、布匹、毛皮、药材，但更多的是制成茶饼、茶砖的普洱茶了。整个驿站肯定经过一番刻意规划，且投资不菲。经过一番了解，事实果真如此。当地政府不仅修复了马店，还建造了寨门、洗马台、马跳石等十多个景观，并重新铺

马帮使用过的铃铛

设、维修了近五公里的茶马古道，将那柯里打造成了一处别具风味的旅游景点。

傣语"那柯里"名不虚传，土地肥沃，靠近桥边。古驿站不大的地盘上就架有三座桥梁：有以铁索勾连、钢筋水泥做支撑的"连心桥"，有名为"风雨桥"的古老廊桥，还有一座以当地楠竹为材料的竹桥。前天下过一场大雨，走在三座不同的桥上看山涧激越的水流，在拂面的清风中仿佛吹来了一阵马蹄的踢踏、马铃的叮当与浓郁的茶香，在山谷间回荡不已。

据说那柯里原名"马哭里"，这里原本无桥，马帮越过山涧只有涉水蹚过。面对或清澈或浑浊的冰凉河水，马儿会情不自禁

茶马古道

地落下伤心的泪水。经过一番周折，后来才修了一座二十多米长的廊桥。有了这座今天依然耸立着的"风雨桥"，马儿再也不必下涧涉水"哭鼻子"了。于是，谐音"那柯里"应运而生，一直流传至今。

过了山涧，马店对面是新近打造的相关景点。其中，有马帮冲洗骡马的洗马台，有一座碾碓坊，内里安有古磨、碓臼。此外，还有一座大水碾。一条跨越山涧的渡槽通达碾坊底部，水流冲击，石碾匀速转动，将供应马帮食用的稻谷、高粱、玉米等粮食作物脱粒碾碎。

碾碓坊内，四周有供游客休憩的木制条椅，中间摆放桌子，桌上筲箕里放有煮熟的玉米、红薯，香气勾人。我欲掏钱购买，一农家妇女说："吃吧，都自家地里种的，不收钱。"闻听此言，实在难以相信，这里的村民还保持着如此纯朴的好客古风！向南望去，但见几十家农户，一律的红砖青瓦房，顺山势错落有致地铺排开来。经巨资打造后的那柯里不收门票，为的只是开发、保护古迹。

马蹄声早已远逝，而古风还在那柯里劲吹，传递着当年的侠义与豪放。那悠远绵长的古道，而今安在？于是，赶紧转到荣发马店背后的山坡，一条经过修复、近两米宽的茶马古道赫然映入眼帘。我们开始一级一级地攀爬，两旁是绿树翠竹，石头或石板铺就的路上落满枯叶。鸟儿的鸣啭更加衬托出古道的幽静与神秘，马儿的喷鼻、橐驼的碎步，特别是那挂于马脖不时响起的铃声，着实令人怀想不已。爬上山头，古道拐一个弯，继续远去。遗憾的是，那柯里古道所剩仅约十公里，昔日那充满奇崛、剽悍、诡异与神秘的四通八达的悠远古道，只能借助想象在心中凸现、复原了。

茶马古道的主人自然是马帮。他们日夜出没其间，不停地行走，一代又一代，连起一条不同民族长期交往、中外文明相互交融的纽带。由茶马古道以及那些没有留下姓名的无数马帮，共同打造了一个声名远播的民族品牌——普洱茶。如今，与茶马古道有关的小路、驿站、古镇、茶庄、古桥、石碑等，在历史与时代的淘洗中或衰落失色，或销声匿迹。可是，我们却能在每一壶飘着馨香的普洱茶汤中，在厚重的茶叶编年史及茶文化交流史中，找到它们依稀闪烁的影子。美国医学专家约瑟夫教授在对茶叶做过多方试验与测试后，发表了一个相当著名的论断："中国对世界曾有过四大发明，但中国对世界贡献最大的是茶的发现和推广、流传，茶将会给人类带来健康和快乐。"由此可见，茶马古道在中国文明史中占据着多么重要的地位！

在那柯里古驿一家风味餐厅准备吃午餐时，我发现了一排挂着的十多个铃铛，这可是当年马帮使用过的旧物呵！铃铛制作简陋，一块铁皮围成扁圆桶状，里面垂一根小木棍，上拴一根棕绳，大概是为图吉利吧，铃铛上还系了一根细细的红布条。一番挑选，我买了一个带回厦门，挂于书房。每每摇动悬着的棕绳，铃铛总是根据我摇晃的幅度与频率，发出一阵清脆而别致的叮当声响。而这时，就有一幅生动的画面如电影镜头般浮现在我眼前：如血的残阳中，马锅头（马帮领头人）牵着一头脖挂铃铛的壮马悠悠走来，走向一座如城堡般的古老驿站。紧随马锅头身后的是驮运货物的结队马帮。他们脚下那条蜿蜒崎岖的茶马古道，如蟒蛇般盘旋滑行，应和着绵延起伏的山岭，如波浪般漫向遥远而苍茫的天际……

◎

跋：绝响余韵

我们的祖先，创造过高度发达的辉煌文明。其中，有形的物质与内在的精神兼而有之。斗转星移，日月轮回。这些文明，有的仍然被延续发展，有的被不断推陈出新，而有的则失落无几或被湮没无闻了。

比如远古的青铜时代，尽管铜器的最早使用不在中国，但我们的祖先以其勤劳与智慧创造出了体系独特、光彩夺目、无与伦比的青铜文化，在世界长期居于遥遥领先的地位。很长一段时间，人们面对种类繁多、铸造精巧、造型生动、纹饰华美的青铜器物，感叹赞赏之余，却因资料匮乏而对制作这些精美铜器的过程——铜矿的开采、冶炼技术、制作工艺——不甚了了。"史文阙佚，考古者为之茫然"，只好"姑且存而不论"。

1978年，深埋地底两千四百多年的曾侯乙编钟重见天日。这套六十五件大小编钟，总重量达二千五百多千克；融大气磅礴与典雅精致于一体，巧夺天工，令人拍案叫绝：远看，按原钟架排序，气势雄伟，蔚为壮观；近观，造型别致，纹饰精巧，玲珑剔透。不仅如此，每组编钟的音阶都符合音律要求，演奏时音色优美，音域宽广。它的演奏音域只比现代钢琴少两个八度音，音符结构相当于今天的C大调七声音阶，总音域跨五个八度，可以演奏古今中外多种曲调。对此，美国音乐权威人士G.麦克伦不得不心悦诚服地说道："曾侯钟及其排列方法、命名系统和调律都显示出'结构'上的成熟；复杂的律制与高超的工艺都超过了我们迄今对古代音乐世界一切东西的猜想。不仅是它的制造技术水平，而且它在哲学、音乐学上所获得的成就，都使我们高度钦佩。同是处在公元前5世纪的古希腊，却没有给我们留下任何堪与之比较的具有音乐价值的工艺品，虽然我们一向习惯于崇拜古希腊。"

是的，与古希腊处于同一时期的战国年代，其他方面姑且不论，但我们的音乐却远远地走在了他们前面。

并且，规模宏大的曾侯乙编钟在当时只算得上二级水平，其规格在“九龙之钟”“十龙之钟”之下。若依此向前发展，今日中国音乐之发达，当遥居世界领先地位。令人丧气的是，实际情况远非如此。即以乐器而言，中国民乐队中的绝大多数乐器并非本土制造，而属“外来户”。中国的民族乐器都到哪儿去啦？大多湮没失传了！不说更高规格的“九龙之钟”“十龙之钟”，即使曾侯乙编钟的出土也属偶然。“皮之不存，毛将焉附？”伴随筑、竽、箎、埙、排箫、咎鼓等大量民族乐器的消失，相关的音乐理论、演奏技巧等，要么断裂，要么退化。

我国音乐在战国时期以编钟为标志，已臻成熟。汉、唐两代，更是中国音乐发展史上的两座高峰。此后，中国音乐就开始走下坡路了，乐器失传、理论枯萎、规模缩小，统治者对音乐的禁锢……一旦衰颓，便呈覆水难收之势，跌入历史的深谷低迷徘徊。

我在《青铜时代》与《遥远的绝响》中扼腕于青铜时代及传统音乐的衰落，追溯古人创造的辉煌，在古今中外的相互比较中尽可能地叙写某一时代的独特内涵，勾勒社会由旧时代向新时代不断递进、演变、发展的轨迹。

法国著名历史学家费尔南·布罗代尔认为历史有三种不同的时间——地理时间、社会时间与个体时间。自然地理环境的变化，在历史进程中的演变十分缓慢，他将这种地理时间称为“长时段”；社会时间，指变化明显但相对稳定的历史，又称“中时段”；个体时间即“短时段”，历史处于不断运动、进化与过渡之中。

如果我们将某一人物事件、生活习俗、社会现象等放在不同的历史时段，所看到的内容、得出的结论会相应地有所不同。

当印刷术最初在唐代发明并被推广与应用之时，位于福建西部四县交界偏远地带的连城县四堡乡根本与之无缘。不唯四堡，即使整个福建，当时都还是一块"化外之地"。明代中叶，四堡突然"发力"，由农业转型为手工印刷业，并在清代乾隆、嘉庆、道光年间一跃而成为我国南方坊刻中心、中国四大雕版印刷基地之一。

四堡不仅创造了一个奇迹，从某种程度而言，简直就是一个"神话"。当我们将四堡乡及其发生在这块土地上的一切放在长时段里观察，便可见出雕版印刷从兴起到发展、鼎盛、衰落的明晰轨迹：多种合力促成雕版印刷在此落脚；四堡人抓住机遇使之繁荣昌盛，五百户人家便有书坊三百间；一册册书籍从四堡运往四面八方，垄断江南、行销全国、远播海外，出版总量仅次于北京、汉口，位列全国第三；清朝末年，国外铅印新工艺传入中国，四堡无法与之抗衡，书坊大多停业倒闭，残存的几家苦苦支撑，惨淡经营至1942年终于落下了帷幕……

我们不妨设想一下，面对石印、铅印等新技术的竞争与挑战，如果四堡及时引进新设备、淘汰旧技术，是否会获得新生？答案不言而喻。而实际上，就传统文化机制而言，这种转型几无可能，衰亡之势不可避免。对此，我在《走进四堡》一文中不禁颇为沮丧地写道："不唯四堡，即使整个民族，在新技术面前也表现出相当的守旧与顽固。早在九百多年前的北宋庆历年间，毕昇就发明了效率大为提高的活字印刷术，可这一被国人自豪地称为中国古代四大发明之一的先进技术却长期没有得到推广。直到鸦片战争前夕，活字印刷不仅没有取代雕版印刷，就连相应的发展也微乎其微。对此，有人专门做过统计：清末版本目录《增订四库简明目录标注》共著录历代书籍七千七百四十八种，不同版本计两万部，其中活字印本只有二百二十部，仅占总数的百分之一强。"

中国文人的生存现状及人格特征有目共睹，毋庸赘言。其实，我们所见到的只是千百年来不断演变、发展的结果。如果将历史的触角不断向上追溯、朝内延伸，直至远古时期文人诞生的源头，那么因与果、明与暗、发展与转变，一切的一切将"大白于天下"。我在《古代文人的诞生、崛起与宿命》《秦汉文人的蹂躏与阉割》《魏晋文人的劫难与怪圈》三文中，就此进行了一番探寻、梳理与反思。

中国古代的最早文人巫觋，在西周时为"士"所取代。进入春秋时期，宽松的政治环境出现了，人们获得了参政议政的权利与自由，独特的个性受到社会的广泛尊重。这一时期的知识阶层，大多处于"游士"状态。他们不愿受制于人、依附于人，将人生定位在"为王者师，为诸侯友"上。他们游离于政治体制、官僚体系之外，凭借智慧才能、道德品质、人格力量啸傲君王、左右诸侯，以思想学说干预政治、影响政治，从而实现人生的意义与价值。战国时期的文人，更是进入多重自由的人生境界——心灵自由、人身自由、人格自由。他们没有不敢说的话，没有不敢做的事，没有不敢涉足的领域。他们大胆否定、开拓进取、勇于创新，个人的能量与潜力得到最大程度的释放，生命力、创造力得到最大程度的发挥。春秋战国时期，理性闪烁，人才辈出，是知识分子少有的黄金时代！

随着六国的消亡与大秦帝国的建立，文人求新求异的创造活力被纳入规范整合的框架之中，自由与独立被专制集权残酷扼杀。秦始皇的焚书坑儒，使整个社会从上到下变得暗哑死寂。文人的社会地位与生存环境，由春秋战国的绚烂春天，陡然跌入专制集权的三九寒冬。汉武帝罢黜百家、独尊儒术，全国只剩下一门异化了的政治学问儒教，国人所读之书、所学之理，全属儒家内容。而儒学经典就那么少量的几本书，中国几乎所有知识分子所干的事情，不是诵读六经，就是"六经注我，我注六经"。一代代文化精英的智慧与才华被白白空耗浪费，陷入自我封闭、盲目自大、因循守旧的怪圈之中难以自拔。

魏晋南北朝的三百年混乱，朝代如走马灯似的不断更换，历史舞台少有知识分子活动的身影。他们不仅没有春秋战国时期游士的干预世事、积极进取，反而陷入一种莫可名状的忧虑烦恼、惶恐不安与悲哀痛苦之中。为宣泄排遣，他们或服药行散、醉酒长啸，或放浪形骸、谈虚说玄。尽管如此，统治者仍不肯放过他们。曹操视士大夫为草芥，将他们玩弄于股掌之间，孔融、许攸、杨修、娄圭、崔琰等一大批著名知识分子无不遭到他的强权诛杀，弄得整个士大夫阶层人人自危。司马懿一场兵变，不仅给曹氏皇族带来血腥之灾，何晏、丁谧、毕轨、李胜、桓范等辅政名士也惨遭杀害。据《汉晋春秋》记载，仅司马懿的这次屠杀，就造成当时名士减少一半。置身封建专制统治之下，稍有一点血性与骨气的文人无不动辄得咎，成为统治者剿杀异己的牺牲品。要想生存，就得依附权贵，"学好文武艺，货与帝王家"……

于是，我们更加缅怀百家争鸣、百花齐放的春秋战国时代！

文化的繁荣、文明的辉煌，是先祖高贵人格、高尚道德、高超智慧的结晶与体现。湮没的文明犹如划过长空的流星，虽然短暂，但照亮了历史的夜空。这些消失的绝响，看似无从追寻，却充塞天地、余音袅袅，永远在后人心中回荡。

文明的失落，既有自身体系停滞的缺陷，更有改朝换代所带来的严重破坏。每一次改朝换代，总是伴随着大规模的动荡与战乱，物质毁弃、人才蒙难、百姓涂炭，文明的断裂程度与战乱的规模大小、时间长短成正比。而开国新朝，总是肆意践踏、破坏乃至毁灭前朝的一切文明成果。等到战乱结束，新朝一统天下、政权渐稳，然后休养生息、恢复元气。新的文明种子萌芽、生长，还没长成参天大树呢，又将面临朝代更迭、战乱与被毁弃的命运。

这种情形，既与传统文化"血肉"相连，也与人类特性密不可分。说到底，人就是一种动物，哪怕高级动物也罢，仍脱不了动物的"胎记"。几千年来，人的生理条件、人性中的野蛮因子，并未发生多大进化与改观。

历史是一条绵延不绝、缓缓流淌的长河。我们心中，应有一种大历史观、大文化观、大文明观。

因此，如果将中国几千年的文明发展史放在整个人类的历史长河、放在地理时间的"长时段"中考量，我们并不感到悲观。

谈及大历史观，我们会想到黄仁宇的《万历十五年》，而新近出版的一部由三位美国历史学家创作的《大历史：虚无与万物之间》也不容忽略。该书近七十万字，从宇宙大爆炸开始写起，一直写到今天的互联网时代，整整一百三十八亿年时间！这一难以想象、无法形容的漫长历史，经历了八道"门槛"与突破：第一道门槛，宇宙大爆炸、宇宙起源。接着是星系、太阳、地球、生命出现，然后是人亚科原人进化，人类进入旧石器时代，城市、国家与农耕文明出现……直到跨越第八道门槛，通向现代性的突破，迈向工业革命、全球化、人类世。书末还展望了接下来的几千年乃至更加遥远的未来。这是一部具有科学依据的人类、地球乃至宇宙的整体发展史，人类从无到有、从渺小到伟大，不断挣脱束缚、不断突破进化，前景一片灿烂。

如果将中华文明放在这一浩瀚的大历史格局之中，其失落与湮灭，简直可以忽略不计，映入我们眼帘的是人性的光芒与历史的永恒。

历史既是一门科学，也是一门艺术。在普通读者眼里，历史是难懂的古文，是书斋里的学问。如何读懂历史、正确认识历史、清醒地活在当下？客观而公正的历史书写，为此提供了可能。而厘清事实真相，回归历史本身，则是艺术地书写历史的重要前提。

收入本书的十八篇文化历史散文，《禅语五祖寺》写得最早。1993年5月，我拜访尚在湖北黄梅县师范学校任教的大学同学朱移德先生，在他的陪同下游了一趟禅宗策源地——黄梅五祖寺。我不禁为禅者们刻苦修行、超越物欲、把握自我、独立思索、大胆怀疑、追求独立人格的精神所震撼，更因平凡朴实、生动活泼、博大精深的禅宗为人类价值信仰的批判与重构提供了一个很好的参照系而激动不已，情不自持地写下了我的第一篇文化历史散文。没想到这一写就是三十年，题材虽有一定的随机性，但每篇所写绝不"无病呻吟"，且能拨动我的心弦、激发我的灵感、带着一定的反思与启迪，具有独特的意义与价值。

整理旧稿，当时虽然写得认真用心，但总会存在这样那样的缺憾。为此，我不得不反复修订，或增删，或重写，更正事实、调整结构并融入新的认识与思考。但愿这些翻唱的"旧曲"，能为读者带来些许新的气息。

2023年2月6日改定于厦门园山堂